最好的女子

The Best Women Ever

黄佟佟 作品

浙江出版联合集团
浙江文艺出版社

图书在版编目(CIP)数据

最好的女子 / 黄佟佟著. —杭州：浙江文艺出版社，2017.8

ISBN 978-7-5339-4910-5

Ⅰ.①最… Ⅱ.①黄… Ⅲ.①散文集-中国-当代 Ⅳ.①I267

中国版本图书馆 CIP 数据核字(2017)第 123331 号

最好的女子

作　　者　黄佟佟
责任编辑　童炜炜
封面设计　许天琪
版式设计　茶　姨
出版发行　浙江文艺出版社
地　　址　杭州市体育场路 347 号
邮　　编　310006
网　　址　www.zjwycbs.cn
经　　销　浙江省新华书店集团有限公司
印　　刷　杭州富春印务有限公司
开　　本　880 毫米×1230 毫米　1/32
字　　数　315 千字
印　　张　10
插　　页　1
版　　次　2017 年 8 月第 1 版　2017 年 8 月第 1 次印刷
书　　号　ISBN 978-7-5339-4910-5
定　　价　49.00 元

最
好的女子

Any Woman's Life ,
Told Truly ,
Is A Story .

序

如果这都不算爱

文 / 韩松落

好几年前的一天，坐公共汽车进城，经过科学院那站，一群中年人上了车，形貌、口音、装扮，都提示着他们是科学院的科技工作者，怎么看都不像是传娱乐八卦的人，一落座，却急急忙忙地开始讨论新近曝光的明星感情纠葛，一个人说，另外几个还在纠正和补充，我闷笑着不敢回头，怕一看到他们那种认真到近乎学术讨论的表情，会发展成为爆笑。

从那时起，我就在想，明星的生活，当真与我们无关吗？他们真的只是转动在远处的毫无意义的星球吗？

直到黄佟佟老师跟我说起她写娱乐专栏的因由和取向。她说，某次去香港采访的时候，杂志的编辑想要她顺带着采访另一个明星，她拒绝了。编辑问她，为什么采这个，不采那个？她说，她更感兴趣的是人，而且只对我们这一代人的明星的生活际遇感兴趣。他们的生活，始终在和我们的生活互相映照。

这解开了我一直以来的疑问，为什么布兰妮“从无底洞里升起来”，我并无太多感触，帕丽斯·希尔顿的视频到处流传，我甚至没有想起来找个下载链接，即便是国产明星，如果是生于二十世纪八十年代中后期，别说携毒嗑药，即便他们在山里辟出一个小型金三角，我们也至多“哦”一声。我们倾情关注的是刘德华、张学友、郭富城、林青霞、梅艳芳、周慧敏、李嘉欣、孟庭苇，至多延伸到阿娇、张柏芝。我们关心的是我们懵懂青春的参与者——尽管他们并不知道自己的参与，是我们成长历史的见证人——尽管他们从不曾亲身到场。他们有无瑕疵不重要，形象大于真身也无所谓，他们与我们无关也有关，我们不爱他们也得爱，因为他们已经生生嵌入我们的生活，成为背景、记忆、话语，水乳交融，再也剔除不出去。

黄佟佟在娱乐专栏里评说明星们的事，以她“理智+情感”的观看方式，用痛快、酣畅、明澈的笔触，字里行间，都看不出一丝刻薄，更远离了恶毒。因为，她是有选择的。她愿意评说的，是那些被我们倾注过思慕、投射过欲望、酝酿过关怀的明星；她愿意着墨的，是那些与我们一起成长的人。对他们，她永远下不去狠手，她也从来没有这种下狠手的心肠；对他们，她有一种对参与了自己生活的人的宽厚，不知不觉的宽厚，无处不在的眷顾。所以，与其说这是一本关于娱乐和明星的书，倒不如说这是一本与爱有关的书，与我们的记忆、过往、成长有关的书，于是她曾想借用叶芝的诗句作为书名：“我们曾经相爱而却浑然不知”。

我们其实是爱他们的，只是，因为我们过分强烈的自尊心，让我们不承认对他们的感情是爱。

但还有什么比这更像爱呢？日日挂念，遥遥注目，连篇累牍地谈论，甜言蜜语地赞美，恨铁不成钢地惋惜，就算是咒骂和唾弃，也是建立在铭记的基础上，并有强烈的感情作为动力。如果这都不算爱，那还有谁可以提供一个更像爱的样本？

这本书可以当作一封写给过往时光和旧日生活的情书来读，我们见过海啸，却也见过你的微笑，我们动荡流离，却也有人与我们始终同台，在交会时，互放光亮。

目录

传奇

你好时光

明星的肉身承载的是我们这个社会的幻觉，我们这个仓皇的时代里没有赫本，于是她们就扮演赫本，我们这个贫乏的时代里没有女神，她们就扮演女神，没有完美，她们就扮演完美。

个性

请多关照

并没有温柔的幻想，只有凭吊的沧桑。那种从来不曾被生活善待，在绝望里走过半生的人渐渐明白的一件事：是啊，多么不幸，在这个世上你只有你自己，可是又多么有幸，你还拥有你自己。

姿态

来日方长

我的力量不是来自我的成功，而是我倒下了还能站起来。

反面

进退之间

走到自己的人生顶点时，聪明而敏感的人都会听到内心有一种隐隐的悲伤，这悲伤无关个人，只关乎命运。上帝给你的每一种礼物上都有标签。

传奇

你 好时光

明星的肉身承载的是我们这个社会的幻觉。
我们这个仓皇的时代里没有赫本，
于是她们就扮演赫本，

我们这个贫乏的时代里没有女神，
她们就扮演女神，

没有完美，
她们就扮演完美。

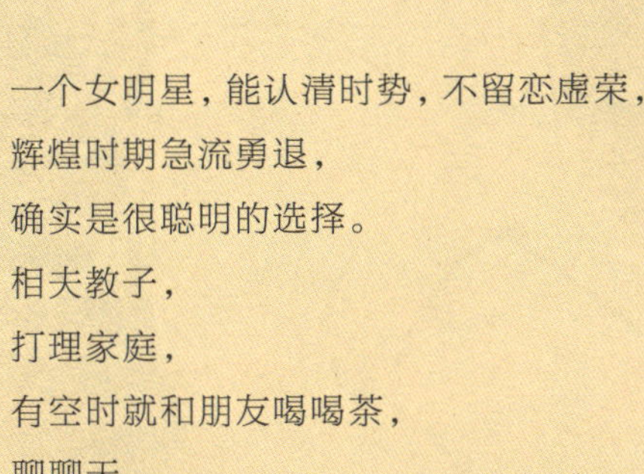

一个女明星，能认清时势，不留恋虚荣，
辉煌时期急流勇退，
确实是很聪明的选择。
相夫教子，
打理家庭，
有空时就和朋友喝喝茶，
聊聊天，
几近无声无息。

凤飞飞的这一生，
是严防紧守的一生，
可算无事不周全，
无事不妥帖。

张爱玲说：
“人的一生他们所经历的都是些注定了要被遗忘的泪与笑，连自己都要忘怀的。”

凤 飞 飞

张
曼
玉

张曼玉息影后，
除了恋爱，
她还学了剪辑，
打过碟，
甚至还签约摇滚唱片公司唱歌，
她的歌喉相当重金属摇滚，
被人笑话。

于是勇敢的玛姬在狂风中对台下的观众说：

“我想告诉他们，
我不是 50 多岁，
而是 49 岁 7 个月 43 天。

在这个年纪，
我终于实现了自己的梦想，
这个动力让我觉得一切都还没完。”

她又接着说道：

“我演了二十多部电影，
可还是有人说我是花瓶。
请再多给我二十个机会，
我一定能唱好的，
好吗？”

林志玲

她用她的一切高高筑起我们这个时代最具特色的女神像。

从里到外，货真价实，
如果你绕到这座像的身后，
你可以发现那裙摆的后面雕着一行细细的小字，
请你用林志玲般的语气把它念出来：

“啊，你们这些虚伪而脆弱的人类，
你们承受不了任何真实，
所以呢，
你们就活在幻想里好啦！
加油喔！”

施 南 生

李碧华这样赞她——若硬要用一个词来简单定义施南生，恐怕只能用这三个字：
“不一般”。

施南生生活在一个男人的世界，
和各路人马熟稔，
黑白两道通杀，
做事的风格简捷。

“请你们相信我，
时间过得好快好快，
而且快到不可思议，
所以我提醒大家，
每一天都要 enjoy。”

张柏芝

等了五个小时，
一个小小身影闪了进来，无人跟随，单枪匹马。

黑色 over size 冷衫，
牛仔短裙，
薄底凉鞋，
绿色大口罩，
手里提着一只巨大的裸色 BV 手袋，
甚至还有点含背，

若不是脚踝处那著名的文身，你真想象不出这个细瘦的女子就是张柏芝。

朱 玲 玲

朱玲玲并不是演员，并无一片上演，
但她的一生就是一部顶顶励志
兼好运的女性大片，
前半部分演的是“灰姑娘”，
后半部分演的是“白流苏传奇”。

有人说，林青霞前半生是男人的女神，
后半生是女人的女神，
而朱玲玲无疑将广度与宽度拓展了，
她低调而华丽地女神了一辈子。

1988 年她披上港姐红氅时，
港刊用了四个字来形容她的美貌，叫“石破天惊”。

演过二十多部电影之后，
港刊还是用四个字来形容她在电影中的位置，叫“木头美人”。

事实上李嘉欣一点也不木，
她智商奇高，
性格坚决，
她演过的哪一部剧都不如她亲手导演的人生精彩。

李嘉欣

大 S

说到底，她就是那种誓要过上世俗幸福的女人。

林 青 霞

见过林青霞的人都这么说，也不知是何道理，林青霞一举手、一投足，总有一份世人不及的风情。

也许那是一个女人经历过重重险滩后对这世界的重新打量，对世间万物的感同身受，是对残酷的悲悯，是对美好的珍惜，是“对人生知道得太多”——是因为感触，也是因为领悟。

林 志 玲

给林志玲一个幸福的拥抱

一

第一眼看到林志玲，觉得她很像一只小鸟。

先探半个头，然后再调皮地跟一屋子人打招呼，让一屋子等她的人如沐春风——她就是能让她的迟到变成一个俏皮的事件，你不能不服。

那是2007年，她刚刚拍完《赤壁》。这是她的第一部电影，还带着新人的羞涩。在她对梁朝伟刻意的谦卑里，她让人更记得住的是顶级模特儿的专业，相机每响一下，立马在一秒钟之内微调表情和姿势，从热情开朗，到冷若冰霜，再到性感迷离，三十张照片就三十个表情，五十张照片就五十个表情。我此生都很难忘记，她如一只小鸟在呆呆的梁朝伟身边盘旋起舞，真是令人赏心悦目的一幕……

如果说那一次她给我的感觉是过于机灵，2010年在上海再见她时，感觉她明显就是过于巨星了，两个保镖寸步不离。她现在的工作已经满得要溢出来，明显超负荷。拍大片的早上她刚刚狠摔了一跤，膝盖上破了一大块皮，又生病，情绪已经非常不好，但她依然敬业地完成她已经重复了一百万次的工作，唯一让人看出她不高兴的时刻是她拒绝了和一起拍片的男模特儿的合影要求。

和那些一路睡上来私生活乱得一塌糊涂的巨星不一样，林志玲走的是另一条路；传奇明星们靠着本能、靠着生命力乱奔乱撞，而林志玲靠着她的高情商、高学历、高自制力硬闯江湖。她有着极其女性化的外表，但从来没有成为玩物。不是没有机会。当年刚刚丧偶的台湾首富郭董，公开表示喜欢林志玲，两人更共舞一曲探戈，最后定格时那香艳照片传遍社交界，与刘嘉玲和郭董的公开牵手照合称“双玲争郭”事件。对于这个敏感的问题，林志玲不屑地一笑，语气前所未有的硬朗：“大家真是太八卦，时间太多了。对我而言，郭董应该会非常明确，就是做他们的一个主持，而且我非常认真地做功课，我知道他们所有总经理的名字、他们的背景，很努力想好整个晚上的细节我应该要怎么做，然后下来跟员工互动，还排了一系列探戈舞。”

是的，就算他对她有好感，那又怎么样？她永远记得自己的身份，他只是她的一个客户而已。付了钱就交足货，这就是她的风格。“那个探戈舞我请曾馨莹老师来教我，曾馨莹现在是他的夫人，所以你们的八卦源头要想一下。大家忘记了那时候是我请曾馨莹老师来，之前我们就合作过两次。”

所以其实是你介绍曾馨莹和他认识的？

林志玲点点头：“可以这么说。”

之前他们两个是完全不认识的？

“对。因为我们要跳探戈舞，我记得我有跟他讲，大家都这么忙，一定要准备的时间多一点，于是我们分开练，我是模特儿出身，有时候姿势一对好像就是对了。所以我印象很深刻，我先介绍曾馨莹老师，然后认识大概的舞步训练。然后让她去教郭董。”

怎么说呢？

林志玲确实是一个特别的人。从根本上来说，她是男性社会严格培育出来的最佳产品。正是如此，她有她的原则，有她的基础、她的人生观，这些东西非常正确，却让她的人生有点无趣。一个有趣的回忆是，上洗手间的时候，我正待在格子里，听到林志玲和助理走了进来，听到她和助理在手忙脚乱地找美瞳贴眼睫毛，听见她用那标志性的娇嗲的声音在轻轻呼唤："哎呀，找不到了耶，找不到了耶……"那一瞬间，我坐在马桶上乐了。这就是真的林志玲吧！她的娃娃音、她的娇柔、她的女人味确实被她长期地使用着，即使是装，那也是从小装起。从小装起的东西，不是假，还有另一个名字，叫教养。

二

既最大程度地保卫自己的立场，又最大程度地保护别人的情绪，林志玲是一个人见人爱的女孩。

她的出现就好像天上掉下个林妹妹，人人都会觉得——啊！这个妹妹好像哪里见过！

林志玲就是有这样的亲和力，任何坏事到她手里都能转化成好事。记得2004年台湾第41届金马奖请了她做主持，整晚闷不可言，只见林志玲走下台来用她充满磁性的声音对刘德华说："可以给我一个幸福的拥抱吗？"

见惯场面的刘德华呆了呆，然后满面笑容、小心翼翼地把手放在林美人滑溜的玉背上。于是一整个晚上，男明星都在偷笑，黄秋生甚至主动要求"抱一个"，而女明星纷纷撇撇嘴，可又怎么样呢？

轻而易举，林志玲又为她也被闷得抽筋的颁奖礼成功制造了话题。仍然是当仁不让的第一主角，一切流言与嘲弄，都阻止不了林志玲一步一步走向台湾第一美女宝座的轻快脚步。

林志玲为什么红？因为她永远物超所值。她奉送的不仅是她的一米七五、她的34C、她的甜美、她的娇嗲，还附送她的聪明、她的机智、她的修养、她的高情商。她美，甜美，性感，娇嫩，温婉，并非艳光四射，而是普照四方，温柔地嗲嗲地微笑着把自己推到观众面前："大家好，我是林志玲。"小手摆一摆，眼光从左到右，下面的人一个也不放过，如温暖的月光扫过，大家都被电到，然后真诚地望着镜头呼吁爱："希望今年有人能鼓起勇气来追我……"

哪怕你的问题多刁钻，她一律兵来将挡，水来土掩，不挑衅，不对抗，不妥协。

——你演的小乔太高了！

——对不起，身高我真的不能克服，现在我只能告诉大家小乔长高了。

"有时我也会不解，明明见面时我跟记者说的是1、2、3，为什么写出来变成了-1、-2、-3？可是还是经常要见，难道我要从此不理他吗？"

所以她仍然是最配合的明星，会配合说点要露不露的绯闻，会时不时当众流点小小泪，会配合小S大讲当年穿丁字裤的糗事——"啊，我就把大的那块穿后面，小的那块穿前面，于是就……"哗，大美人的丁字裤喔，观众们顿时得到更大想象的空间，电视台收视率急升，林志玲依然非常可爱。

采访林志玲对任何一个记者来说都是非常愉快的事，因为她永远会给到你想要的、她又能给的话题。《赤壁》发布会上，说无可说，她突然流泪，第二天，"美人为何流泪"又成功抢占报纸头条。

所有的坏消息到她那里都成了好消息。三十岁太老？不会啊，"三十只是一个数字，你忽略它，就可以轻松地面对一切。美丽需要经年月累积，累积的自信会令你美丽"。

说话嗲？不会啊，"从小有家教，说话不大声，女孩要温柔才好"。

扮嫩？不会啊，这是“自己独到的审美”。

有缺点吗？“就是要求太完美。”

有脾气怎么发泄？“就吃巧克力。”

据说梁朝伟拍戏时不太理人，从不教你戏喔？“他没有直接教，可是看他演戏已经学到很多。”

她以自己的方式活着，从不后悔，从不退让，从不失落。她非常非常明白这个圈子的游戏规则，并且游刃于其中，超然于物外。小至一条丁字裤，大到让她一夜成名的“手机浴袍照”，等她红了，当记者追问她与言承旭的关系是不是“姊妹”时，她语带玄机地回答：“这种说法很特别，想法也很可爱，我不知道要说什么。”

三

这是一个可怕的美女，因为她无所畏惧，又那么坚强。她被马踢断肋骨，非常痛，可是她连哼都不哼一声。当年离开言承旭，眼泪流了一个月，也不说软话。为了达到目标，她知道什么是自己付出的代价，她食得咸鱼抵得渴。

什么样的女人最可怕？知道自己要什么的女人最可怕。

因为任何诱惑都无法阻止她为自己所要的而迈出的脚步。林志玲就是这样一个女人。她太知道自己要什么了，所以你无法伤害到她，她以自己的方式活着，从不后悔，从不退让，从不失落。

而你，只能选择离开，或者给她一个幸福的拥抱。

后记

见过林志玲真人的人，没有一个会讨厌她。如果讨厌，我觉得除了嫉妒没有别的原因—她是真的很好。

只是奇怪的是，见过真的林志玲的女人全都会爱上她，而见过真的林志玲的男人大部分都会幻灭，因为她其实根本就不是他们夜里所想象的样子。她根本就是这个社会一个无菌室里培养出来的最完美的女人，好人品，好情商，好教养，好脾气，阳光得不能再阳光，励志得不能再励志。她是性感偶像，可是生活异常严谨。她温柔嗲气，但和她工作过的人都知道她的完美主义，拍电影，导演说行了，她坚定地说，不行，我觉得不好，我们再来一次。她看上去柔弱可欺，但内里极其刚强，她要不要取决于你有没有触及她的底线，她想不想要。我永远记得她说那一句话时脸上的决绝表情："（偷拍）如果我真的要完完全全不被任何人知道，我还是可以安排得到。"

世人都生活在自己的幻觉当中，那种自以为了解生活或者了解他人的人都是痴人说梦。费里尼说，其实没有人能捕捉到所谓的"真实的"世界。是的，谁能够了解林志玲呢？任何人都不能。她用她的无敌太极拳将所有的人都排除在她的世界之外，因为她知道，其实你们都没兴趣了解真实的她，你们要的只是幻觉。你们只想知道她的丁字裤是怎么穿的，你们想知道她的咪咪是不是真的，你们想知道她的情人是谁，你们想知道她的浴袍合照案发生在何时何地……你们甚至连这些都不想知道，你们就只愿意看到她穿着一袭深红的范思哲曳地裙，脸上挂着赫本般的微笑走过，身上贴满了你们喜欢的各种标签，骚情、清纯、高贵、妖媚……你们什么也不想要，你们只需要一个可供幻想的完美身躯。

你们要，她就给。

这就是女神的做派。

加里·格兰特有句名言：我和我的观众一样，都很想成为加里·格兰特。

明星的肉身承载的是我们这个社会的幻觉。我们这个仓皇的时代里没有赫本，于是林志玲就扮演赫本；我们这个贫乏的时代里没有女神，林志玲就扮演女神；我们这个时代没有完美，她就扮演完美。她小心翼翼、如履薄冰将自身的每一寸都投身到这项伟大的事业里，不让这座女神像有任何一丝缝隙。林志玲深谙这个世界的奥妙，知道你们唯一不想要的就是真实。所以，你不必知道她那个经过七年苦恋的最爱的男人是谁，也不可能知道她在掉下马之后嘴里哭喊的是哪些句子，更不必知道你们心目中的女神也曾被人抛弃，也曾在暗夜里辗转痛哭，更没人有兴趣理解她六岁时在课堂上答不出老师问题时的极大痛苦。你们不愿意看到这些，因为你们根本不想知道，所以她就打着太极拳和你们逗乐。

在某种程度上，我觉得林志玲就和费里尼一样伟大，前者是个“说谎者”，后者是个“造梦人”，他们都擅长制造幻境并让人深堕其中。费里尼曾经骄傲地说，“我和其他人的不同只是在于此，我知道自己活在一个幻想的世界，我喜欢自己活在一个幻想的世界，我喜欢这种状态，而且也痛恨任何干扰我想象的事。”

他们俩都是这个充满幻境的奇怪行业里最聪明的人，只不过费里尼愿意将秘诀公开，而林志玲将一切都化为脸上赫本式的微笑。从这一点上，我认为林女神显然更聪明、更厚道、更高尚，她用她的一切高高筑起我们这个时代最具特色的女神像，从里到外，货真价实。如果你绕到这座像的身后，你可以发现那裙摆的后面雕着一行细细的小字—请你用林志玲般的语气把它念出来—“啊，你们这些虚伪而脆弱的人类，你们承受不了任何真实，所以呢，你们就活在幻想里好啦！加油喔！”

022

李 嘉 欣

喜 欢 靓 嘢 不 是 错

1988年她披上港姐红鹫时，港刊用了四个字来形容她的美貌，叫“石破天惊”。演过二十多部电影之后，港刊还是用四个字来形容她在电影中的位置，叫“木头美人”。

事实上李嘉欣一点也不木，她智商奇高，性格坚决，她演过的哪一部剧都不如她亲手导演的人生精彩。二十年来，她在众目睽睽之下恋爱如换画，对象不是帅哥就是巨富，每一段恋爱都让娱乐版格外兴奋。

三十八岁那年她出人意料地嫁给城中出名温柔的钻石王老五，为她缤纷的恋爱史画上一个完美的收梢。这时你才明白原来美女下凡，注定就是为了颠倒众生，因为靓的东西人人都喜欢。

一

李嘉欣像一阵三月的微风，轻盈盈地拂进来，身上不过是极朴素的几样颜色——一件珍珠白披风短衫，内衬圆领黑T恤，微微小喇叭的靛蓝牛仔裤，脸上一副O形墨镜，脑后绾了个小小的髻，简单到不能再简单，可是越发显出她的细腰、丰臀、长腿，还有雪白的脸上那两条优美的弧线，让人想起亦舒在《印度墨》里评价女主角的话：“人家的五官怎么那样好看，浓眉，长睫，高鼻子，尖下巴，上唇形状像丘比特的弓。”

什么时候发现自己是美的？

“我一直不认为自己漂亮，那时我觉得成绩好的女生最漂亮。小时候我近视眼，又高又瘦，吃什么东西都不胖。有一天我妈妈看不下去了，说我整天戴着厚厚的眼镜大眼无神，带我去配隐形眼镜，戴上后马上就不一样了！后来就经常听人告诉我某某男生想认识你……再后来走到街上，会有人找我拍广告，我就想为什么他们会找我，直到那时我才知道自己是漂亮的。”

拍广告时认识了作家之子倪震，开展了一段puppy love（早恋或一见倾心下的短暂爱慕）。浪漫的倪公子会写情书、写情诗。后来她参选香港小姐为拿不到“最上镜小姐”而痛哭，也是多情公子载着她游车河，安慰她，开导她。不过随着她进入娱乐圈，两人恋情无疾而终。后来倪震的姑姑亦舒写过一部小说叫《印度墨》，故事描写纯真热情的大学生陈裕进爱上了家境贫寒家住天台的中葡混血儿刘印子，但随着印子名气增大而最终分手的凄婉爱情故事。

我问：“你有没有看过《印度墨》，据说是根据你和倪震的故事写的。”

“什么名字？”她问身后的经纪人。

经纪人笑着重复道：“印度墨。”

她一面对镜描眉一面斩钉截铁地答：“我没有看过。”

“那你有没有看过亦舒的书？”

“看过……初中的时候看过。”

沉默了一阵，李嘉欣突然面色凝重：“我常常在报纸上看到一些莫名其妙的故事，说小时候我家里很穷很穷，住在天台上，讲我和某人分开是因为环境的原因。其实我家虽然不算什么大富大贵，但也是小康家庭，从来没有住过天台。我爸爸有工作，我妈妈也一直在上班，要不然我和我姐姐怎么可能在一家香港数一数二的学校读书。我想，可能是人们需要做梦，需要看到灰姑娘的故事，好像只有那样才能满足一般人的幻想。”

二

住天台或许是女作家的幻想，但家庭状况一般却是实情：那么小就要出来工作，十多岁时她的葡籍父亲抛妻弃女，李嘉欣与姐姐和母亲相依为命。据说父亲在女儿成名之后还问她要过钱，但被她断然拒绝，并不介意公之于众：“这让我感觉很受伤，觉得为何会这样，他应该关心三个女人在外的生活，为何不关心？”直到1995年父亲去世，这个心结才算解开。这其中当然受过许多苦，所以李嘉欣知道努力，她的会考成绩拿到四个A，这种成绩全香港也只有几百人，但最后她毅然放弃学业，因为急着要赚钱养家。“我比较中意读书，我觉得自己有这方面的天分。但是那个时候想快一点support family（补贴家用），所以进了娱乐圈。其实这些年，我一直有在进修，比如日文，就算是每天在和别人的交往中我都觉得可以学到很多东西。”

出道二十年，绯闻无数，有小她五岁的靓仔模特儿，也有天王黎明，更有形形色色的富商，这其中与富商刘銮雄的传闻更是纠缠多年。2005年前在坊间传得轰轰烈烈的一桩新闻是刘在报纸上署名“The ONE”的整版广告给她庆生，而此时的恋人许晋亨即以“M二”车牌还击，最后还是温柔细致的许生抱得美人归。在两人拍拖七个月之际，李嘉欣参加《志云饭局》时坦承做过第三者，也伤害过别人，爱上大刘是因为，“他那种霸气吸引我，很疼我，属于很细心的那类人”，最后的分开只是因为她无法接受他有其他的女人。

选择这个时候讲清一切，当真需要胆识，李嘉欣的潇洒之处就在这里——“我觉得我无事不可对人言。”有人说李嘉欣高调，她并不是高调，她只是骄傲，骄傲到不屑撒谎——“缘分的事不由你主宰，爱情对我来说，确实是好伟大，但也不是非它不可。我有一个底线，那就是我不接受不忠，我希望有长久的关系，不用同人去比较。”

三

2006年李嘉欣与许晋亨恋爱的消息曝光引起了极大的轰动，原因是两人都是情场老将，许晋亨早年与刘嘉玲的恋爱轰动一时，与赌王之女何超琼的世纪婚礼常被人提起，并且也追求过不少女明星：黎姿、陈法蓉、徐绮雯。

嫁给一个情史甚多的男人担不担心？

“我觉得他和我一样，是一个被媒体描述太多的人，外界的说法和真实的自己有好大的距离。他出身的家庭是富有，是谈过一些恋爱，然后他就被描述成为一个花花公子，我觉得都很不公平。”

紧接着追问：“但众所周知，他喜欢追求女星？”

嘉欣面色如水，回答道：“那喜欢靓嘢（粤语，漂亮的东西）也不是错的。”

许是香港老牌富商子弟，为人绅士，是众所周知的Mr. Nice（好好先生）。“不只是对我，对所有人都是。”李嘉欣在接受采访时曾开心地说，“他很疼我，也肯接纳我的缺点，我不是一个太有耐性的人，他像是上帝派遣下来训练我、照顾我的人……有一次到东京旅行，我看中一件饰物，很漂亮，第二天起床，发现那件东西竟然放在桌上，但我们从头到尾都在一起，他没有离开我半步，我问他是怎么样买回来的，他说什么也不告诉我，或许十年以后才揭盅（粤语，揭开谜底）。”

爱情如此甜蜜，更重要的是，居然认真到结婚这种地步。求婚是在罗马，房间铺满粉红玫瑰，手拿一枝玫瑰的绅士跪地求婚，然后一队人马鱼贯而入，手上捧着不同款式的求婚戒指，让美人挑选心头好，“开心到好似放烟花”。紧接着婚礼亦是全城轰动。这场恋爱谈得轰轰烈烈。

但在很多人心目中又是一桩女明星嫁给有钱人的案例。李嘉欣笑了笑：“我嫁他只是因为这个人是一个好人，一个好男人，碰巧他家庭环境亦不错。我看到电视里、报纸上很多为人父母的人都说希望女儿将来嫁个有钱人，因为嫁给有钱人就有比较舒服的环境，我觉得这是人之常情，而且窈窕淑女，君子好逑，讲真话，丑女是没有这么多机会的。”

有人说你是拜金女的代表？

美女眉头微颦：“其实有很长一段时间我都在说我不需要婚姻，我觉得自己能给自己所需要的环境，但是遇到了我先生以后，我又觉得可以去尝试。说真的，我的生活并没有因为嫁人而得到大大的提高。对我来说，单身且又适婚的男性已经好少。首先你要明白香港的社会架构：第一，好多男人是gay（同性恋）；第二，这个年纪的男人要不然已经是别人的老公，要不然就是花花公子。而且并不是说你选择人家就行，还得人家喜欢你。我嫁他是因为他感动到我。人人都有过去，我也有过去，到我这个阶段，如果一个没有过去的人走过来和我拍拖，我想我也是不能接受的，因为人生阅历根本不同嘛。好多人会编许多的故事安在我身上，只有和我有相似经历的人才会理解我。”

四

大美女，当然很难有朋友。“除了陈可辛、徐克，还有黎明，我不喜欢出去应酬，我没有那么多时间，自己的人生还有好多事要去做……女星啊，没什么来往，嗯，有一个，吴君如。”说话坦率到没有心机，“我天生中意聪明的男人，如果他不聪明能干，那我不是很蠢。”她也有她独特的处世原则，标准严格，铿锵有力。

“你要非常非常独立才能留住男人。”比如：“我永远不能接受女人的幸福是男人给予的这种话。”比如：“男女之间永远没有公平的一天，所以我们要懂得取舍。”比如：“这个世界充满变数，作为一个女人，不喜欢自己的人生，反而等人来对自己好，而不是想着如何去丰富自己的人生，就算有人出现，你那怨妇的磁场都会吓走他，如果他一世不出现呢？”

传闻中的李嘉欣是剽悍的，要求完美，连新居电视摆位都要正对沙发，不能斜一点，因为侧头看电视，容易有颈纹。真实的李嘉欣并不挑剔，照片拍得不好，那就重来；看到拍得漂亮的片子亦会欢喜雀跃：“这张要留给我，我要把它放大放在房间里面。”

她不太愿意和生人说话，但是遇到熟人就像个小女孩：“啊，你知不知道上次我穿那双高跟鞋去逛街，打出脚上一个泡，害得我马上买了这双鞋即时穿上。”很得意地亮出她的脚，是一对可爱的粉红缀银边的Tod's芭蕾鞋。

她享受美食，会托相熟的化妆师从台北带一大袋她爱吃的黑椒猪肉干；还没拍完片，已经有人在呼唤她七点的饭局。“我是那种一说减肥马上就胖的人，比如上次出去旅游，我一看自己胖了，就说哎呀要减肥，一回香港反而又胖了两公斤。我觉得喜欢的东西你就多吃，我不会去控制身材，但我喜欢做运动，有时上午，有时下午，做两个小时，待在健身房出出汗，感觉很舒服。吃的方面反而不会太担心，有时别人看我吃得很多，问这么晚吃这么多会不会发胖，我就不会。美食是一定要的，我觉得每吃上一口都很开心，这过程才会让你更开心；不要说你每吃上一口都觉得是罪恶，那么吃就变成一种痛苦了。”

老天真不公平，为了保持身材，有的女明星数年没有吃过一口饭，但李嘉欣就可以一口气横扫十只生蚝，照样是骨感美人；有的女明星辛辛苦苦拍了一辈子片，还是绿叶演员一个，但李嘉欣只拍过二十来部电影，产量不多，却仍然是人们心目中的一线女星，无论是《鹿鼎记》里的阿珂，还是《堕落天使》里的女杀手，甚至是侯孝贤镜头下的黄翠凤，无一不是美得让人辗转难忘，她在所有的电影里都毫无意外作为美丽的标杆而存在着。当然作为混血儿，美是应该的，但美到这样毫无缺陷，震古烁今，却只有李嘉欣一人。

“美貌是老天送给我的礼物。”李嘉欣说。娱乐圈美女甚多，和她同时代的美丽女星，现在不是寂寂无名，就是黯然归隐，没有谁能像她一样在历尽风风雨雨之后，还能嫁得如此风光，过得如此体面。这么多年她一直是和最顶尖的男星合作，拍最名贵的广告，谈最轰动的恋爱——还要是上杆子追的那种，这就不光是美了，她还有另一样绝杀武器，她真的很强。

这么多年，李嘉欣仰仗的是她战无不胜的美貌与坚定决绝的性格，她从不患得患失，她就是要过好日子，要有名有利，要一切尽在掌握中。所以她做任何事都理直气壮，被拍到和已婚富商逛街也气定神闲，就算恋爱失败也不见她出来开记者招待会哭诉。也许，从根本上，她就不是那种以感情为生的小女人，她从小就知道生活的苦，也明白这世上要有尊严地活着是多么难。“我的性格一直很强势，可能因为我一直要养家。我希望做我愿意做的事，当然我也可以做一些我不愿意做的事，但我会好辛苦。我不懂撒娇，一听到女人撒娇毛管都竖起来。强势可以说是我的缺点，我本来很不适合娱乐圈，但性格影响命运，我觉得一直有人帮我，有些事我处理得不好，总是会有人提醒我，比如说我先生。他是一个好好先生，他会隔一段时间对我说你这样处理会不会更好一些呢，所以我一直没有受过太大的挫折。我觉得自己是比较幸运。”

那你还会拍戏吗？

“无所谓，要看机会，有些事情是很难去计划去安排的，我不会刻意为之，如果有这样的机缘，遇到就会拍。人生最重要的是日常的生命，我觉得对我来说拍什么戏都没有我学习怎么样去编写我的人生剧本重要。人生比拍戏复杂，不可以再来一次，而你的人生是你自己可以学着去控制的，拍戏的时候我会百分百投入，但是我对我的生活更投入。”

后记

李嘉欣从根本上来说，不是个演员，她的职业是美女。

有人在机场碰到她，穿旧的牛仔裤，扎马尾，清丽得像个大学生，但身边却有四个保镖。“是有四个，但那是主办单位请的，为了安全需要。”哪怕穿最朴素的衣服，其实那也是出名的牌子。行家告诉我们，她的眼镜是乔治·阿玛尼的，圆领黑色T恤是Donna Karan，顺手摆在桌子上的包包是爱马仕紫色鳄鱼皮Birkin——这个包起码得一百万元。

排了很久才买到吧？

“我不知道，因为不是我买的，这只是情人节的礼物而已。”

超过一百万吗？

“我买东西不是因为它贵，是因为它好，当然好的东西一般来说是贵的。价钱常常不在我的考虑范围之内，我喜欢一样东西不关钱的事，而且我也不会乱花，我只是觉得那东西适合我。”她对着镜子里的自己以及围在她周围的一众人等淡淡地说。一百多万的礼物，她想必收过很多。

她是这样美，美到像夜空里一颗星星，散发着清冷又淡默的星光，兀自过着她自己想要的生活，演电影，谈恋爱，嫁豪门，生儿子。2011年2月，她在妇产科医生的帮助下顺利产下一子，后来我在巴塞尔艺术展看到他们一家三口在看画，小男孩俊朗犹如混血，现世完美得让人无话可说，几代单传的豪门再无啰嗦，想看她笑话的闲杂人等统统退后。

“真正的快乐与幸福都源自于内心的简约。”这是她的个人名言。也许她就是那种活得特别简约的女人吧，因为简约而带来彪悍。慢慢地，在强大内心的照耀下，她把自己活成一个传奇，一个没有几个人能真正了解的传奇。

我突然想起陀思妥耶夫斯基写在小说《卡拉马佐夫兄弟》里的一句话：“美，是一种可怕的东西！可怕是因为无从捉摸。而且也不可能捉摸，因为是上帝设下的，本来就是一些谜。”

030

张柏芝

最后的江湖儿女

一

等了五个小时，一个小小身影闪了进来，无人跟随，单枪匹马。

黑色over size（超大号）冷衫，牛仔短裙，薄底凉鞋，绿色大口罩，手里提着一只巨大的裸色BV手袋，甚至还有点寒背，若不是脚踝处那著名的文身，你真想象不出这个细瘦的女子就是张柏芝。

我们都怕她来不了。前几天，她开车在浅水湾与南湾交界处撞伤了一名六十八岁清洁工人，新闻闹得沸沸扬扬。头天晚上，她还眼泪汪汪地在电视里接受采访，狗仔队团团围住她家。今天实在来不了也在情理之中，但她还是把自己包得像秘密特工突围而出。答应别人的事，就一定做到，这是江湖儿女张柏芝的行事作风，有口齿（粤语，讲信用），有义气，有担当。

她一来就开始投入工作，躲在口罩后面调摆众人，穿什么衣服，着什么鞋，化什么妆……半个小时后，她已经由买菜娘子变身成为美艳女郎。当她穿低胸收身裙出来的时候，胸前肌肤胜雪，汹涌浩荡，唯一能挑出毛病的是小肚子，那是生了两个孩子的人生附赠品。她出场的那一刻，全场都静了一下，在场所有男士的心都在那一刻荡了一下，半天才落入胸腔——的确是美女啊！每一个角度都美，每一个pose（姿势）都有风情，有时是清纯，有时是诱惑，有时是幽静，有时是野性，三十一岁已经有两个孩子的妈妈面貌依然如二八佳人。摄人心魄的美貌是老天爷给她的礼物，母亲是中英混血儿。她十三岁去滑冰时，已经有男孩团团团围住看她，开始一起去的女同学不解为何他们都直勾勾地看着她，她从小享受注视，对此并不在意，对待男孩子，“我眼睛盯住他们，他们已经怕了，跑了”。

二

这是2011年4月我见张柏芝时的场景，一个月以后就爆发了她和谢霆锋的世纪离婚案，那次采访应该是她离婚之前最后一次接受杂志长采访。

现在回过头去推算，采访时她应该正和她口中最爱的老公处在谈判阶段，可笑的是，她还必须在我面前描绘她的幸福家庭生活，说还想生三个之类的话。如果说江湖儿女有什么不好的话，那就是江湖儿女都太爱面子，太喜欢装了，有时近乎逞强。

但摆在面前的事实又是如此诡异。儿子刚生出来一个月，她就接了好多戏，而且都是烂得不得了的戏，还有一些赚快钱的真人秀，很缺钱的样子。甚至还要演，与老公更为恩爱，一时陪老公买衣，一时在金像奖老公得奖的瞬间失控痛哭。当然，这一个月里她还发生了另外一件事，那就是在机舱碰到旧爱冠希，两人离奇合照……很多事都是这样，你必须在尘埃落定之后才会发现当年的所有离奇的新闻都有了答案。原来，当时香港片酬最高的女明星正处于人生中最艰难的时刻，但她却必须得装作什么事都没有发生。

我们共处了差不多五个小时，从十一点多到四点，纯粹聊天有近一个钟。当天的采访张柏芝情绪不高，按理应该很高兴，因为那天报纸的娱乐头条是老公的制作公司快要上市，西装笔挺的帅哥很有可能是最年轻最帅的上市公司老总，谢家全家出动，喜气洋洋，但张柏芝似乎对这消息并不感冒，只说她天生是个妈妈，至于爸爸和儿子私下玩什么，她亦答得坦白：“我儿子跟他爸爸相处的时间很少，真的很少，超级少……”印象最深刻的是，她还面色平淡地说了一句很厉害的话：“儿子都像爸爸，你看谢霆锋就是另一个谢贤，我不想我的儿子是谢霆锋……我想我儿子是他自己。”

我瞠目结舌，这句奇异的话我都不敢放到唯美的时尚杂志采访里。谢贤是谁？终生爱玩，风流倜傥，和无数美女传过绯闻。如果谢霆锋是谢贤，那完美老公不是一句空话……自相矛盾是谎言暴露的命门。

三

那次采访的第一句话是我说的，我说我十年之前见过你，2001年你刚出道，是玉女。

她神情惨淡地一笑，幽幽问了我一句："那我可老了……"

讲真，皮肤是一定差了一点，十年前是陶瓷娃娃，白嫩得吹弹可破，十年之后她几乎小了一个码，化了妆后，人依然明丽照人，胸前依然波涛汹涌，但是手伸出来是又黑又瘦。我想，那也许是如她所说的长期在厨房耕耘的后果。一提到孩子，她泪光闪闪："每一天离开他们出门之前我都哭，一直哭到我可以回家……但是都没有办法，为了生活。"

将一切归之于为了生活，顺势原谅自己，也原谅别人，这是江湖儿女的口头禅。

张柏芝从来就是一个生在江湖的女子。父亲本是江湖中响当当的人物，人称"胡须勇"。母亲是标致的中英混血儿，为爱而生的女人，情事纵横港九。九岁时生父生母已然离婚，十五岁她已经学会抽烟喝酒，是十足的叛逆少女，十七岁回港，因为面容清丽似林青霞，拍了一个"阳光柠檬茶"广告让全港惊为天人，十八岁已经出演周星驰《喜剧之王》的女主角，她演抽烟放任的小舞女柳飘飘，本色出演，真挚动人，算是一鸣惊人。

从此星途坦荡，唱歌演戏登台赚钱，从十八岁一直忙到二十六岁，新闻无数，从“江湖奸杀令”到耗时日久的经纪人官司再到飞车受伤，还有著名的顶包案。曾牵手陈晓东、推油陈晓春、穿越陈冠希，硬生生与万人景仰的王姓天后展开漫长情感拉锯战，最终情定谢霆锋。2006年9月29日，谢霆锋在香港国际机场向传媒表示已与张柏芝在菲律宾结婚，并展示手上的戒指，标志着张柏芝新生活的开始，她悄然隐退，洗手做羹汤。再过五年之后，他宣布离婚，一年后与王菲复合，而从此以后，张柏芝开始带着两个儿子，不时穿梭在亚洲各个国家，过着她著名的单身母亲的生活。

钱是要赚的，只是越来越难，她二十三岁就得了香港金像奖影后，但到三十二岁，已然成为众人口中的票房毒药。从香港片酬最高的女星变成略带惨情的女星，如果这一切发生在书里，你会觉得没有什么，但当你亲眼见到不免感触很深。

不敬业引发大佬们的愤怒，赚快钱是她的命门，但从第一天进到娱乐圈开始，江湖儿女知道的不就是一句话吗：因为你不知道什么时候红，什么时候不红，所以能赚的时候赶紧赚……

四

“你问我是哪一种女人，我就是那种不照顾人我会死的人，我的朋友家人，或者是跟我完全不认识的人，我都想要照顾他们，假如人家照顾我，反而觉得有一点压力。我也常常问自己为何这样，但找不到答案。累，真的累，但是，那个累是从快乐当中得到的累，是那种身心疲惫。但一点都没有埋怨、投诉、辛苦、难受，没有，所有的东西都是在开心里面得到的，原来开心也可以得到累，你懂我意思吗？这个我不知道怎么去解释。”

“我是单亲家庭出身，从小花名叫管家婆，家里所有的东西都是我管的，我的弟弟，我的姐姐，他们的功课，他们吃什么晚餐……我看到了很多事情，我原来是一个非常有个性的女生，我做什么决定都是我自己做，我想说人出生的时候是一个人出来的，所有的决定都得由自己去做，做错了所有的责任也都要一个人去承担。”

张柏芝这小半辈子的事，换成任何一个女人，早就疯了，但张柏芝咬牙背了下来。“我背负了很多东西，但是我不可以说。我跟自己说，张柏芝，不管你遇到什么困难，你都不是最苦的那一个。”

所以，所有人都觉得张柏芝搞得掂任何事。两位绯闻前男友，一个是周星驰，一个是陈晓东，前后说过同一句话：“柏芝搞得掂的，她这么聪明……”拍了四个小时，粒米未进的张柏芝听到这句话，垂下眼帘，睫毛很长，嘴角闪过一个无奈的微笑：“对，每一个人都觉得我不需要帮忙，没有一个人会电话我，因为他们觉得我很强……其实我一点都不强，我是双子座，我总是在别人的面前很乐观，越是亲的人我越是对他们说我没事，演到我好像很开心，然后当他们不在的时候我自己躲起来哭一整天，没有人知道，然后我就去睡觉。”

她扒了一口饭盒里冷冷的扬州炒饭，用她那双凛如寒星的眼睛定定地看着我说：“睡醒了，然后我就去打仗。反正事情都发生了，发生了就代表存在，存在了你就要去解决，这个就是我要走的路。”

五

我在想：这是一个什么样的女人呢?

她不读书，也没什么信仰，更不跟什么高僧，每天唯一放松自己的方式是弹半小时的钢琴。和别的赖美貌为生的女人不同，她现在不太管自己的长相，也不用护肤品，甚至不再买名牌，她的衣服全是她的助手在九龙买的，最新款的包包是品牌赞助的。但她的身上有一种罕见的力道，特别实诚，特别扎实，她的那套东西像金庸小说里的玄铁剑，虽然不怎么好看，但很管用——那是江湖儿女们最后的绝招：出来行，靠自己，要还就还，反正有命一条。

我想，她一定经历过很多很多的不容易，可是她把那些纷纷扰扰的不容易通通咽了下去。她是一道铜墙铁壁，唯一缝隙是在阳台拍照的时候，她突然对摄影师说，不如你拍一张我流泪的照片，笑着流泪也挺好的。一秒钟之后，她居然真的流出了一滴眼泪，下午的阳光斜斜地打过来，闪闪光芒一现。离婚前一个月，当全世界都不知道发生什么时，这个即将成为新闻女主角的女人在接受一个时尚杂志的采访和拍片，她什么也不能说，还要假装自己很幸福。假装很幸福的她不停地让助理放一首歌，不停地哼唱，开始我们以为是谢霆锋唱的歌，谁知用查歌器一查却是张智霖的《你太善良》，歌词是这么写的："你等他悔改，好不过你松手放开，有一种固执，得不到喝彩，总担任伟大角色，献奉全部爱，宁愿悉心灌溉，没结果的错爱，理想归理想，得不到也等于妄想，原谅又原谅，他可有拍掌，诸多忍让没有奖，也没谁人买账……"

拍片的时候，她风情万种地撩起长发，眼神冷峻，嘴角含着似有若无的笑，浑然忘我地哼着她此刻最喜欢的这首歌——"明明他不配做对象，可惜你太善良……他不将你放心上，即使再善良，未得到景仰，受骗的那个比骗徒更混账……"

她在想什么，可能没有一个人会知道。如果来让我为这张图配画外音，我想到的是村上春树在《世界尽头与冷酷仙境》里的一句话：阳光千里迢迢地来到这个星球，用那力量的一端为了烘暖眼睑，想到这里我被不可思议的感动所打动。宇宙的真理连一个我的眼睑都没有疏忽。

036

张 曼 玉

我 再 也 不 想 看 到 自 己 哭 泣 的 样 子

世界上最幸运的香港女孩是谁?

张曼玉。

熟知圈中底细的人都这么说。

像她这样资质的香港女孩,在铜锣湾,扫扫能有一箩筐。小靓妹,不太爱读书,抽烟,讲粗口,十六岁就已经赚钱养活自己,十七岁从英国回来,在百货公司当售货员,十九岁参加选美,得了亚军。

靠着那对可爱的小虎牙,从《青蛙王子》开始,到《A计划》,她演的都是可爱、漂亮、傻乎乎十三点的小花瓶。2015年,我独自买票去看了为纪念哥哥六十诞辰重新上映的1984年的《缘分》,看到银幕上才二十岁的张曼玉,百感交集。

当时的她,真是美啊,脸上的胶原蛋白简直能把人的心给融化了,但眼神里的倔强与呆滞也真能把你打一跟头,简直就是那种按成龙品味找来的长发无脑美女。她的洋气,她的港味,是一只香港人最爱吃的菠萝包,可爱是可爱,好吃也好吃,Q也Q,泼辣也泼辣,土气也土气。

“我认为婚前应该灿烂,婚后应该归于平淡,也只有平淡的婚姻生活才是长久。我常常想着,和丈夫住在一栋小房子里,前面是院子,后面也是院子,孩子在屋前屋后奔跑,我提着篮子到市场买菜,偶尔在厨房里,会听到丈夫呼唤我的声音……”这是二十出头年轻的张曼玉对未来的幻想。按她当时的设想，不外是如钟楚红、戚美珍一样，出点名，赚点钱，找一个不错的男人，然后一嫁了之。

当她认识尔冬升之后，二十四五岁的张曼玉也曾满怀欢喜地对记者说：“我希望三十岁结婚，婚后不再拍戏，所以趁年轻要多拍些电影，多储蓄，将来便可以过舒服无忧的生活。我希望一生只结一次婚，结了婚就不要离婚。”

任何一个女人都希望结了婚就不要离婚，但是，慢着，命运大手压根就没有这样的心思安排这个长着小虎牙的女人有这么顺利的感情生活。一方面，它让她星途顺畅，影后拿到手软；另一方面，它让她爱来爱去，只能用四个老套的字眼来形容她的情史：情路坎坷。

每次恋爱开始时，她总是全心全意，满心欢喜，总认定这一个是十全十美，再也找不到比这个更好的，可是过了两三年以后，她又会发现事情不是这样。“感情的事很玄妙，过得了那一关，就会白头到老，可是有时候就是过不了那一关。”

她的第一个绯闻对象是橱窗设计师邱镇诚（Eric），两年之后分手。第二个，是一个叫Mark Kim的韩国胖胖发型师，三年里三分两合。第三个爱上的是年轻导演尔冬升。尔冬升出身演艺世家，端的有才气，端的超帅，就是到了2005年，还有一个疯狂的台湾前妻常年守在他家附近，结果被他成功申请禁止令。

那时，他年轻，她也年轻，“我们经常为很小的事情吵架，一吵便很凶”。冷战后，投降的多半是她。“我希望他对我说些甜言蜜语，送花，管接管送；他希望放工后，我会拿拖鞋，倒茶：结果大家都做不到。小宝（尔冬升小名）实在太大男人。”

和尔冬升的这一段，两个人估计都伤得不轻，以至于张曼玉再见他时，简直像个“陌生人”。尔冬升在多年后曾感慨地回忆此情：“我刚认识张曼玉的时候，她是以前那个样子,《警察故事》里那个样子,很可爱。到后来,她去戴牙箍、整牙,那之后,我就跟她分开了……她是慢慢变化的,包括脸型都变了……其实我当时想分开只是暂时的,但后来我在一个朋友家的聚会上碰到她,突然间觉得那个人不是我以前认识的人了……开始还准备自己要赖在那儿跟她聊聊天呢,想复合什么的……但整个感觉都变了……一个人,不管男的女的,如果已经不喜欢你了,那他的样子、性情、对你的眼神全都会变,完全成了一个陌生人。现在分析起来,可能是感觉她的眼神对我已经没有感情了,很冷漠了。那样一来,我反而如释重负了,当天晚上,我马上叫朋友出去喝酒,睡得很香……那真是解脱了。"

好在好强的"小虎牙"没有因为这次的失败而受挫,她继续恋爱,她总在不停地恋爱,因为"只想要一只戒指"。她找的男友有各种职业,除了发型师,还有普通人士、广告导演、电影导演、珠宝商人,但通通不得善终,有一位居然把她写给他的情信公开。至于传闻中的成龙、梁家辉甚至梁朝伟,都是过眼烟云——都是有家有口的人,谁会把这点子感情当真?谁能把这点子感情当真?谁又真的敢冒那么大的风险娶这个直率任性、敢做敢当、敢爱敢恨的女孩当老婆?

她离开香港避居法国,大半原因是在这里碰到的男人,都令她太失望。二十几岁时,她曾说过:"只要我的老公不去拈花惹草,我已别无他求,我觉得一个男人给我钱,送我礼物不难,但是真真正正把一颗心交给我,爱护和珍惜我,却不是件易事。婚姻根本是一场赌博,输了就什么都没有了。"

一个又一个男人,来来去去,都没有在她的生命里留下脚步,她还能干什么,除了像亦舒书里的那些独立得有些强悍的女白领一样。"好中意有收入,无勇气不做工",婚姻既是一场赌博,不如把注押给自己。

从《旺角卡门》到《青蛇》《滚滚红尘》《东邪西毒》《宋家王朝》《甜蜜蜜》《花样年华》,直至《清洁》,二十年的时间,六夺金像、金马,独得柏林、戛纳影后的亚洲女性,作为一个女演员,她达到了不太可能再达到的高峰。所以,每次她亮相,不说观众,就是国内二三线的女明星,都争相与她合影。

此时的她，是艺人中的艺人，影后中的影后，女人中的女人。张曼玉成了新一代的女神。

一切都是百炼成钢。就算是认认真真想经营好的婚姻，亦没办法维持，结婚不到两年，就宣布离婚，因为“我们认为彼此不适合在一起生活”。没办法，她就是命运大手点中的那一个人。

圈内一个资深老记者说：张曼玉这个人其实很笨，但她懂得自己笨。

做人最难得的，不是聪明，而是有自知之明。她唯一的制胜法宝就是藏拙。她知道自己不会演戏，那她就学；她知道自己不会说话，就尽量少和记者说话；她知道自己是平胸，就不会挤波斗奶；她知道虎牙影响她的戏路，就忍痛拔掉；她知道自己不是小女人，就不再试着约会香港男人，不做自己讨厌的事，不践踏自己的人格。这条路走不通了，就走那一条路，这是张曼玉最简单的生存之道。

走到了今天，她在各个城市游居，学学缝纫，学学电脑，搞搞设计，拍拍散拖，在世界各地的街头闲逛，周游世界，不再为难自己，不再辛苦自己。张爱玲说过的：“从柴米油盐、肥皂、水与太阳之中去找寻实际的人生……”今天的张曼玉已似闲云野鹤，不结婚有什么要紧呢？有男人爱，那就爱男人，没有男人爱的时候，就爱自己，总能碰到爱的人吧。张曼玉给我们展示了一个女人远离俗世生活后所能达到的最恣意的范本。

2007年，我在北京参加一个活动，活动的主角正是张曼玉。四十岁的张曼玉早已过了颜值巅峰，脸上早已不复那圆嘟嘟的可爱，只剩利落的线条，身材只有薄薄的一层，像个纸人，只有眼睛精光透亮。

采访的时候我抢到一个问题。我问她，你觉得你最像你演过的戏里的谁？她圆圆的眼睛扫过来，越过无数张脸，像小型聚光灯在我眼前一晃，认真地想了想："如果非要找一个人，那么《甜蜜蜜》中的李翘应该与我比较相似……那种求生的感觉很相似，那种……活下去的决心……"

无论是大明星也好，小明星也好，名人也罢，普罗大众也罢，我们的人生其实都差不多吧！克里希那穆提说过一句话："我们都生活在冲突与痛苦中，我们哀伤、孤独、绝望、焦虑、野心、挫折、彻底乏味……偶尔我们的心中会闪现一些喜悦，然后心就会执着于这个非凡的东西，并且想再度拥有它，直到这份喜悦变成一份记忆或者灰烬，这就是我们所谓的人生。"

我们都在挣扎，都在为活下去而努力，为找寻解脱之道而思索，为少承受一些痛苦而百般追寻。

哪怕就是张曼玉，也是由可爱嚣张的青春宝贝做起，到今天，她还在一直追寻，她还在捉住那活下去的决心，她去学剪辑，她去学唱歌，她去参加live show（现场演出）……人群嗡嗡地响，她又在说话，我听其中的一句是这样的："我为什么不太接戏了，因为我不再想演那些悲剧，因为我再也不能忍受自己在银幕上哭泣。"

四十岁的女人，是不应该再哭泣。

你呢，你还在哭吗？

大 S

寂寞只有自由的灵魂才懂得享受

一

大S我见过两次。

一次是很多年前的早春，在珠影碰到过大S，她和妹妹来拍广告。

那是她婚前最火的时候，穿着薄薄的少女蕾丝裙，上了严妆，沉沉的大眼睛，红红的嘴，有种阴郁又非常非常摄人心魄的美。她以40度的姿势倚在当时的男朋友蓝正龙身上，男方明显不受用，但她仍然固执地倚着抱着他。那些天，报纸上的题目是大S倒追蓝正龙。

第二次是在一个洗发水宣传活动上。她肤白如脂，穿着极高的高跟鞋，在镜头前把满脸的笑容送给摄像机，一动不动站了将近半个小时。那些天，报纸上的题目是大S与仔仔周渝民的恋情正浓。

两次见大S，她都用她的恋情非常明白无误地指出："我就是一个只爱帅哥的人。"

自从2008年1月宣布与仔仔分手，有好几年的时间，大S都是孤单一人。

她之前的恋情都不得善终，据说只因女方太强——与蓝正龙反目，男方说她封杀他；与周渝民的恋爱告吹，周的说法是"男生赚钱的能力比女生弱"，而大S冷冷地道：“当时我根本不知道他的财产是多少，分手是另有原因。”

那天和著名情感专家艾小羊聊大天，说起没用的女人，小羊老师说那不就是长了个王熙凤的外表却有一颗林妹妹心的女人吗？我汗然大惊，鄙人不正是这种人吗？而大S就是那种长了个林妹妹的外表却有一颗王熙凤心的女人。她在《流星花园》里是多么称职的衫菜，清丽的邻家女孩，温和可爱，但她本人呢，却杀气重重。

圈内流行着这样的她女王风的段子：据说，她拍戏时最看不得别人磨洋工，工作人员手脚稍微慢一点，她就会问“哪个环节出了问题”，感觉像个手持鞭子的女王。了解她的朋友则替她解释，大S并不是凶悍，她只是觉得自己时间宝贵，不想在无聊的事上花自己太多时间，“大S最大的梦想就是待在家一边吹冷气，一边躺在按摩椅上休息，她做什么事情都以此为终极目标”。

大S常常会说一些一般女孩不会说的话：

“我内心是迅猛龙（动画人物音速小子的别称），我是生活的极限家，什么我都去做，一件事做完我还能活着，我就觉得非常有快感。”

“为什么要用剩女这个名字，剩女和骂人人渣一样，都是不礼貌的行为。”

“我不向往婚姻，如果不想生小孩，那么结婚干吗呢！”

她爱美容，就理直气壮地打美白针；她爱读书，就理直气壮地在做面膜的时候抱本书；她喜欢做手工，画很丑的娃娃。只要过得了她心里那个关，她什么都敢说，什么都敢做，她是真正的言行合一。在某种程度上，我一直觉得大S是从未来时代穿越到我们这个时代的女人。她是一个未来女性的样板，气场强大，不怒自威。也许一百年以后的女孩都像她这样，拥有极高的智商，强大，对自己的现状有充分的认识，极度自我，无情，永远在为自己而活。

大S深夜独自从国际机场回到漆黑的家里时，会乐悠悠地在微博上写下这么一句话："寂寞只有自由的灵魂才懂得享受。"

漆黑无尽的夜空里，这句话闪闪发光，很亮，很透，很哲学，很大S。

那是未来人送给每一个追寻自由的人的一条小小私信。

二

在给未来发了这条私信不久，2011年她突然以霹雳手段宣布了她与富二代汪小菲的闪电恋情，掀起娱乐圈滔天巨浪，连世界第一淡定的菲姐都要感叹"八卦之心谁无"。

摆在面前的事实是，原本同出同入两年多的少爷妖精顿成陌路，新晋二十天的姐弟恋无比幸福，完全不用记者追访，微博上已坦承一切，男主角公然宣布"我俩就是订婚了"，女主角欣然转帖并强调："从跟小菲见第一面我就知道是他，见第四次面就订婚了……很幸福，很确定，很开心！"

七〇后熟女打败八〇后妖女，高调晒幸福理所应当，偏偏这世间就有那不识趣的各色人等潜伏在暗处议论纷纷。天涯上有专业八卦网友一丝不苟透过微博的只言片语技术分析出大S早已对汪少下手，从7月开始，微博里就已透露忐忑不安夺人男友的心情。面对如此指控，汪少已然沉不住气了，急急反驳，而大S明显气定神闲："人生的惊喜不断，感恩，珍惜，爱。""我呼吸的不是空气，是幸福。"于是她高调结婚，冒险生二胎，说到底，她就是那种誓要过上世俗幸福的女人。

大S是我们这个世界上罕见的女人品种，心理无比强大的火星女人。"我想做小三"或者"倒追"这种指控其实早已不在她的思考范围之内，当年的她不顾众目睽睽倒追蓝正龙，且蓝当时也有女友，她就送汤送水送温暖，当年她搞定仔仔时，周渝民也有女友许玮伦，他出车祸时她第一时间赶到现场，真是从来不惧人言。她爱上谁就向谁表白，谁能撼动她那颗女王之心，谁能劝止她这疯狂的御姐之情？坊间传闻汪少女友不断，可又怎么样呢？大S哪里顾得上，因为“能拥有爱情的人真美”！

从此洗手做羹汤，成为晒娃狂魔。别人都等着看她的笑话，她偏要做幸福美满、儿女双全的女人。这其中的甘苦，也就自己明白。我突然想起另一个强悍的女人，十九世纪初威廉四世的情妇蓝勃夫人。当她老了的时候，她的儿媳妇嘉路莲痴恋诗人拜伦，为人不齿，争论间，嘉路莲忍不住反问婆婆：“那你与皇上呢？”这位蓝勃夫人气定神闲甩了一句极具英式哲学的短语回答：“ But they do not see.”（但是他们没有看见。）

感情的境界，不顾不管，虽然千万人逆之吾往矣，对于横下一条心要去得到幸福的女人，她就是要去结，就是要去生，吃了秤砣铁了心。

原来这世界，真的有拜家庭教的女人。

毕竟，有信仰总归是好的。

林 青 霞

爱 哭

一

“林青霞总也不老。

“十几年前那一班在电影院替她捧场的五陵年少，有些天平开了顶，有些两鬓添了霜，但不管人事怎么变迁，林青霞永远是林青霞，一径那么浅浅地笑着，连眼角儿也不肯皱一下。

“林青霞从来不爱擦脂抹粉，有时最多在嘴唇上点着些似有似无的蜜丝佛陀；林青霞也不受穿红戴绿，天时炎热，一个夏天，她都浑身银白，净扮得了不得。不错，林青霞有一身雪白的肌肤，细挑的身材，容长的脸蛋儿配着一副俏丽恬静的眉眼子，但是这些都不是林青霞出奇的地方。见过林青霞的人都这么说，也不知是何道理，无论林青霞一举手一投足，总有一份世人不及的风情……”

上面其实是白先勇的名篇《永远的尹雪艳》的开头，只不过用“林青霞”三个字替代了女主角尹雪艳。有趣的是，文章竟然也这样严丝合缝。套用托尔斯泰的话，那便是丑陋的女人各有各的丑陋，而美丽的女人都有差不多的美丽——那样显眼，那样锐利，那样不可忽视。

东方“永远的也是唯一的大美女”林青霞，在她息影十五年后突然频频出现。有好事者说她要复出，传说中有六支人马抢着要拍大美人的复出戏，但胜算最大的仍然是王家卫，不仅因为王是林的好友，更因为王要拍的是《永远的尹雪艳》。环顾大中华地区，倒是再也想不出有谁比如今的林青霞更适合演尹雪艳。尹雪艳经历过上海滩冷暖，而林青霞经历的是更严酷的人生风雨；尹雪艳爱穿一身雪白，而林青霞喜欢一身素黑；尹雪艳“从来也没有失过分寸，她有她自己的旋律，她自己的拍子，绝不因外界的迁异，影响到她的均衡”，而今日的林青霞出现在台上，那种气度，那种从容，那种淡定，那种经历，显然比尹雪艳更胜一筹。

为什么？

因为尹雪艳在历经世事后变成凛然不可侵犯的心硬如铁的冰雪女神，而林青霞从风雨中走来依然还是温柔可亲心中有爱的真性女人。

二

白先勇笔下的尹雪艳是个从来不会哭的女人吧，每次白先生写到她，总是写她在笑：“吟吟地笑着，总也不出声，伸出她那兰花般细巧的手，慢条斯理地将一枚枚涂着俄国乌鱼子的小月牙儿饼拈到嘴里去。”

而林青霞，却是这样一个爱哭的女人。

十九岁时演《窗外》，导演乘她不备剪了她的长发，她一直从片场哭回家。拍《新龙门客栈》弄伤了眼睛，她从敦煌哭到兰州的黄河，再从黄河哭到香港去医眼睛。1991年，是她哭得最多的时候，据说每天一起床就想哭。张叔平为东方不败设计的那个发型，又大又重，一早起来就要梳几个小时的头，然后顶着它整天无法合眼，无法找一个地方躺一下，要一直顶到晚上卸妆，一想到这漫长的一天，她就忍不住掉眼泪。最后终于拍到杀青戏，偏遇上寒流，夹着大雨。林青霞在寒风中坐了四个小时，做大侠状，不想被人发现，悄悄背过脸去哭，徐克从监视器里看到也鼻酸，对林青霞说：“青霞，是我不好。”林青霞答他：“不，是我命不好。”

可以想象吗，举世无双的大美女说自己命不好？！

按普通女人的想法，如果我要长成林青霞那样，不知有多么快活。

可是你真的长成林青霞那样，也并不见得会时时那么快活。

不要轻易去羡慕别人，因为各自有各自的烦恼，再有名气、再美丽也不代表没有痛苦、没有烦恼，可能，烦恼还更多。

想想看，三十七岁了，还一个人在外漂泊，前途茫茫，荒郊野外，未来是个未知数。从1973年拍《窗外》开始，便和有妇之夫秦汉开始了近二十年的苦恋，中间再夹杂与秦祥林、赵宁短暂的婚约，爱情路上起起伏伏。1979年甚至还传出过自杀的新闻。1984年与秦祥林解除婚约。1985年和终于离了婚的秦汉携手。可是，这个男人却是出了名怕麻烦的男人，是一个不肯结婚的男人。有一天在香港朋友的私宴上，金庸问秦汉何时结婚，秦汉慢慢答道：等到有民主的那一天吧……到了九十年代初，两人的关系依然不前不后，多年的苦恋没想到竟是一场镜花水月，未来的前程是一片烟水茫茫，身边围绕的全是一群粗声大气不解风情的武术佬，叫人怎么能不哭？

万人宠爱，可是独独寻不到那个肯全心全意待自己的男人，叫人怎能不哭？

林青霞忆起当年，最深刻的一幕就是："醉酒就趴在施南生身上，一条很漂亮的裙子让我的泪水打湿了。"

三

私下里也许林青霞就是个小女人吧。

所有小女人的弱点她都有。她既渴望别人的宠爱，又怕被人群围绕失去自我；她既渴望白马王子的拯救，又害怕被不相干的男人占便宜。多年大明星生涯，让她对人群若即若离，她有着大明星的后遗症——极度情绪化。徐克回忆从前拍《东方不败》的时候，唯一的愿望就是“我只希望她别那么常哭就好”。

“有时候，我真心想让她快快乐乐的，她却掉眼泪。这种情况往往发生在一日将尽的时候。她眼泪汪汪来找我，而我根本无能为力，帮不了她。我说：‘好啦，咱们先休息一会儿，过几天再开工吧。’我晓得她不开心。”

她哭，有时是为了爱情；有时是为了命运；有时是为了一条裙子——1994年她结婚时订购了一条香奈儿的裙子，裙子寄来的时候发现腰太松了，她哭得很厉害；有时是为了演员这一行特有的残酷——导演要把颜料泼到她身上，她边哭边说：“我真的过气了。以前我从来不曾做过这种表演，现在我竟然得倒栽葱地演戏。”

她是这样的敏感，这样的脆弱，所有女人要受的伤，她一个也没错过。

就算是1994年幸福地嫁给富商“行李员”（邢李源），也不代表幸福生活就真的降临，当后母的为难，传宗接代要生儿子的无谓压力，邢爱林（林青霞长女）“仍然爱”都抵挡不了报纸标题的转换。“婚姻告急，夫妻分居”，“行李员”的绯闻在圈子里悄悄流传，上海二奶产子的新闻亦不胫而走，谣言四起之际，2006年，周刊拍到林青霞憔悴的素颜照，标题变成《情绪失控，到精神科求医》……

发生了什么？

人生多么复杂。

四

林青霞在专栏里写了她与作家L（疑是龙应台）的一段对话。

“走在回家的路上，L伤感地说：‘我们知道得太多了。’

“‘他们知道得也不少，他们知道的我们还不一定知道呢。’我说。

“‘我说的是人生。’

“L突然静下来。一路上我们没怎么说话。车子抵达她海边的家，L拎着一袋由翠华茶餐厅买给儿子吃的鱼蛋河粉、热奶茶、猪仔包。

“‘珍重！’我们在晚风中说再见。”

也许，对人生知道得太多，对女人来说，有时更是一种悲怆。

李嘉欣说过：“人生比拍戏复杂，因为不可以再来一次。”而林青霞对自己的评价是：“从《窗外》演到《东邪西毒》，演过一百个戏、一百个角色里面，我认为最难演、最想演好的角色就是自己，但其实我演得最差。”

我想，对于所有大美人来说，其实最难演的就是自己：你的生活永远摊开在聚光灯下，人们总是用充满欲望的眼光看着你在台上表演，无论是真的还是假的，他们都希望你给他们一个美好的童话，要不然，就让他们得到一个笑话——这两者，显然都很让人难过。

不选择童话也不选择笑话，林青霞选择了什么？

她选择了克里希那穆提的书《从已知中解脱》；她选择了“人不要贪，要恰如其分”。

解脱是智慧之旅，让人摆渡过一切危机：中年危机、忧郁危机以及情绪危机。重新出发的林青霞此时倒真有点像尹雪艳：“微仰着头，轻摆着腰，衣襟是那么不慌不忙地起舞着……”重新出现在公众面前的她清减不少，却容光焕发，从金马奖到第三届亚洲国际电影节，从《东邪西毒终结篇》到龙应台陪伴下的“青春，梦想，岁月”演讲，她自己都没有想到，息影十五年之后她仍然是这样受人欢迎，无论在哪个场合出现，都有无数人在问：你会再拍电影吗？

她笑嘻嘻地回答：“不知道，也不一定……如果有好剧本的话……”

刘嘉玲曾经感叹林青霞的美完全没有破绽。其实林青霞的美不在于没有破绽，而在于她不以为自己美，不吝于露出自己的破绽，她爱哭，那就哭，她爱笑，那就笑。

后记

人到中年，有的女人会变成一个再也不哭的女人，比如尹雪艳，那不是坚强，更多的是死心，是看透，是绝望。

而有的女人会变得更爱哭，像林青霞。

2003年，她在罗大佑演唱会上听到《滚滚红尘》而滚滚落泪；2006年再看自己演过的舞台剧《暗恋桃花源》，从头至尾亦不停地用纸巾拭泪；甚至她回山东省亲，路过一家小杂货店，听到一个老人家说了一句很土的山东话，也不禁眼眶充满了泪水，因为想起了她父亲。

我想，变得更爱哭的女人，不再是因为绝望吧，也许那是一个女人经历过重重险滩后对这世界的重新打量，对世间万物的感同身受，是对残酷的悲悯，是对美好的珍惜，是“对人生知道得太多”——是因为感触，也是因为领悟。

周 慧 敏

为他，还是为她？

一

一个美女怎样才算真的美?

亦舒的回答是:不以为自己美。

这句话用在书中暗夸她永远正确的女主角。

用在生活里,暗夸她极为欣赏的明星兼侄媳妇周慧敏。

这位玉女中的玉女2004年复出,只不过是出了一本写猫的书,和许冠杰合唱了几首歌,以高不可攀的叫价拍摄了SK-Ⅱ的广告。2005年,也依稀只在某些时尚场合见到她,却依然叫人如醉如痴紧追不放。说起来,周慧敏大半生没有做过什么了不得的事,演过的电影电视剧、唱过的歌都随时光流逝而过去,她的美以及她的生活似乎比她的作品最耀眼。2016年,她去探望开演唱会的郭富城,二十八年过去了,两个人仿佛吃了防腐剂,一点也未曾见老,还是二十八年前的样子,甚至还更好看了,这真是叫人情何以堪。

同人不同命,没办法,谁叫周慧敏是香港人的宝。2008年当时的男友倪震湿吻女大学生被偷拍,变成娱乐头条,两人宣布分手,但一个月之内事情出现神转折,两人居然在家里举行婚礼,因为女主角说“这不是什么大不了的事”,群众当然更无话可说了。

也许，大家都期望她继续同她的王子过着神仙眷侣的同居生活，养她的猫，画她的水粉画，自己一个人拿着一张地图，拎着她的相机在九龙城乱逛。她会在旺角的横街窄巷或街市边，专找一些流浪猫狗拍照。男友担心得不得了，说别人伤害你怎么办哪？周慧敏说，我在这里生这里长，从来没有人试图伤害过我。果然，认出她的人最多问问：“周慧敏你来做什么？”她就说，我是来拍照的。

她对她的人生很满意：“就算明天离开，也无憾此生。”

大家喜欢她，不仅仅因为她美，也因为她不装不嗲，还有那种再实在不过的港人性格。

身份是遗腹子，妈妈四十四岁生下她。怀着她的那一个新年，家中打麻将，爸爸俯身捡一个掉在地上的麻将时心脏病突发去世，所以她从小跟着祖母长大。小时候总是一个人待在家里看电视，造成了千度近视和珠圆玉润的身材，怎么也和美女挂不上钩。二十世纪八十年代初，她进军娱乐圈是从幕后开始，从电台的儿童节目主持人做到歌星，就算是到了二十出头，她依然是一个戴着玳瑁圆眼镜的小胖妹。

因为不以为自己美，她便没有美女的坏脾气，认真工作，努力赚钱，一件衣服常常穿了又穿，叫圈里人笑话她是超级悭妹，她不以为意。最后好处显出来了，退出这么多年，她依然可以以赚钱买花戴的心情来接广告。

钱这个东西，一旦被它所迫，就很难谈得上从容，而周慧敏省下来的钱让她不再为生活所迫，用倪震的话来说就是：“我女朋友的钱够用一辈子了。”美女通常因为选择太多而朝三暮四，她却从来不受诱惑，知道自己想要什么，知道自己不要什么，真是美女中的“超女”。

二

她生命中最重要的东西依次是：第一位是家人，包括了老公倪震（阿Joe）、猫狗、最要好的朋友，第二位是兴趣，第三位是普通的朋友，没有第四位。

而朋友来来去去都是那么几位，王馨平、黄凯芹、李克勤，以前有霑叔（黄霑）。成为她的朋友唯一条件是合眼缘，平实的人，善良，心地好，也很自爱，不惹是非。她是绝对不和那些是非精交往的，不爱说，也怕听，原因只有一个：不想浪费时间。

至于她那类似传奇般分而复合的爱情，她的描述是这样的：我们是在1989年认识的，拍拖，十年吧。一度有过波折，分开过，但待大家冷静了一段日子后，又从中学习了之前失败的经验，再次在一起，“我想不是太多人有这样的机会吧。人总要经过一些磨合才可以走上一条平坦的路。彼此要有付出，有包容”。

第一次分开时，彼此的感情还是很好的，仍然很欣赏对方。无奈，那时的timing（时机）不对，原因一如你想的，是当时太年轻，男主角的说法是：“当年你当红我当打，大家就是硬碰硬，很多时未懂体谅。”而分开的日子里，大家各自冷静反省，各自也有过新的恋情。“经历了几年，大家又回到available（单身）的状态，更重要的是，原来那份爱情的感觉还是有的，仿佛是好时机，于是就好自然再走在一起。”

“我由1997年尝过一种咖啡卷的味道，从此每个早上都一定要吃过才安心。赖床的时候，只要一想起那种味道就会醒晒（粤语，完全清醒），十年不变。”一个爱吃的咖啡卷都要吃十年，何况一个爱过的男人。

所以，原谅势在必行，风波不成问题，“我的伴侣有资格犯这样的错”。

别人都以俗人的心态揣测她，她的公开信这样剖析他们的关系：“我与倪震识于微时，一起共渡过不能尽算的高低起落，早已磨合了一套我们之间的相处艺术。一个人的问题，两个人去修正；一个人的挫败，两个人去承担。我俩是一个团队的，没分高低，输赢也是一体。某种程度上，周慧敏早已是一位不同面貌的倪震。任谁一方受到伤害，另一方都愿抵御百倍的痛。”“今天我能够成为自爱，懂得爱人，拥有着无比勇气与承担的女人，请不要小看这个精神伴侣在我背后为我付出过的一切努力、包容、宠爱、照顾与扶持。”年纪小的时候，很难理解周慧敏这封信在写什么，现在年纪大了，大致明白她在说什么，相融，塑造，恩情，还有相当意味深长的共生关系。心理学家说真爱有三个因素：友谊，激情，承诺。激情易逝，承诺会变，但男女之间，如果形成了真正牢固的友谊，那么真的不是那么容易分开的，那是血肉相连的关系。

三

2008年，经历结构性中年危机的一对男女终于借危机体会了彼此爱的深度和广度，四十一岁的不老玉女下嫁四十四岁的风流浪子，虽然对这段婚姻大家都十分悲观，倪震的命理师好友甚至提出两人要分床睡才能避开离婚劫，而另一台湾命理师跳出来反对，说此举可能会让男方更花，不如在窗台摆放仙人掌以绝杀男方桃花。而素来不谈论是非的圈中老妖米雪更语带揶揄地说：“我想她知道自己在做什么，不过，女人怎样都要傻一次。”是傻是疯还是下降头，对周慧敏来说那都是外人的看法：“一起走过将近二十个年头，绝对不是在一般人的准则下相爱。”

熟悉周慧敏的人一定知道她不傻，她弹钢琴弹到十级那么高的水平，学水粉画可以开画展，拍一个广告可以赚到八位数，她怎么可能傻，她只是实在。

她出身小家族，不太爱读书，能吃的还是娱乐圈这碗难吃的饭。她能靠什么呢？能靠的只有腔子里的那一口气，和一根筋走下去的勇气。她一根筋地发奋，从四眼老土肥妹变身成为超级美女，从九龙城寨辛苦长大的遗腹女一举成为众人眼中高贵的香港玉女。唱歌唱得不是最好，可是一根筋地唱下来，也有几首街知巷闻的金曲；爱情，一根筋地谈下来，这么十来年的工夫，再花心的人也会有些真心吧。

她不像她们，她是什么都来得不容易，美貌是狠心减出来的，身材是天天运动保持出来的，钱是好不容易赚回来省出来的。她对“小慳妹”的头衔不以为意，在真正的苦难面前，谈洒脱，谈尊严，谈选择，真是扯淡。

这个男人，是选了又选才选出来的，她知道她要的是什么，她感谢她塑造了她，说好要做家庭主妇，果然年近三十就选择退出娱乐圈。“我是从电台节目主持做起，踏入娱乐圈有十个年头，至1996、1997年开始，工作量才逐渐减少，这一行从来就是排山倒海，叫人透不了气，变相对身边事物脱了节，我实在接受不来，从来不知道世界正在发生什么事，有什么新闻。加上起居饮食也不定时，感觉很不健康。做娱乐久了，感觉已很满足，于是就想到转变一下，过另一种生活。小时候，我有两大梦想：第一个梦想就是成为歌手，第二个梦想就是成为画家。第一个梦想算是实现过了，至于画家，我想我未算得上是画家，但却有业余绘画，未来的日子，希望可以开一个属于自己的画展，或出版画册。”

周慧敏原本就不是我们梦想中天上人间的神仙姐姐，她要求不高，且从不左顾右盼，一个富足的后半辈子，一段平静的婚姻，老公没有赚钱能力，她就出去赚，不妨到神州各地去走走穴拍点广告，已足够两个人的开销。对于人生，她知道得太多，所以她知道怎样选择才对自己最好。

世上哪里有完美无缺的选择呢！有失就有得，有得就有失，就像当年她选择离开那个普通的男人。那时她的恋人叫陈德彰，是同一唱片公司乐队RAIDAS的主音歌手，长相平平，那时与小胖妹倒也登对。

1986年两人相恋，到1990年时候，周已是大红大紫的玉女偶像，而陈的乐队却早已拆伙，事业停滞不前，这个时候倪震来了。倪震的老爸倪匡年轻时爱泡夜总会，所谓虎父无犬子，倪震是当年圈中最有名的美女杀手，因为是港台（香港电台）同事的关系，深夜接送自是免不了，电话聊天也是免不了，于是乎，玉女变心了。

变心的女人最过不了的，还是自己这一关吧！

于是她对记者说："（倪震）为人很好，我们也谈得来，但纯粹是友情。"倒是人前人后替当时的男友说话："我对他的爱是肯定的，他的自信、才华令我折服。"现在想来，这话恐怕更多的是说给自己听的吧！

但变心了就是变心了，而且要命的是，陈并不自信。面对一个明显在各方面强于自己的男人猛烈地追求自己的女友，而女友并未反感，陈德彰的信心明显动摇了："如果有人比我条件好，追求比我激烈，我也无话可说。"

1991年，他单方面选择与周分手。

不久之后，周倪之恋也成为事实。

当时正逢周慧敏唱片宣传，记者们怎么可能放过这新鲜热辣的三角恋，周慧敏的对策是：望着镜头，无言以对，泪水涟涟。记者们一时怜香之心顿起，全体放玉女过关。

从此，此事无人记得。记者们手下留情造成了八卦史上一个千年疑问：从不流泪的周玉女那珍贵的公开的泪水流下的一刻，为的是谁呢？

为他，还是为他，还是为自己？

黎姿

如何嫁个有钱人

鲁迅有句名言："有谁从小康人家而坠入困顿的吗？我以为在这途路中，大概可以看见世人的真面目。"

黎姿就是这句话的最佳主角。她出身电影世家，爷爷黎民伟是香港电影的开山之父，小时候住的是何文田的两千尺豪宅，后来祖母去世十多个姑妈争产，她的父亲因为耳聋争不过人家，搬到偏僻地段小房间，全家的生活都靠母亲开大货车维持。

她十四岁入行拍《开心鬼放暑假》，因为当时父亲在许冠杰健身的俱乐部当杂役，她探望父亲时恰巧被许冠杰看中。在拍过的不计其数的电影里她多半演的是花瓶，最出名的是《古惑仔》里的"细细粒"，经典的一幕是她穿着隐约透点的白衬衣露一对修长玉脚，叫无数银幕前的男人想入非非。

面前有这么一个掐掐就能出水的水灵美少女，可以想象的是，现实生活中有多少男人在等着占她的便宜。所以成年后的黎姿很精明，很恶（粤语，凶悍）。"到我弟弟出事之后，我才相信原来这个世界是有爱的……"原来在此之前的很多很多年里，黎姿都是一个不相信"爱"的女人，那时的她如果要说相信什么，我想她只相信一样东西，那就是——保护。

从出道起，她找的都是大她十几、二十岁的老男人，个个非富则贵。

第一个男人是名漫画师黄玉郎，爱上他的原因是："从小到大父母很少跟我沟通，现在有一个很爱惜你，又很中意你，又跟你沟通得了的人，他告诉你不要做什么，下一步应该怎样做。”

黄玉郎曾为她十七岁的生日办了一个超级热闹的派对，亦让她背负了“小妖精”的罪名。1991年，黄玉郎因诈骗罪入狱，感情亦随之结束。“当时我觉得自己已嫁给这个男人，可是他打电话给我说：‘我要跟你分手，因为我要跟从前的太太再次结婚。’完全是晴天霹雳，想要自杀，拉着他说，即使你没钱我也会跟着你，但都是不行。”多年后提起还是泪如泉涌，可见这次伤得极重。

情伤之下，遇上富家公子许晋亨。“他出现得不合时宜，在我怕了所有男性的时候，只能说他追求过我，我们没有拍过拖。”

此后她的感情生活成谜。1999年被拍到同金融奇才庞维新同游新加坡。2001年与名流牙医钟少甫、玩具大王蔡志明交往。2003年被发现与东方报业的大老板马廷强同游伦敦。到了2007年，亦曾与夜总会之父邓崇光吃饭……兜兜转转，直到2008年，出道二十三年的黎姿在毫无征兆的情况下，突然宣布退出娱乐圈结婚。传闻中的老公是有义气的报业大亨，背景复杂，超级有钱，不但一直对黎姿小心照顾，连她成为植物人的弟弟亦照顾得细致入微。大难临头，他算得上是及时雨，就算一腿略有残疾又有什么呢，况且他在悉尼还有一个十万尺的望海庄园，两个人完全可以隐居海上，悠然度日。

两个人光是请客就请了足足一个月，各式各样的朋友，各式各样的酒宴，媒体上的照片中黎姿笑得格外开心，身上是数万元的紫色名牌晚装。艺人黎姿成了马家阔太，媒体最关心她的生子状态，更关心她的经济状况，狗仔队拍到她开一百二十万的宝马六系跑车返回市值两亿的寓所，急火攻心地在报纸上提问：黎姿到底有多富贵？

从根本上来说，黎姿就是我们这个社会最常见的那种小女人，胸无大志，心灵软弱，渴望依附在某个强大男性的保护下。她对为什么只喜欢有钱男人的解释非常形而上：“我从来喜欢的都是聪明、脑子转得快、能教到我的男人。”作为一个平凡的女人，谁不希望嫁的是聪明、脑子转得快、能保护到自己的男人呢？这无可指责。可仔细一想，聪明、脑子转得快的老男人，如无意外，经济条件一定不差。

黎姿曾说过：“由头到尾，我是喜欢思想上多于物质，如果我只爱钱，这么多年，我大可以找一个更有钱的男人。”听一个只爱与有钱人拍拖的美女说这种话是有点好笑，但是听黎姿说来又格外不同，因为她的生活如此缺钱。十来岁时全家就靠她一个人供养，好不容易把弟弟的医学博士供出来，偏偏2006年弟弟又遇上车祸，竟成植物人。而自己的赚钱能力有限，演了十来年还是花瓶，成为张曼玉是无望，又放不下身段去做无名无分的吕丽君。在这个咄咄逼人的世界上，黎姿唯一可倚仗的还是老天爷送给她的这一副美艳的皮囊，用天赋的本钱去养家糊口，去生活，去实现她从小的人生志向——“当人老婆”。

平民大众之所以对嫁给有钱人的女人心生反感，大约是觉得这样的女人只爱钱不爱人，可是，谁又能判定人家不是既爱钱也爱人，或者只是爱人，偏巧运气好那人正好有钱？

我想，在集体腹诽嫁给有钱男人的背后，其实更多的是嫉妒和绝望吧！

可以想象的是，在这些闪着绿火醋意莫名的人群中，那些妒火中烧的男人一定比他们的有钱同性更好色，而那些心带恨意的女人一定比黎姿更虚荣。

060

朱 玲 玲

朱 玲 玲 的 新 天 地

张爱玲曾经用一个上海人的眼光写过香港，《小团圆》里这样描写过香港的街市：“中环后街，倾斜的石板路越爬越高。战后布摊子特别多，人也特别挤，一线线桃红葱绿映着高处的蓝天，像山城的集市。”而她更书写过一段沪港奇恋：“那是个火辣辣的下午，望过去最触目的便是码头上围列着的巨型广告牌，红的，橘红的，粉红的，倒映在绿油油的海水里，一条条、一抹抹刺激性的犯冲的色素，蹿上落下，在水底下厮杀得异常热闹。流苏想着，在这夸张的城市里，就是栽个跟斗，只怕也比别处痛些。”

沪港两地原本就缘分匪浅，早年，香港人爱慕上海的摩登，而沪人也常来香港散心、旅行。

《围城》中，上海小姐苏文纨驾临香港，是比大部分香港女孩更时髦的小姐。“旗袍掺和西式，紧俏伶俐，袍上的花纹是淡红浅绿横条子间着白条子，花得像欧洲大陆上小国的国旗。手边茶几上搁一顶阔边大草帽，衬得柔嘉手里的小阳伞落伍了一个时代。”

到了二十世纪五十年代，因为战乱和变化，流散到香港的上海人特别多。所以香港一直有念念不忘的上海情结，但凡是美女，如果出生地还能扯到上海，便平添一股优雅；但凡是衣服，扯到了上海，便更有一种雍容绵长之气。所以TVB心心念念要拍《上海滩》，而最出名的港产唐装亦要取名“上海滩”。

世事无常，近年，香港人兴北上，落脚多为沪上。很多人可能不知道原来恒隆广场后面有陈玉莲胞姐开的一家小店，在石库门看到的周润发那可是如假包换。来来往往之中，自然多男女情事，凑巧的是，还经常发生在下雨天，故事里的白流苏借着范柳原一身雨水让恋情柳暗花明：“那把鲜明的油纸伞撑开了横搁在栏杆上，那伞是粉红底子，石绿的荷叶图案，水珠一滴滴从筋纹上滑下来……”

时间转到2008年，也是个缠绵的下雨天，记者在上海新天地拍到“最美丽的港姐”朱玲玲与男友罗瑞康在此相聚，忽然下起小雨，两人共享一把小伞挽手漫步，“一如小情侣，旁若无人。即使记者拍照，亦不碍雅兴”（李碧华语）。男友被港人戏称为“上海姑爷”（其实罗本来就是香港人，只是北上发展多年，偶尔出现在电视上，那一头白发风度翩翩也让无数沪上拜金女心如鹿撞）。回港后，记者追访朱玲玲：“你近日拍拖开心吗？”她脸上挂着甜蜜的微笑，给了一个扑朔迷离的回答：“下雨当然撑伞——不用答那么多撑伞的原因了。”

朱玲玲成为狗仔队狂追的目标，不仅因为她交往的对象是著名的金牌王老五，大名鼎鼎的上海新天地老板是也，更重要的是朱玲玲本人是全体香港女人的偶像。

1977年她当选首届港姐冠军，同年于龙舟竞渡邂逅霍英东的大公子霍震霆，九个月后闪电结婚。婚后不足两月便梦熊有兆，一索得男，此后又连生两子。她为人低调，极少抛头露面，感情生活成谜，直到2006年才委托要好的朋友叶倩文向传媒正式宣布：已离婚两年，原因是“要过自己的生活”。2008年年底，她又在新加坡低调结婚，观礼的有她的两个儿子。前夫霍震霆在记者的追问下，更喃喃送上祝福，祝她“Good luck（好运）”。她与霍家关系不错，大儿子结婚时，已然离婚另嫁的她仍然穿着粉红色洋装主持大局。

与许多中年阔太落索难堪的生活相比，朱玲玲无疑高潮迭起，干脆利落地离婚，干净清爽地恋爱、结婚，又干脆利落地再婚。这位新郎原来不是新识，据说他们是老友，朱玲玲“还未选港姐时就已认识”，碰巧这位帅哥还是地产巨贾，这真是一个超级华丽的转身。年近五十，仍然美丽如昔，魅力四射，也算是给都市里忍气吞声多年的女性大大地争得一口气。

朱玲玲并不是演员，并无一片上演，但她的一生就是一部顶顶励志兼好运的女性大片，前半部分演的是“灰姑娘”，后半部分演的“白流苏传奇”。有人说，林青霞前半生是男人的女神，后半生是女人的女神，而朱玲玲无疑将广度与宽度拓展了，她低调而华丽地女神了一辈子。

施 南 生

亦舒女郎

一

但凡喜欢亦舒的人，是连她的不好都喜欢，何况她的好，更何况她认为好的人。

在“我喜欢与乐意见到的人”里，亦舒把施南生列在第四位，理由是她“有型、叻（粤语，聪明）、威（粤语，有魄力）、表达能力太好、幽默感丰富”，几乎身兼所有亦舒女郎的特点。亦舒年轻时，甚至偏激到“我把施南生的照片自《妇女与家庭》剪下，贴在荷包中的小镜子上，闲时取出来看看，以凉耳目”。年轻时的黄霑一见她就逗她：“小姑娘，你可要做我女朋友？”倪匡会扮武大郎逗心中女神开心：“论EQ与IQ，她都比我高，我败得心服口服，索性把身段放到最低。”商台（香港商业电台）创办人何佐芝早早地定义：“一言以蔽之，全才。”眼高于顶的黄子华亦说：“像施南生这样成熟而充满生命力的女人，对我具有相当的吸引力。”

作为我们这个时代里最让人赏心悦目的女人，男人仰慕不奇怪，更重要的是，连女人也极度欣赏她。李碧华这样赞她：若硬要用一个词来简单定义施南生，恐怕只能用这三个字：不一般。林青霞称施南生是她最信任的人，喝醉了酒会抱着施南生哭，打湿了她的一条裙子。最让亦舒迷津津乐道的是亦舒创作名篇《喜宝》的缘起，乃是施南生的一句话。办公室里亦舒问：“女人如何才能最快得到钻石？”施南生闲闲答道：“那就找个溏心爹地啦！”

施南生生得又高又美，一直在大机构做高级职员，二十世纪七十年代任职无线、港台、佳视、丽的，八十年代成立新艺城，后协助有线、传讯、盈科开辟天地，和各路人马熟稔，黑白两道通杀，做事的风格简捷。几年前她做徐克电影《七剑》监制，新疆布景组搭景过了另一个山头，当地人要钱，她直截了当："你知道我有部戏要拍，我也知道你想我留下来，戏可以帮你们推广旅游，有什么条件不妨一针到肉说，价钱合适我会给，不合适立刻就走，我没有时间跟你做戏。"

我跟朋友小Y嘀咕，施南生大约是看多了亦舒小说，怎么一路亦舒女郎的做派。亦舒的理想是："五十岁的时候，仍是很史麦脱（smart，潇洒）的，头发剪得短短的，烫个漂亮的款式，穿麂皮鞋子，白色衬衣，仍然是瘦子，样子一点也不丢脸。"活脱脱就是现在施南生的样子。小Y大惊，咦，你难道不知道，她便是《流金岁月》里蒋南孙的原型。

二

施南生生活在一个男人的世界，她有两个哥哥，一个弟弟，从小最受宠，坐在妈妈膝头看好莱坞电影，一周要看三四回。施妈妈是一个很前卫的妈妈，就算到了八十岁，她还会嫌女儿开车胆子太小："学那么多东西，能做总统的人为什么开车这样怕……"对婚姻的看法老人家也很开放："不过是张纸。"

也许正因为有这样天不怕地不怕的妈妈，才有了这样一个与众不同的女儿，十五岁时开工厂的父亲想送女儿去非洲加纳读书，但十五岁的姑娘已经很有主见，从加纳静静转学去英国，学的是电脑和统计学专业。五年后回到香港开始想当记者，媒体人圈子来往的全是一时俊秀，闺蜜包括亦舒（后来成为著名作家）、张敏仪（曾任港台高管）、俞琤（现商台掌门人）。"张敏仪是我的桥牌拍档，俞琤常和我去饮酒、发疯，我不是她的麻将脚，和她只打过一次麻将，她家中三缺一，我来凑脚，还赢了她的钱。和她最谈得来的是分享人生观感。"

施南生有良好的沟通能力，更有出色的决断能力，八面玲珑，长袖善舞，更适合去的是公关公司，她不爱幕前工作，替无线、港台效力。1981年她加入新艺城影业当大管家，导演高志森回忆："新艺城电影公司内有个七人小组，每次讨论剧本都趣味盎然——有人专门负责感情戏，有人懂得特技该怎么做，有人控制整体架构……七嘴八舌之余，各个环节都想清楚，于是当年的香港电影才那么好看。七人小组内，施南生掌控发行环节。什么片能卖出价钱，什么角色戏码既讨大众欢喜，又被院线老板青睐，她最清楚。"

后来七人组因财失义，闹不和，她便与丈夫徐克组成电影工作室，制作出一系列经典电影，包括《黄飞鸿系列》《倩女幽魂系列》《刀马旦》《黑侠》和《蜀山》。二十世纪九十年代影业式微，她转行做传媒，她是最早一批北上的香港人。2000年前后再度进军电影业，2001年加入寰亚综艺集团出任副主席，出品了卖座影片《无间道》，此后成立"发行工作室"，致力将亚洲电影推向国际，被美国权威《综艺》杂志评为五十位最具影响力的电影人之一。对于工作，她只有两句话："两点最关键，第一是你喜欢的，第二是你有能力做到的。"

三

所有的亦舒女郎都有一位"家明"。施南生的家明是徐姓导演，

相识超过三十年，恋爱超过二十年，她是他的"拍档、知己和爱人"，私下里，她叫他"老爷"。"他总是有很多很多的想法，他永远都在求新创新，他每一次都要重新来过，让我碰钉子。"但她总能满足他：他要去雪山拍片，她就去雪山和人讲数（粤语，谈判）；他要去深海拍戏，她就买潜水器材。他们总在吵，到最后，总归是她听他的。对于这种关系，张艾嘉总结得神似："他是她的劫难，平日再怎么英明神武，他只一笑，她便立刻乖乖做回他身边的女人。"

徐克生于越南，是施南生的闺蜜张培薇在美国留学时的朋友。张培薇是董建华的表妹，她极为欣赏和她们一起玩话剧、搞活动的徐克，在给施南生的信里

也大赞徐生多才多艺。两人相逢在七十年代末，“那天我和张培薇正在尖沙咀的日本料理餐厅吃饭，张刚说早知叫徐克一起来，话音刚落，徐克竟然走过。那是我们首次见面，旁人说是一见钟情”。

来年两人开始拍拖，“当时TVB要开一个早上的节目，也请我去出镜，我不喜欢出镜，不想做得不开心，所以就跟徐克去了美国，回来我们就结了婚”。八十年代到了新艺城，夫妻档正式成立，从此徐克负责拍戏，施南生负责融资、发行、宣传，成就一对神仙眷侣。亦舒在《我的前半生》里这样写：“我马上伸长脖子看，老徐长着山羊胡须，瘦得像条藤，穿套中山装。他的女人给我一种艳光四射的感觉，吸引整个场子的目光，一身最摩登的七彩针织米觉尼衣裙，大动作，谈笑风生，与她老公堪称一对璧人，我瞧得如痴如醉。”

四

这么多年，他负责拍片，她负责殿后，危机也不是没有出现过。1993年美女明星叶倩文出现在徐克身边，江湖谣言说两人为此离过一次婚，但到了1996年，徐氏伉俪在比佛利山大大的结婚照传回香港，显示了两人牢不可破的亲密关系。

一般来说，故事到这里就应戛然而止，徐老怪与施美女过着永远幸福的神仙眷侣生活，但是，十年过去，美女又来了，这一次是无名的北京长发少女，港刊言之凿凿——“徐施二人半年之前已签署离婚协议”。哈，又一个俗得没有一点想象力的故事。旁观者不置可否，男主角不发一词，女主角拿出的依然是十分亦舒式的讲法：“不好意思，我不想答，这是我们两个人之间的事，不关第三者事。”

所以不能做情侣，却还能做朋友，徐克坦言施南生是自己生命中最重要的女人，施南生亦淡定回应：“我们是亲人……”对于这位前夫，她依然欣赏有加：“真正有创意的人不多，徐克是讲到又做到的人。”

他们依然携手出席各种活动，施南生依然美艳如初，讲究衣妆。“身段真好，五尺七寸高，穿什么都不差”，但更重要的是，“南生并不一定穿精品，有时也穿白袜子与缤纷凉鞋。明显是她在穿衣裳，没有可能是衣裳穿她，颜色不定，鞋子高矮也不定，变幻多端，但是相信我，如果她在那里，你一定见得到她。优点：我所知唯一不穿胸罩但自在自由的香港女郎”。（以上引自亦舒）

每一个会穿衣服的女人都有一个特点，叫恰如其分。恢复单身的施南生依然活得精彩，交友喝咖啡，为卖片而全世界飞，周日规定自己在家休息，做运动，看书，看剧本，看碟，甚至会为那种烂片哭三次。她说自己是睡宝：“试过有一次周六和朋友跳完健康舞回家，冲凉后想现在能睡一觉就好了，等下一个镜头出现时，看见黑色的窗帘，再看看钟，八点，我又想是周六的八点，还是周日的八点，还是周日晚上的八点？结果竟然是周一早上八点，我一睡就睡了三十六个小时。”

三十几年恋爱关系变成手足，也不是没有唏嘘：“可惜与惋惜根本帮不到任何事，也帮不了世界，更帮不了自己，既然没有任何功能，何必还要这样。如果不甘心，心态处理得不好，反而伤害自己。”“人生有很多事，必须要接受。一段长远的关系，终止必有理由。人要记得好的部分。”放下与洒脱，全因珍惜当下，她语重心长地对年轻后辈讲：“请你们相信我，时间过得好快好快，而且快到不可思议，所以我提醒大家，每一天都要enjoy（享受）。”

记者问她，你还爱他吗？

她说，这个问题，我不答。

世事如此无常，所以亦舒常说：“世间美好皆无法永恒，当我们看到极致时，也是我们要学习接受失去它的时候……”

接受失去，不出恶言，全身而退。不能做爱人，做拍档和知己也不错。这种胸怀，让相伴三十年的男人，可以当着全天下人说甜言蜜语：“你永远是最好的女人。”

虽然你好，但不代表会爱。

这是男人的逻辑。

而亦舒女郎的逻辑是，当不能爱了，还能剩下友谊与尊重，倒也还不算最差。

凤 飞 飞

赵太太的故事

一

当赵太太还没有变成赵太太的时候，她还是一个叫林秋鸾的台湾乡下女孩。

在普通人里她算长得漂亮的，小时候是班花，爱唱歌。别的女生穿裙子，她却只穿长裤，并不是从小就特立独行，只是因为家里穷。她上面有一个哥哥，下面有一个弟弟，哥哥穿完的衣服给她，她穿完给弟弟，穷家小户，日子就是过得这么紧巴。

据说凤飞飞小时候很调皮，她是狮子座，多少有点男孩作风，成名之后她那洒脱而不做作的台风大约都脱胎于此。凤飞飞唱歌空灵而温和，说不上硬朗，但绝不是柔媚，她身上没有一种小女人的小家子气，反倒更有一种江湖儿女的落落大方。

凤飞飞最出名的是她常年戴帽子，有“帽子歌后”之称。她从来没有用过化妆师、造型师，所有的打扮都是自己一手一脚做成，她独特的时髦感让她成为识别度更高的艺人。勤奋，努力，周全，谨慎，这一切非天分的东西护佑着她，让她凭着一副中人之姿，竟然也在美女如云的演艺圈谋得了一席之地。

出道当然是苦的，好在没苦多久。十六岁参加了台湾中华电台的歌唱比赛就得了冠军。十七岁时她即以林茜为艺名，开始在台北中山北路的云海酒店登台。

那时是没名气小咖，穿着礼服化好妆就是等，大咖们没来就要救场，来了就在后台坐冷板凳。好在年轻人心态好，没事就抄乐谱，既省钱又增加乐理知识。她最常跟媒体说的是寄人篱下的凄凉，寄居在阿姨家，连饭也吃不饱，实在饿到不行，就跑去厨房吃开水泡饭，为了不让阿姨家人看出来饭少了，特意要把剩饭搅松。有一次下班回来晚了按门铃，人家把电线扯了，只好露宿街头。和她妈为了省三十块钱的士费，深夜走几个小时经台北大桥走回三重门……

为了走红，凤飞飞和陪伴在侧的母亲可谓付出一切努力，凤妈甚至给名制作人张宗荣下跪叩头，要他助她一臂之力。1971年，她终于在华视开台大戏《燕双飞》里出现，并正式改艺名为凤飞飞。演而优则唱，1972年，她遇上了当时红遍台湾的广播名主持阿丁。两人据传谈过一段时间的恋爱，更有传闻，阿丁现在还保存着当年偷偷去接凤飞飞出来而车顶被跳得高低不平的旧车，还说“我心里还有她”。这段恋爱有无尚且不论，总之这位阿丁在凤飞飞成名的转折点上占据了极重要的位置，他不仅推荐凤去了山海唱片，更在他主持的《台北时间》里力荐她，她个人的首张专辑《祝你幸福》一炮而红。

二

说起凤飞飞，不得不提凤妈妈。当年台北有四大星妈，凤妈妈是手腕最高超的一个，她眼光稳准狠，手段泼辣诡秘，一手将凤飞飞推上巨星的位置，而且还高寿，直到小儿子和凤飞飞都去世了，她还一直健朗地活在台北。

其实，凤妈妈不过是一个喜爱唱歌略通日文的村妇，只是在严酷的生活里练就了一身生存绝活。在历经被冷落、被封杀、被质疑发音不准的各种责难之后，凤妈妈无师自通，迅速变身成为一个江湖大姐，生熟不忌，威士忌、白兰地、红酒、白酒千杯不醉，见面三分笑，落手不留情。凤妈妈的一位旧知将她的手段归结为三套：一是“哀兵必胜”，二是“欲擒故纵”，三是“奇货可居”。

哀兵必胜。先痛诉革命家史、民女命苦，再奉上泪如泉涌的表情博得对方同情，以便对方不再强加为难，且知难而退。

欲擒故纵。明明想赚对方的钱，却故意推说不能接，伺机而动争取最大空间，节约下来的时间可以让凤飞飞有充分的休息，甚至还能偷偷谈个恋爱。

奇货可居。等闲不抛头露面，让局面变成万众期待，价高者得，然后再伺机出动一击而中……凤妈妈的朋友感叹“股市里的养、套、杀，真的还不如她犀利呢”，这就是所谓的“眼泪商业学”。

凤妈妈是商业社会里如鱼得水的人，深深明白商业社会的规则，碰到不想去的工地秀，碰上不能得罪的演出邀请，凤妈妈就开始含泪诉说女儿如何辛苦、如何命苦、如何可怜。当然，如果价格实在合理她也会破例，价高者得是凤妈妈的基本原则，轻易不答应出场则是凤妈妈提高价码的不二法门。所以，当刘文正如日中天出场秀一天才叫价十万时，凤飞飞已经叫到四十万。她后期的主持价格更贵，五十万一集，拍四集已经可以在台北最繁华的地方买一套高级公寓了，而且还要有前提，班底必须是她的凤家班，她的哥哥做导演，弟弟做演员，母亲是操盘手。凤飞飞最出名的是，无论是作秀也好，主持也好，广告也好，都创过天价酬劳。当然，这些天价里有没有水分，就很难说了，但就算有水分，那也是凤妈妈的策略之一。

其实，凤妈妈与凤飞飞基本走的是崔莺莺那套手法。苦女求生记里最常见的就是一个又霸道又凶狠集假恶丑于一身的老太太，女儿则扮演楚楚可怜被动不得不为之的大小姐。当然，在一个男性社会两个弱女子要讨生活，不这样还能怎么样呢？社会现实，演艺圈无情，真真假假，是是非非，于是只能凭这套眼泪求生法来应付圈内的牛鬼蛇神，打发圈外的三教九流。

三

旧式的艺人，特别是女艺人，一般都把自己的私生活保护得比较严，资料上说她几无绯闻，其实她和主持人谈过恋爱，也和演员有过火花，只不过，当时的媒体与明星关系密切，远不如今天的狗仔队这般凶狠，在凤妈妈的严防死守严密看管下，再加上圈子里的男人实在又不成器，凤飞飞的情事几乎都是刚刚发芽就灭了。

二十七岁那年，她经凌峰的介绍，嫁给了香港商人赵宏琦。赵比她大十四岁，当时离婚有一子，是凌峰的青岛老友，人称三哥，事业做得很大，而她之所以嫁赵的原因是他的爱情表白："不要求你煮饭、做家务，只希望回家能看到你。"婚后两人感情甚好，赵先生叫凤飞飞女儿，待她也如女儿。某回他们去英国度假，凤飞飞穿一条牛仔裤看起来很娇小，走进一家饭店点菜时，侍者误以为他们是父女，老公顺势就改口叫她女儿。

凤飞飞去世之后，媒体都爱用婚后退隐来说明她的低调，但实际她在结婚之后甚至生子之后，都创造过自己的演艺高潮。她在1981年结婚，结婚之后她以退为进，以天价接电视综艺节目主持，1983年、1984年她更是最受欢迎的女歌手，蝉联六届金钟奖。

1989年凤飞飞生子，之后1991年出的唱片《浮世情怀》和1992年出的《想要弹同调》都在业内获得极高评价，为纪念三毛而做的《追梦人》更是她歌坛事业的巅峰。凤飞飞真正彻底归隐是在1997年。二十世纪九十年代中期，那也是因为时势不同了，台湾原创民谣已然崛起，琼瑶式的甜美大路歌已不再受欢迎，一个女明星，能认清时势，不留恋虚荣，辉煌时期急流勇退，确实是很聪明的选择。

四

当赵太太在香港生活时，大抵和一个普通的太太没有什么不同，相夫教子，打理家庭，有空时就和朋友喝喝茶，聊聊天，几近无声无息。先生喜欢养马，当年两人在马圈还颇有点名气，赵宏琦豢养不少名驹。在1998年间，爱驹"北地烈马"经由骑师韦达策骑下胜出，获得"美国会所挑战杯"，夫妻双双出席拉头马，接受“美国会所挑战杯”的奖杯，穿紫色连身洋装的凤飞飞已完全不像个明星，更像位称职的太太。

就算退出，她仍然以艺人的标准要求自己，她坚持每天跑步锻炼体能，风雨无阻。“有时下雨跑到裤脚鞋子全湿，像疯子一样。有时太冷，我就把自己整个头包得很严，只露出眼睛，照跑。”她说。此外，她还坚持每天吊嗓子，为了不吵到隔壁邻居，自创了用玻璃杯套住嘴发声的方法，所以2003年她复出开演唱会时，声音和体态均保持得非常好。

有朋友去香港看她，约在半岛酒店，她为了避人耳目，建议去更便宜的九龙酒店。在香港她开自家的厢形车，有东西自己拎，是个十足十旅游公司的老板娘。而与此同时，她一直照顾娘家，她的弟弟曾由她带入行，当过歌星，后来改做礼品生意，投资失败后，她甚至还带着弟弟到香港去跟姐夫一起做生意，但可惜弟弟不成器，落魄到最后只能在台北开计程车维生，后来他得癌症去世以后，十二岁的儿子也由姑姑凤飞飞照顾。

因为有那么多金曲，凤飞飞有开演唱会的资本，2003年传言因为老公经济不佳而复出，此后断断续续有在内地开演唱会，据见过她的记者描述，她极为自律，从演唱到服装全部一手搞定，从不假手他人。

时间进入2000年后，她生活里的打击不断，先是弟弟去世，2009年老公又去世，2010年她原本要开演唱会，却因病取消，她在致歌迷的信里举重若轻地说声带长了个东西，就算去世，她亦要求律师在年后再宣布，因为不想扰人过春节。

她从来节俭，留给儿子高达四十亿台币的庞大资产，怕人绑票，她严令儿子不能露出真容。说起来，凤飞飞的这一生，是严防紧守的一生，可算无事不周全，无事不妥帖。

很多年前张爱玲写过一个电影剧本叫《太太万岁》，讲的是一个叫陈思玲的唐太太的故事，很像我们熟悉的赵太太：“她的气息是我们最熟悉的，如同楼下人家炊烟的气味，淡淡的，午梦一般的，微微有一点窒息；从窗子里一阵阵地透进来，随即有炒菜下锅的沙沙的清而急的流水似的声音。有时候娘姨忙不过来，她也会坐在客堂里的圆匾面前摘菜或剥辣椒。翠绿的灯笼椒，一切两半，成为耳朵的式样，然后掏出每一瓣里面的籽与丝丝缕缕的棉花，耐心地，仿佛在给无数的小孩挖耳朵。家里上有老，下有小，她还是个安于寂寞的人。没有可交谈的人，而她也不见得有什么好朋友。她的顾忌太多了，不大出去，但是出去的时候也很像样；穿上‘雨衣肩胛’的春大衣，手挽玻璃皮包，粉白脂红地笑着……”

凤飞飞未必是一个特别伟大的艺术家，她不过是个艺人，但她特别知道自己的身份，就连死之前在给歌迷的信里她都会写“来不及唱的歌，下辈子再唱给你们听”。姿态是低到尘埃里的谦卑。

凤飞飞逝世后，马英九给她颁奖，台湾人怀恋她，不仅仅因为她的台湾小调安慰了严酷时代的每一个人，包括工厂妹、地盘工人，更有她那身为艺人的尊严。当她叫凤飞飞的时候，她是台湾最红的女明星，主持、作秀、唱歌，一共发行超过81张专辑，唱过千首歌，鼎盛时期一个月能出一张专辑，学者说她是台湾的代表，与城隍庙、担仔面、鱼丸汤齐名。当她叫赵太太的时候，她是开着厢形车相夫教子的利落女子。她这一生不仅代言了二十世纪八十年代努力就能成功的台湾梦，更代言了渴望洗尽铅华素手做羹汤的女人梦。

张爱玲说：“他们所经历的都是些注定了要被遗忘的泪与笑，连自己都要忘怀的。”

死亡使一切平等，连她自己也可能会忘记，但凤飞飞，我们都忘不了她。

刘雪华

戏如人生

一

身为一个七〇后，你很难不记得刘雪华。

她是《几度夕阳红》里的李梦竹，是《烟雨蒙蒙》里的陆依萍，是《庭院深深》里的章含烟和方丝萦，是《在水一方》里的杜小双……在那些琼瑶电视连续剧纵横的年代里，刘雪华那双滴溜溜的清水眼一下子就攫住了观众的心，她真的什么都能演，琼瑶由衷赞她天赋异禀："演少女时，她完全就是个少女，演中年妇人时，她就完全像个中年妇人，演技好得令人不解，真不知她是如何学会中年妇人的眼神、举动，甚至是走路的样子的。事实上，这女孩私底下活泼、爱玩得很，正符合她现在的年纪。我只能说是上帝赏了这碗演戏的饭给她吃。"

老天爷赏了刘雪华这碗饭吃，她是圈中的神奇女侠，别的女演员演哭戏，专业的也要酝酿半天情绪，不专业一点的干脆要点眼药水，可唯有刘雪华的眼泪说来就来，泪珠滚滚而下时的柔肠寸断，那种悲情的味道竟是无人能出其右。

"甄珍擅长表现属于少女的纯真，林青霞则有不食人间烟火的飘逸，雪华呢？她掌握那种痴情、感情的深度实在太好了。"琼瑶继续点评。事实上，刘雪华这一辈子没有别的本事，只有演戏的本事，她一路拼杀，全凭这一技之长。

她不是台湾人，她是山东人，五岁时随父迁到香港，三个姐姐，一个哥哥，小时候长得又黑又瘦，极为调皮，人称"酱油猴"。偏偏毕业于上海沪江大学的父亲极为传统，不准女儿上体育课，更不许跳舞，只准学画、学琴，刘雪华十二岁到十七岁都在学国画。也许她真是天生要演戏的，父亲高压政策下的淑女中学时就热衷排话剧。十七岁那年，香港长城影业公司招考演员，她千求万求央了黎姿的姑姑去做说客，家里才允许她入了这一行。

二

人找到了真正属于自己的行业就如鱼得水，几千人里，刘雪华是被选中的四个人之一。

四年后她离开长城去邵氏拍了几年武侠片，做的也是女主角。二十一岁时阴差阳错，拍了亚视的《少女慈禧》而大红特红。那年头港星红了都流行去台湾拍戏赚钱，她作为最当红的香港女星到台湾拍了武侠电视剧《笑傲江湖》，在钢丝上吊六个小时而毫无怨言的女主角可不多见，制片人刘立立对她极为欣赏，转而向琼瑶举荐这个奇女子。从1985年开始，她开始了她的琼瑶电视剧生涯，一演，就是三十年。刘雪华喜欢演戏，她喜欢到什么程度？她喜欢到把它当成信仰。2011年她的生活突遇大的变故，老父去世，老公坠楼，一般人歇在家里还来不及，她居然还提前两天到达浙江安吉的剧组，赶拍《如意》，三十天二百二十场戏，她说这样比较好，“这样比较不用想问题”。什么都不用想，大约是思想简单的人的最高诉求。

做惯女主角的人，不能接受要开始演妈妈、演奶奶的人生转变，可是她照做不误，慢慢地，她就成了制作方用来镇戏的“老戏骨”，这种靠本事吃饭的习性让她无比直率、直接，甚至有点不谙世事。“我进演艺圈的时候家里人也反对，说要陪导演睡陪什么陪什么的，可是我觉得不会啊。你陪了人家，他有这个权力吗？顶多给你多一点镜头。拿几百万捧一个新人，不可能的！花点钱包装一下还可以，要捧也要人漂亮才行啊，老板又不是傻子，他拍戏的目的还不是赚钱。我不相信这个！”

别的女演员上戏要潜规则，要家里有背景，可是刘雪华什么都没有，两手空空走进这个圈子，靠的全是自己。

除了演戏，她的业余生活就是打麻将。说起她这个爱好，圈子里人人知晓，片场里那边刚拍完戏，这边她可以立即摸八圈，刚刚为爱情哭得要生要死，下一刻坐上了台，手气好和了牌会纵情高笑。最离谱的传闻是，她当年怀着孕准备与刘德凯结婚，怎奈刘出埠拍戏，她与朋友打了三天三夜麻将，后来流了产，刘回来以后宣布与法国少女恋爱，两人旋即分手。关于这件事，刘雪华从来没有提过，但她接受采访时却从来不会假假地说我喜欢音乐看书，而是毫不顾忌公开自己有牌瘾，“只要今天开心，就很满足了”。

三

她的朋友、知名制作人柴智屏曾说，除了打牌和拍戏，刘雪华的人生里最重要的事情是爱情。

虽然是大美女，她的爱情却一只手数得清。“我到台湾以前有男朋友，然后是张佩华，然后是刘德凯，再然后是我老公。我的每一段感情都很认真。”

在她的恋爱记录里，有两任都是大帅哥，都是拍戏对手。和张佩华是在大陆拍《六个梦》时相恋，但六个月后却毅然分手，女友无数情海翻波的张佩华回忆说：“爱情是什么？爱情不是有缘就能相守，就像我与刘雪华，曾经那么相爱，到最后一样凄凄苦苦地分开。不过，她（指刘雪华）现在的先生（指邓裕昆）就是我最好的朋友，她幸福的婚姻，呵呵，可以说是我精心促成的。”

而接下来她与刘德凯的六年之恋也曾甜蜜过。白马王子刘德凯遇到八点档第一女主角时曾气盛地说：“我想让你成为我的女朋友。”后来果然成为他女朋友。两人因为刘德凯的风流而闹过不愉快，最后婚前却离奇生变，两个人死活不肯透露情变原因，但刘雪华的表达是：“此生都不可能再合作。”

与刘德凯分手四年之后，刘雪华情定编剧邓裕昆，两个人当时都在上海拍戏，她是主演，他是编剧，邓比她大十三岁，无钱无名无貌，凭的是一支笔，据说他天天给她写诗……

大致上，这是两个不再愿意在风口浪尖上讨生活的男女的相濡以沫吧，她叫他爸爸，他负责她的精神生活，她负担他的家庭生活，在上海买下豪宅安安心心在大陆拍剧挣钱。据说邓有忧郁症，闷坐家里，两人时常吵嘴。时间到了2011年，一次普通的夫妻间吵嘴，最后却以丈夫的离奇死亡而告终，刘雪华成为千夫所指之人。刚开始连她都以为老公是自杀，后来公安局的调查竟是调天线时失足，她怎么也没有想到这种离奇的变故会发生在她身上。“这是戏这是戏，怎么可能发生在现实当中？”情绪失控的她流着泪说。这一次，可不是戏，而是她真实的人生，真让人有错乱之感。

严格地说，刘雪华不是个艺术家，只是一个演员，是电视流水线上的一颗勤劳的螺丝钉，一颗敬业而活又完成得很好的螺丝钉。人生真有趣，像刘雪华这样的女人，老天爷给了她一副精灵秀美的琼瑶外表，又给了她一颗金庸女侠式古道热肠的心。她天天在琼瑶剧里长发飘飘，私底下却是典型的亦舒女郎，好中意有收入，无勇气不做工。她在戏里爱来爱去纠结不已，在她的生活里却烟酒麻将快意人生，今朝有酒今朝醉。

很多人都爱演戏，因为演戏能让人穿越人生，刘雪华演了一辈子戏，对她来说，拍戏好实在，就是一份工，剧本要你哭时你就哭，要你笑时你就笑，有剧本可依，哪里像人生，如此无常，猝不及防。

戏如人生，但人生，可比戏要难。

个性

请多关照

并没有温柔的幻想，只有凭吊的沧桑。
那种从来不曾被生活善待，

在绝望里走过半生的人渐渐明白的一件事：
是啊，多么不幸，
在这个世上你只有你自己，

可是又多么有幸，你还拥有你自己。

梅艳芳
已经贵为大明星的梅艳芳对记者说她暗恋一位圈中人，就像喜欢上隔壁班男生的初中女生，
按捺不住柔情蜜意，忍不住跟前来打探的人泄露心中秘密：他是隔壁班的，喜欢唱歌，是体育委员，每天下午六点半才走，我每次都偷偷躲在后面……
如波涛之汹涌，似冰雪之消融，她暗自欢喜，暗自叹息，想起他时心头一颤，欲说还休。

舒　淇

在一片嗡嗡声里你仍然听得到她清脆绵软略带台湾味的广东话，腔调像十八九岁的小姑娘。

“很多东西就是你相信在一起就会幸福，才会幸福，我是不是个为爱痴狂的女人啊，不知道耶，但是能爱就尽量爱吧，喜欢一个人就要无私地付出，这是非常正常的。”

吴 倩 莲

像天下所有的女子一样，
她一定经历过那些心碎的痛苦，那些举步艰难的痛苦，
那些四肢像撕碎的痛苦，那些太阳菊在黑暗中静静枯萎的痛苦，

但这没有什么，每一个人都要经历过，
十八岁的时候没有经历过，那么就三十八岁的时候经历。
人生的课，有些人早上，有些人晚上，但归根到底都要上。

杨千嬅

据说运势旺的人身上会有一层薄薄的光，
第一眼见到杨千嬅时就知此言非虚。

当明星，就意味着更苛刻更残酷的标准
没有最美只有更美，没有最瘦只有更瘦。

在这一刻，
她密不透风滔滔不绝且又刀枪不入的巨星姿态，突然裂开了两条极细小的缝隙，

就算站在人生最风光的顶峰，依然小心谨慎，做足分内事，一丝一毫不敢怠慢。有何胜利可言，挺住意味着一切。

张 艾 嘉

早睡早起，不抽烟不喝酒，吃素食，谈《圣经》，亦爱美，

每个月都有固定的发型师打理一头清爽的短发，

爱逛街也爱购物，爱 BV 的手袋、SATIN 的皮靴，

闲时看看电影，读张爱玲，打高尔夫，

每年都到非洲充任爱心大使，捐善款给飞行眼科医院。

刘嘉玲

“我身上有种与生俱来的‘江湖气’，我没有八面玲珑。可能因为我能吃亏，我也不生气。”

在我看来，“能吃亏，不生气”是刘嘉玲送给各位在情场苦苦斗争的女人的六字真言。

嘉玲是真正牛的女人，她信仰的俗世爱情里最简单的一条法则——时间是检验爱情的唯一标准。

徐小凤

“人家觉得我寂寞，我并不觉得，有时在人群中才感觉寂寞，会忽然觉得自己并不属于那里，我想，我爱寂寞。”

也许只有一个安详快乐富有的老太太，才有资格对人慢慢地说：我想，我爱寂寞。

我们周围自有那么一类人，
他们绝对不是坏人，
他们就是愿意把生活里所有的事都表现得更富戏剧性，
他们觉得——那样叫人生。

狄波拉

林忆莲

人类身上宝贵而稀有的洞察力、承受力与创造力将在那些面对真相的痛苦与惰性斗争的挣扎中萌芽、增长、茂盛，你会从风中摇摇欲坠的野地小花变成迎风怒放的铿锵玫瑰。

张艾嘉

一生有几段避不了的情

一

张艾嘉很帅。

2008年，也不知道为什么，我在半年之间两次采访了张艾嘉，一次是在香港演艺学院，第二次则是在尖沙咀诺士佛台张艾嘉的办公室。透过她办公室的落地玻璃窗可以看到一栋白色英式建筑，那是香港天文台。天文台绿荫掩映，细细的绿色凤凰树叶在海风中起伏翻腾，真美。两次给我印象最深的是她好会穿衣服，第一次穿一件小蓝条纹衬衣，半新不旧黑色小马甲，深蓝色齐膝短裤，蹬一双黑色坡跟长筒靴，格外利落大方；第二次穿一件长身洋红衬衫，简单得不能再简单的款式，小翻领，几粒大扣子，舒展大方，底下配一条细细的黑色七分烟管裤，咖啡色细高跟鞋，配上她的BOBO头，有一种说不出的利落摩登劲儿。

她和盘托出自己的穿衣之道："我的衣服都比较简单，蕾丝、透视装我都是有的，没有那种很可爱很女孩气的衣服。我的衣柜简洁，但我还是会留下很多有纪念意义的衣服，有时间会把过去的衣服拿出来，搭配出不同的造型，这是我生活中的乐趣之一。穿衣我是蛮忠于自己的，我不太会跟潮流，从小就是。我这个人表面上看是很随和的人，但是我有很多固执的东西，我知道什么东西适合我。"第一次拍片的时候，她看到杂志社准备的那件名牌皮长裙之后婉转地提醒："其实我的肤色不适合土黄色。"但后来还是穿上了，穿上之后，披上了她自己带来的白底小蓝花的围巾。"脖子上很空，我觉得这样更合适一点。"围巾很漂亮，她轻轻一笑："上海买的，很便宜。"

她很温和，但不是容易妥协的人，加上又爱开玩笑，言语风趣，让人一点也不觉得无聊。提到当年帮李翰祥拍《金玉良缘红楼梦》："原来李翰祥导演是要我演宝玉的，可是一看，林青霞比我高这么多，临时便改成演林黛玉。演黛玉呢，我的嘴巴很大嘛，有一场戏要唱一句黄梅调，你那樱桃小嘴……导演说赶紧拍她的嘴，摄影师说樱桃小嘴在哪儿啊……气得我！"

二

最近在忙什么？

"我忙着做母亲，做太太，做女儿啊！房子要清洁，衣服要烫，哪个司机去接哪个人，很多复杂的事，所以我忙得连林奕华发的邮件都没办法看。"

过了一阵，她又主动提起这个话题："你刚问我在忙什么？很多人都说我好像这几年都没有拍多少戏，虽然现在在家的时间比较长，可是必须应付的事真的太多。妈妈年纪大了，需要我陪，家里的东西这里要修那里要修，只有我清楚它们各在什么位置，出了什么毛病。我要让家里的每一个人都吃好饭，还有家里有好多好多的书，好多好多的DVD，再加上我现在又迷上了高尔夫，时间就更不够用了。"

张艾嘉被人称为"独立新女性的典范"，连她都抱怨，可见职业女性不易做。"常常有人问我做女导演有什么条件，我说做女导演呢最好不要结婚，就算结了婚，也不要生孩子，因为那样你就不能自私，这个事那个事，每件事你都非管不可，要不然你就不是一个合格的妈妈、女儿和老婆，最后你只有把你的时间贡献出来。所以我说职业女性，一定要自私一点，自私一点，多爱自己一点，多给自己一点时间。就像萧芳芳，她不想拍戏了，她就真的放下一切跑到纽约去念书，女人都应该有自我世界。"

停了一会儿，她又笑笑："其实现在某些时候，我又比较enjoy什么都不做的状态，三十多年了，我几乎没有停过，那我现在是不是可以停一段。”

三

“做我们这一行，三分运气，三分天分，三分努力，还有一分是莫名其妙的东西。”说到这里，张艾嘉双手一摊，笑了，俏皮，还有点无奈。

“要进入这个行业，不是每一个人都有这种能力的，你要清楚你有多少东西，每个行业在我看来，真正的牛人都是很少的，而且不是每个人都有运气能使用好你的才华，所以……”她郑重地点点头，“我是一个很幸运的人。”张艾嘉十五岁入行，做足四十年。

做演员，她是最top（顶级）的演员，得过数届影后；做导演，她亦是最top的导演，《最爱》《莎莎嘉嘉站起来》《梦醒时分》《新同居时代》《少女小渔》《今天不回家》《心动》《20 30 40》都是历久弥新的女性电影；而做女人，她亦是最top的女人，这辈子的经历可能是别的女人的几倍。

就像她在《一个好爸爸》里的一句台词：“一个男人一生中有几段情是避不了的。”同样，一个女人一生有几段情也是避不了的。她出身书香门第，外祖父与蒋经国熟稔，父亲是空军军官，在张艾嘉一岁的时候就去世了。张艾嘉长得美，又俏皮，曾经在《康熙来了》中坦陈当年在美国读书时与蒋家二公子“彼此互相吸引过，走到后来，回到现实，我自己知道一定要踩刹车”。

回台湾做演员，之后的恋情也非常生猛。1974年为首任男友小生金川与嘉禾公司解约，1979年嫁给大她十六岁的刘幼林，那时她才二十六岁，“他是个君子，是我不好，是我不成熟，心还未定下来”。

结婚半年即传出婚变，绯闻对象是罗大佑。“那时年少轻狂，觉得能配上自己的男人，似乎只有声名赫赫的罗大佑了……”接下来还传出过杨德昌、李宗盛，都无疾而终。时间转到1986年，她在一个朋友的聚会上认识了她的第二任丈夫王靖雄。王当时是有妇之夫，一段苦恋，三十七岁未婚的她产下儿子奥斯卡，到1991年两人才终成眷属。爱情终得圆满，事业又蒸蒸日上，正春风得意之际，发生爱儿被绑架一案，幸而七天后儿子安全找回。“你了解到这世界上有许多事你没办法预计到，意外随时会发生。”经历了这么多酸甜苦辣之后，张艾嘉变得更低调更沉静。慢慢地，她在这个浮华名利场里淡出了踪影。

“这半年我每个礼拜都会和朋友去谈谈《圣经·旧约》，我觉得非常好。你会发现其实很多东西从前就有，历史和过去就摆在那里，只是你没有看到，这个世界和人的关系早就在了，只是你没有发现。不好的事情中有个最lucky的结局……终于学习到原来不是每件事都要take one step forward（进一步），有时候是take one step backward（退一步），停一停再走。放手，大自然会带着你运行。不经过那么多辛苦，你就成长不到，所有的经历都是有用的。”

“女人四十岁以后才会真正成熟。”张艾嘉现在的生活写意而恣意。她家住香港，从玻璃窗看出去可以望见远处的海，平时在家打理家务，甚至还会上街买菜。“我很喜欢做菜，如果要转行，我会考虑做一个厨子，我喜欢在厨房里弄这弄那，很开心，常去街市买菜，街市的人见了我会打招呼，张小姐，你又来了，我就说嗯来了，他们还会打个折给我呢！”

早睡早起，不抽烟不喝酒，吃素食，谈《圣经》，亦爱美，每个月都有固定的发型师打理一头清爽的短发，爱逛街也爱购物，爱BV的手袋、SATIN的皮靴，闲时看看电影，读张爱玲，打高尔夫，每年都到非洲充任爱心大使，捐善款给飞行眼科医院。

四

“走吧走吧，人总要学着自己长大，走吧走吧，人生难免经历苦痛挣扎……”当年李宗盛为她写的这首歌打动了无数人的心，想来，人生的所得所遇也无非就是《爱的代价》。

“我喜欢音乐，但现在只会偶尔哼哼歌，《爱的代价》我唱了差不多二十年了，但近几年唱得比较少了，我觉得我已经过了唱这首歌的时候。这几年反倒是李宗盛唱得比较多，可能他到了这个年纪感触比较深吧，他要唱，就去唱吧。这首歌是他写的，用的是我的心情，我经常和他聊天，我们是知己。我不是那种很会唱歌的人，比如蔡琴，她的嗓子真好，我唱歌一般都是在讲我的人生经历，更私人吧！”

很多人都记得她在舞台上公开问李宗盛，你到底有没有爱过我？

“可能因为当时气氛好，”张艾嘉笑嘻嘻地开玩笑，“我当然知道他很爱我，他不爱我就不会替我写那么多歌！”

据说李宗盛每监制一个女歌星，就会和她谈恋爱？

“是啊，所以他现在不做唱片，改做吉他了。”他是这样的人，就算没有和她真的谈过，脑子里也是谈过一遍的。“我叫李宗盛细佬（小孩），他叫我大姐，他对我有很深的感情，我对他也很有感情，我们常常通电话，聊心事，我比较硬朗，比他更像男人。”

二十世纪的八十年代，台湾民歌运动风起云涌，专栏作家韩松落有一段这样的描述：“他们在灯下激动交谈，四处奔走开民歌演唱会。‘金韵奖’民歌大赛里永远有新人涌现，四季都像是春天，每个时辰都有一面战鼓在心里敲出‘非如此不可’。青春的洪流给每一天镀了金，即便剥离磨损，也显得金粉淋漓。”那时，张艾嘉是众多文艺女青年中的一名，而罗大佑不过是刚刚出名的创作人，杨德昌是新导演，李宗盛白天帮父亲送瓦斯，晚上去唱歌。那到底是什么样的盛况？

“哇—— 那个时候—— ”张艾嘉拖长音，清澈的眼睛里闪过一点光，“很忙，有参加不完的派对，那时我很坏，因为没有狗仔队，所以我在尽情地谈恋爱。早期的男生们很单纯，早期的事情也很单纯，那时我的心中就只有朋友和创作。当时我住在一家coffee shop（咖啡店），叫香颂室，很出名的，天天人来人往，我们在里面打游戏机，吃东西，我还有一个小小的办公室，做我的电视剧，拍《十一个女人》。那时候的事如果拍出来，大约可以写八十个故事吧！”

你会经常回想起那段时光吗？

“那是一个最好的时代，但是我现在已经不会经常想起了。”

后记

张艾嘉的头发很黑，很多。她说这么多年她都只跟一个发型师做头发：“我很念旧的。”

问她会不会写回忆录，这么多精彩的过往不写出来太可惜了，何况她又爱写文章。“我要看看自己究竟能够有多么诚实，可是如果我的诚实会让别人不舒服，那么我不如不写。”

“你问我生命中还有什么东西要追寻？我想是没有什么了吧！”她沉吟一下，肯定而简短地说，“我在追寻简单一些的东西。追寻平静的生活。追寻平静。”

人人都叫她张姐，实际她的小名叫小妹。“还是在1987年、1988年的时候人家就开始叫我张姐啦，因为当时有部戏里我演老师。小妹是最早认识我的人叫的，胡金铨导演就这么叫。前段时间我参加一个活动，碰到徐枫姐和佩佩姐，她们都叫我小妹，我就觉得特别高兴，因为现在很少有机会被人叫小妹了，那天在座的都叫我小妹。”

事实上，张艾嘉依然是小妹。她爱笑，配上新剪的短短童花头，两个永不消逝的大酒窝，又年轻又俏皮。资料上记载张艾嘉生于1953年，可是连我们的美女摄影师看着都发了阵呆：天哪，她怎么这么年轻，她跟我妈一样大哎！她靠着林奕华拍照的时候，样子那么小鸟依人，我开始明白为什么那些男人会爱上她。原来她真的是永远的小妹。

和所有的八卦粉丝一样，我追问："咦，当年罗大佑不是写过一首歌叫《小妹》，是专为你写的吧？张宇还翻唱过。"她笑着把头扭开，她此时的拍档兼导演林奕华贴心地替她回答："哇，又来了！"

是的是的，都已经过去，其实我只是想说那歌词写得真不错。

"小妹，小妹，我们有温暖的过去，我们有迷惑的现在与未知的将来。小妹，小妹，该去的会去，该来的会来，命运不能更改……"

098

杨千嬅

心口写着“勇”字的女人

一

据说运势旺的人身上会有一层薄薄的光，第一眼见到杨千嬅就知此言非虚。

作为一名港产虎年水瓶烈女，2010年正是她人生最扬眉吐气的时候，唱片卖得，电影收得，港片最爱的女主角之一，第17届香港电影评论学会最佳女演员在手。更令她得意的一件事是，谁都以为她嫁不出，最后不但嫁了，还嫁了一个小她五岁的富二代帅哥。这次第，怎一个“旺”字了得。

顺境里的人往往气势如虹，杨千嬅婚后越战越勇却淡定非常。这个pose没摆好那就再摆，这个镜头没拍好那就再拍；和所有的资深艺人一样，她身上有一种对规则烂熟于心的熟稔，更有一种敬人于千里之外的专业，侃侃而谈，明显不是一见人就热情如火的世故女子，把控着局面，但又绝对体谅对方。对陌生人，她有一种天然的警惕，更有一种淡淡的权威感，开口的第一句话便是：“我在这个圈子里入行工作十五年。”

是的，十五年了，你心头悚然一惊，对眼前的人肃然起敬。十五年前，你还是个什么事都不懂的大学生，她已奋战在新秀选拔赛的现场，与五光十色的名利圈开始博弈。起起伏伏，兜兜转转，没有人看好她，她却凭着一股奋勇争先的劲头成为“剩女”的杰出代表，终于让她一领姐弟恋之潮流，风光大嫁。“我觉得留了下来，居然成为香港数一数二的天后级人马。情路坎坷，曾经让自己做了《败犬女王》的真人版。”一年之后，2012年6月，她平平安安产下一子，人生大事圆满大半。

人们最记得的是她2000年初次拿到梦寐以求的“叱咤乐坛女歌手金奖”时哭成泪人，且说过一句经典的话：“我乜都冇，净系心口得个勇字。”（粤语：我什么都没有，只是心口写着勇字。）在众人的眼里，她确实“乜都冇”，但就是这个“乜都冇”的女子，得到了一切。

她不愧是亦舒的信徒，“这个圈子就是斗命长”。

二

“我小时候家里环境不好，我好想读书，但最终都没有办法完成，所以现在人家问我最想干什么，我还是答想读书。本来读了预科，但那时候护士是专业人士，是做公务员，谁知道到我们那届的时候医管局改制……”人算不如天算，她只能苦笑，“但人工（粤语，薪水）依然好好。”

玛嘉烈医院护士，工资高，压力大。“我记得我第一天上班，前辈们就叫我：‘细佬，去那边收拾东西。’结果我一看，是一个阿伯刚刚过身。哇，我当时呆住，好怕，怕到震，但难道你说不做吗，只得硬着头皮上。你知道去世的人浑身都松了，所有的孔都在往外流东西，该补好的补好，该绑好的绑好，齐齐整整，才能送到殓房。前辈们做这些事时会自言自语，阿伯，那现在我在帮你收拾身体，让你干干净净上路。她们告诉我，人走之后要存敬重之心，这是积福，也是善事。我从一个惊血、晕血的人到最后可以走到手术室。做开颅手术，在旁边递镊子、钳子，手术的器材全部要准备好，有大有小，按顺序放好，医生要哪个你就知道递哪个，如果你拿错，医生会把刀甩过来，你不想被人用刀甩吧，那你就记住所有的步骤。也就是说，医生做手术，我们已经知道他的所有步骤，记熟了，这样才能进手术室。”

杨千嬅是潮州人，要面子，绝不轻言放弃，但到底还是个文艺女青年。她喜欢弹钢琴，水准有六级，跳舞也跳了十四年，又喜欢唱卡拉OK，和同事好玩似的报名参加歌唱比赛。“一大帮人到最后录取了我一个，后来我听说，原因是因为我似郑秀文，当时郑秀文要走，她们想找一个代替郑秀文的人，难怪我当时选了彭羚的歌，但他们却一定要我唱郑秀文的，当时根本不知道，把比赛当玩，放完榜就准备返工（粤语，上班），谁知道华星真的肯签我喔。我是好舍不得我原来这份工，我爸爸当时是坚决反对，但是签了这个合同，我就可以去美国读三个月书。那时的我，好恨（粤语，想要）读书，最后决定辞职，我爸爸因为这件事整整一年没有理我。”

因为长得像郑秀文，她刚入行时被称为“小郑秀文”，颇不受人待见—— 走别人的路线，是圈中大忌。那现在跟郑秀文的关系好不好？“没有太多接触，但见面会打招呼。”再到后来，她们成了朋友，彼此的演唱会会去捧场，还当场合影宣示友谊。这当然是五六年之后的后话。

那次比赛让她遇到的另一个重要的人是陈奕迅。拿表格时两人认识，传说他们俩有一段情，接受陈志云采访时杨千嬅用了一句含糊的话来推搪：“忘记了。”

“到底与陈奕迅有没有一段情？”好的采访对象让你有勇气什么都敢问。

她干脆爽快地给出了答案：“和陈奕迅是好朋友，因为我们都在华星，刚开始是有过一段感情。”

“哈，我之前采访过陈奕迅，也问过这个问题。”

“是吗？”杨千嬅眼光一闪，“他怎么答？他承不承认？

“他没答，就打哈哈。”

“哈，男人都没有女人勇敢……”她淡淡一笑，“陈奕迅是一个很好的人……阿徐对他很好，好合适他。”如今她是丁太，当了丁太谈起陈生，自然就有了一份胸怀。

三

那届比赛她得了季军，过了五年才算真正大红。

“当新人时非常辛苦，但我没有那么脆弱。刚出来时人家说我是世界女（粤语，善于交流的女子），问为什么这个女仔这么懂和人沟通，这么会说话，这么会观察人，说我世故。这是因为我当过护士，做护士是要会读心术的，你远远看到一个人，你看他脸上的色彩就能判断他是得了肝病还是肾病，还是心脏有事，还要懂如何和他们沟通，既要关心他们，又不能让他们无理取闹。”

当护士，见过世面。“十八九岁去泌尿科实习，一个月之内见了我一辈子都见不到那么多的男性生殖器，有时医院接诊到瘾君子，开始好好的，到洗手间你看到成墙血，你怕不怕？人家说我一个小姑娘，为何那么镇定？老大，我天天见的就是生老病死，在医院的四年相当于别人的十年。当护士一方面要好有人情味，一方面又要好有权威感。有时做手术要插尿管，用布盖住病人的头，通常他们都不太镇静，会问为什么要盖住我，这时你就要凶过他，同时也要懂他的心理，你要知道如何安抚他，我就说等会儿要全麻，现在要给你插尿管，如果不插的话，你的膀胱就会爆，明白不明白？明白就签字啦。你不能慌张，你要有控制力，有时候要值夜班，要控制五十个人，就像在演唱会上你也要去控制不同的朝向，不同的台，你要吸引到他们的情绪。”

遇到贵人，金牌经理人黄柏高，金牌填词人林夕……唱到的是红极一时的金曲，《少女的祈祷》《再见二丁目》《可惜我是水瓶座》，以至《大城小事》，得过数届“最受欢迎女歌星”。拍电影亦不错。“我第一次拍戏，什么也不懂，被人骂到飞起，可是市场肯buy（买）喔，套戏收得。”杨千嬅擅长演带点神经质的都市女孩，没心没肺，简直像演她自己。

“《百分百感觉》《新扎师妹》都不错，第一次收入过百万时好兴奋，但一直是演那种大笑姑婆。《饺子》让我有所突破，二十八岁要演一个四十岁师奶，化妆也惨得要死，但演这个角色给了我信心。演尔冬升的片子时改变了我，《千杯不醉》第一次获得金紫荆奖提名。”

事业一直向上，爱情却格外凋零。来来去去，公开的前男友只郑中基一个。

1999年，郑中基上杨千嬅主持的商台广播节目，开始追求她，二月三日是杨千嬅生日，他用这日期写了一首歌。2000年两个人公开恋情四个月后突然宣告结束，直到2006年郑中基与阿Sa秘密结婚，七年间两人的地下情似幻似真，这段情到底延续了多久，无人知晓，只知道杨千嬅受伤甚重。“同那个人分手后好不开心……哪个人？还有谁，郑少嘛！……我三十岁的时候什么都好，但很不开心，总是约朋友喝酒，可是整班人陪我我也不快乐，当时我以为我要拿这个奖要拿那个奖，拿了我就会开心，谁知其实还是不开心。”

直至遇到丁生，纯属巧合，朋友叫她去见编剧，在酒吧见到他，她去的时候已经十二点，好多都喝醉了，丁子高在照顾他们，他望着她觉得奇怪，为什么会有一个艺人去酒吧！

两人谈恋爱，她正在拍《志明与春娇》。“你说我在那部电影里漂亮？哈哈！可能当时在谈恋爱，所以显得人特别靓。”

四

有恋爱谈，但不代表有结果。

小自己五岁，情史累累，还是公关公司职员，是人都觉得不靠谱，谁也想不到两年后他俩居然真在赌城注册结婚。这个男人同佘诗曼、李彩桦、卢恬儿、傅明宪都传过绯闻，可以信任吗？接受媒体采访的时候她说得很明白："为什么我这样信任他，应该要认的他全部认了。"

女强男弱在中国是劣势，在他们的恋爱里，几乎所有的事都是男方在做决定，甚至连分不分手也是。因为传媒的压力，丁子高远走上海三个星期后打电话给她。"他说我想继续试，经历一下同你一起，这件事上，我要争取。哗，在电话筒那一端的我，哭到啊，眼泪滴滴滴，从心里涌出来，那刻心里的感觉，真的不懂得形容。"结婚也被人写成是四亿富婆娶男人，她替老公不值，她叫老公丁生，一是有一种港式的搞笑，二是显得尊重。

"我很佩服丁先生，这个男人好聪明，他比一般人更细心，就算是遇上压力，想的方向都是正面。他愿意承担这种压力和一个娱乐圈的人生活在一起，我真是很感动。其实我们也可以去搞地下情，但任何偷偷摸摸的事我都不愿意做。我觉得媒体用错了字眼，明明是我嫁她，不能因为我买个房子就让一个男人担负起所有的精神压力，原来媒体说他是穷职员，后来又查到他是富二代，现在你们服气了吧！我觉得一个有上进心的男人，价值远远超过四亿。"

经过苦痛，当然更懂爱情，名言无数。"首先我们不能变成怨女，要对自己说很正面的话，要去追求，要有正能量，要自我增值，扮靓，保持敏锐，日子才会越过越开心。然后是不要绝望，爱情是你信才有，自暴自弃那就完全没有希望。人要向前走，向前行，有些事碰上了就碰上了，你唯一能做的是不要放弃。第三要有何妨一博的心态，不给自己机会，就没有人给你机会。你不要同我说没有缘分这回事，绝对有，只是看你愿不愿意走近它，相信自己，相信感觉，人最大的敌人就是自己，你要对自己坦白，一辈子是避还是进，这一步你要想清楚。情侣之间谁没有危机，要信任，要简单，要付出，但是如果不行，也不必勉强，不是没有男人就不行，往前走，不会死人的。"

至于自己的现状，她要说的两个字是感恩。"现阶段我最大的问题是要找到平衡，一切都在变化当中，四十岁，应该怎么办？真正的成功不是什么都好好的，而是你可以承受失败，是你可接受最好的，同时可以承受最差的。连续五年拿奖又怎么样？不红了去做什么？我甚至可以接受再去做护士，我可以到处商演，做生意。”

“现在，红不红对我没意义，红不红，照样要过日子。和一个你喜欢的男人在一起，两个人很开心，就足够了，我是真正打开了眼睛，世上的事常常变动无法左右，幸福的感觉只在你心里，就在你心里。”

后记

说实话，杨千嬅比我想象中的要美、要白、要瘦，身上隐约有一种巨星的姿态，这种姿态放在以草根和率真为标签的她的身上似乎有点不搭调，不过，又很正常，谁叫她干的行当是当明星。

在微博上她信誓旦旦宣称要减肥，其实真人已经很瘦。“其实我是不想减，但没办法，你知道做艺人要上镜的嘛！”她又无奈地笑了。

当明星，就意味着更苛刻、更残酷的标准——没有最美只有更美，没有最瘦只有更瘦。

放在平常人堆里，她绝对是个美女，五官细致，身材纤长，但是在美女如云的娱乐圈里，她只能走个性路线——率性港女，略有神经质的大笑姑婆。她的头发染成非常醒目的深紫色，小道消息说是自染了紫色的头发事业就大旺，所以她一直不敢转发色，而她自己的官方说法是因为偶像陈百强喜欢紫色的缘故，总之她的头发长年保持着这种发色。“每隔十天就要染一次，是很不环保，又伤头发，但都没办法……希望等我老的时候有一种新方法，既可以上色又可以不伤头发。”她无奈地笑。在这一刻，你突然觉得那勇敢的大无畏后面依然是个脆弱的小姑娘，就算有最强大的决心，就算站在人生最风光的顶峰，她也依然小心谨慎，幸福得来那么不易，她必须是惜福的人。

梅 艳 芳

暗恋的女人最天真

一

第一次认识梅艳芳，是在初中的时候，那时最热门的流行曲偶像是“两王一后”：谭咏麟、张国荣和梅艳芳。

说实话，那时不怎么喜欢她，抽烟、打架、闹绯闻、跳舞、恋爱、化浓妆，唱的还尽是些节奏铿锵的劲歌，等到我懂得欣赏她了，她已转歌路，走的居然是《女人花》这一类的怨妇路子。

2003年那个冬天的早晨，我急匆匆去上班，到楼下一打开手机，第一个跃入眼帘的标题便是：梅艳芳癌症引发肺部感染于凌晨二点五十分在养和医院去世。

阳光灿烂的天气里，我突然难过得闭上了眼睛，只觉得后背飕飕发凉。接下来很多年里有关她的新闻都是她那个不省心的妈。生前就闹个不停了，死了也不消停，刚死时与各色人等对骂，死了五六年了，还在为要钱打官司，不满两个儿子分不到分文，不停地入禀法院。借这位著名星妈的状纸，倒把当年在娱乐圈呼风唤雨的大姐大的钱袋子翻了个底朝天。原来一代歌后并不如人们想象中富有，女明星都爱面子，如果不是像杨采妮那样运气坏，做生意惨败，恐怕谁也不会承认复出工作是为了钱。问题是，不是为了钱，难道是为了拯救地球吗？

女明星的钱袋子从某种程度上来说是她们的最后一道防线。贵为一代歌后的梅艳芳，她去世时资产总值是三千万，大多是不动产，房产经过几年的升值算是升了几倍，但能动用的并不多，整个审讯下来，遗产中现金只剩下了一百八十万，不得不通过出售位于日本和新加坡的物业来套现……

更让人心酸的是，证人说梅艳芳在宫颈癌晚期还在担任一个美容公司的代言人，大冬天跑到日本单衣薄衫拍照，导致旧疾大复发，她抱着她的干妈——何冠昌的遗孀何傅瑞娜说："干妈，怎么办？我唱不了，不能工作了，我以后的生活怎么办？"

一句话，真叫人要流下泪来，那么有名的一代歌姬，到生命的最后关头还关心自己能不能工作……生命的确能如夏花般绚烂，但幻灭起来也真如秋叶般孤零。如果这时你还要为钱袋子担心，这孤零无疑来得更彻底、更绝对、更凄凉。

二

除了钱，更让人心酸的是她的情。

从一出道开始，她就拼了命地要恋爱。

绯闻名单上，有各种各样的帅哥。她只喜欢帅的，但帅的，大部分都不靠谱。

所有这些人里，论靠谱，应该只有刘德华了。

那是很早很早之前的事了，那时刘德华还是一个胖乎乎的鹰钩鼻子的帅男生，不过是TVB里走红的小生。

已经贵为大明星的梅艳芳对记者说她暗恋一位圈中人，就像喜欢上隔壁班男生的初中女生，按捺不住柔情蜜意，忍不住跟前来打探的人泄露心中秘密：他是隔壁班的，喜欢唱歌，是体育委员，每天下午六点半才走，我每次都偷偷躲在后面……如波涛之汹涌，似冰雪之消融，她暗自欢喜，暗自叹息，想起他时心头一颤，欲说还休。她喜欢那个名字滑过舌尖又被咽下的感觉，她花了很大的力气不去提他，以为只要她一日不说，这个世界就一日不会知道。

其实全世界当它是公开秘密，只待她亲口说出，以正视听。平日里那一盏盏灯泡似的眼睛，你以为全是白亮的！

看完报纸，谭咏麟冲到刘德华面前说："你死了，梅艳芳暗恋你！"

刘德华大惊失色，他惊的恐怕不是她爱他，他惊的是这个傻女子怎么就说出来了呢？

他早就知道了吧！因为"我能帮他的全都帮了"（梅艳芳说），那时她事业如日中天，五年蝉联最受欢迎女歌手，当然可以帮他。

他心安理得地接受她的帮忙，暗恋没问题，要我爱你，那就难了。他是那样一个守旧的男人，瞒着天下人讨得安静贤妻，关起门来过小日子，从来不出去蒲（粤语，在外胡混），几十年如一日地奋勇向前。"姿势难看"，别人这么评他，但他不管，他在他的世界里条理分明，活得心安理得。

可是这个姓梅的姑娘就是爱他，她，甚至，爱他的不爱她。

就像她喜欢贝克汉姆，因为他也喜欢贝克汉姆。他剪了一个那样的碧咸（粤语，即贝克汉姆）头，她也剪。不能和他在一起，头发剪成一样，也是甜蜜。

他们都是爱家爱老婆的男人，她爱这种男人——也许因为她永远不可能被他们爱上。

刘德华开演唱会，她在下面摇荧光棒，脸上的表情如醉如痴。

甚至，只要他不拒绝，就是好的了。因为至少还能见到他，至少还能和他说话。

小人鱼化为泡沫的那一霎，深深叹息，他幸福就好！只有暗恋的女人，才会爱得这么卑微，哪怕成为他的垫脚石，他的脚踏上自己的一刹那，也是幸福的。

暗恋的女人是最天真的女人，因为，她们居然，还能这么纯粹地爱。她们不斤斤计较，她们傻头傻脑，她们知难而不退，亮出自己的命门，拼却性命无拘无束。

你们笑我，我也没办法，我爱他，我拿自己没有办法。

她死前的那一年，刘德华开演唱会，刘德华对着几万人说："我，刘德华爱梅艳芳一万年！"

梅别过脸去，她爱了这么多年，听到这句话，心里悲喜难言吧。

他被她感动，他也许有点可怜她吧，可是，她要的不是怜惜。暗恋的女人最爱问的问题是：你生命里的某一个瞬间有没有，有没有，真心地爱过我？天真得要命，却盘旋在心间，时时记起。

不能说的爱是最难忘记的爱吧！

所以，每次看到有女子在暗恋某人，总忍不住怜惜，这样的女人，真傻啊，能为她做点什么呢？告诉她其实可以不必这样的，可是她一定不会听吧，所以，就只能祝福她吧！祝福有一天，他能由衷地答一句：是的，有一刻，我也爱过你！

或者，祝福她，永远不被他发现。

舒 淇

玫瑰的故事

一

香港，台风，半岛酒店，2012室。

屋外风雨斜飞，屋内温暖如春，墙上是仿宋的挥金工笔画，桌子上是仿宋中式细瓷彩碗，摆一青一白两只梨子，再配上两片梨叶，写意得像白石老人的小品。

舒淇的包和手机就放在床头柜上，包是玫红底白条，方方正正，手机是iPhone，背面贴满华丽钻石，图案是玫红豹纹，再系着两只胖胖的她最爱的Hello Kitty，十分女性化。隔老远听得到自己的电话响，软软央人帮她拿过来："我手机响啊！"

那是我听到舒淇讲的第一句话，化妆间一大堆熟人围着她，经纪人、发型师、化妆师、助理、私人助理……在一片嗡嗡声里你仍然听得到她清脆绵软略带台湾味的广东话，腔调像十八九岁的小姑娘，兴奋地同人讨论这讨论那，讨论那天晚上吃的燕窝应该打包——冯小刚说他从没有在少于四个人的状态下和舒淇说过话——我的理解是，害羞和内向的人都有这毛病，总是希望身边围着熟悉的人，以便让她没有那么害怕和困窘。

一边化妆一边吃盒饭，清得很，几条菜心与鸡爪，纤体与美容一样没耽误。上好底妆的脸极白极薄透，一点斑也不见，有一种绷得紧紧的年轻感，笑起来七情上面鼻子眼睛皱成一团，比想象中要高要瘦，漫长的化妆时间里脚会动个不停，一会儿踩在镜台边，一会儿压在椅子上，但你也不觉得粗野，只觉得率性可爱——连脚踝都这么性感的人，是有资格做任何姿势。

四个小时，和摄影师插科打诨，熟练地对着镜头做表情，性感、妩媚、天真或冷傲轮流上阵，到最后总归要笑场，难得的是她时刻要自娱娱人，做鬼脸，或者伸手从长发摸起摆个八十年代邝美云式的经典夸张“S”造型，笑翻一屋子人。“可不可以不扭这边脖子？换一边扭？”温和地提要求，没有传说中的坏脾气，累的时候，会抽一根烟，倦的时候，会慢慢喝手中的酒。

她对着斜风细雨的维港发呆的时候，或者不笑的时候，脸上总有一丝迷惘，这让我想起她微博上的一句话：“我在寂寞的空间里，往无际的世界凝望着……”

一、那女孩早熟像一朵玫瑰/她从不依赖谁

那时她还叫林立慧，出生于一个普通的台湾家庭。“从小到大，很多事情要自己来，五六岁就要自己做饭，七八岁就要走很远的路去上学，开学永远是一个人去报名，为什么一个人？因为我妈觉得她们小时候三四岁就可以满山跑，从这个村跑到那个村，为什么你不可以？也难怪，生下我的时候她才十八岁，我上学时，她也不过二十四五岁，想想看我二十四五岁的时候根本什么事都不懂，自己还是个孩子，当然不懂怎么教孩子，所以就用打，经常打。开始时小女孩很怕，站在那里伸手让她打，很痛嘛，就会缩手，但缩手打得更厉害，于是就躲，再后来，就学会跑，再后来，觉得跑也不行了，还是被捉到还是要被打，于是学会了离家出走。”

十几岁时成为问题少女，抽烟，骑机车，撞车，留下一身疤痕，“我怀念那种无拘无束的生活，好有刺激感，但现在觉得不必要了，因为撞了这么多车，留了满身疤痕，唯一庆幸的是没有一道留在脸上，如果留在脸上，也不必吃演员这碗饭了！”

没读高中，做录影店小妹，还有兼职模特，被人劝说拍下裸体写真，写真集流到香港，被王晶看上，和文隽一起飞到台湾面试她，结果她喝多了，迟到九个小时，但两个男人坚持等了她九个钟头，后来这两个香港佬，一个成了她的导演，一个成了她的经纪人。

十九岁到香港。“是最痛苦的一年，听不懂广东话，收了工就在家里看粤语长片，想学会讲广东话，不想被人笑，至少听懂人家讲什么，根本就没想过要出名，要当明星，想入乡随俗成为一个真正的香港人。”连续拍了几部三级片，成为当年最火的性感女明星，走到街上，汽车行过时会有人大叫“脱星”，这时觉得很痛苦。“那时最崇拜的偶像是叶玉卿，为什么？因为她也拍过三级片，但是最后她站了起来，成为公认的有演技的演员。”

运气好，碰上尔冬升的《色情男女》，在戏里演自己——一个三级片女星，得了香港电影金像奖最佳女配角，一举成名，更重要的是，碰上了张国荣。“我那时还是个新人，当时觉得很害怕，因为要见的是大牌明星，当时哥哥对我说的第一句话是打招呼，早啊……哈哈哈哈，他是一个气质非常优雅的男人。”

脱星千千万，像舒淇这样的可不多，她是个心里有数的人。“最近拍了很多商业片，是时候拍点艺术片了。”真正把她从三级片女星拯救出来的还是正经的艺术电影。“侯孝贤找到我，是非常幸运，他偶然在电视里看到我，就想不如找她拍戏。我们俩见面时是非常严肃的，我非常非常紧张，然后我用步步为营的状态赢得了和他的合作。侯导是一个非常和善耐心的人，他可以给我很多时间让我入戏，我从穿上戏服到进入状态可能要一个小时两个小时，他就在那里等。他说过一句话（我常常用来和别的导演说，哈哈），他说你是导演，选演员的时候你是看中了这个演员的某种特质，如果你找不到他的特质，拍不出他的特质，那你还算什么好导演呢？所以演员没有不好的，只有不好的导演，你乱导，他当然乱演……哈哈哈哈，我和侯导在一起最大的感觉是，第一他是真正让我拍戏，第二他是让我全心全意投入电影。”

五年后，他们再度合作，《最好的时光》是她演得最痛苦的戏，却也让她拿到金马奖，给了父母以及自己一个交代。至于那句掷地有声的著名的话——“我把脱掉的衣服一件件穿回来”，虽然不是真的，但符合大众的合理意淫，那是对生活最扬眉吐气的一种复仇方式。

二、一早就体会爱的吊诡和尖锐/绝口不提伤悲

“你最想穿越的时代是哪个朝代？”

“唐朝。”

“看中一个男人，然后就跟他一起走，像红拂跟李靖私奔。”

“对。死心塌地。”

“这种女人就是？”

“是对感情的一种屈服。”

“像你吗？”

“还蛮像的。很多东西就是你相信在一起就会幸福，才会幸福。我是不是个为爱痴狂的女人啊，不知道耶，但是能爱就尽量爱吧，喜欢一个人就要无私地付出，这是非常正常的。”这么美的美女，公开的恋爱只有两段，一段是刚入行时的男友，当年为了躲他来到香港，原因是对方“占有欲太强”。

我问如果要现在的你对那时的你说几句话，你会想说什么？舒淇愣了一下，嘴角有一丝苦笑：“没有用的，没有用的，那时的女孩子是听不进任何话的，她们都活在自己的世界里，任何人来劝她都没有什么用。一定要讲的话，有两句，一

是交朋友要小心，二是不好的朋友要离开他。”

1997年被才女张婉婷力邀参演《玻璃之城》。“那时有多少人反对呀，说我是一个演三级片的，怎么能演一个这样清纯还要说英语的学生？但她死都给我演，我好感激她。”这是舒淇生命中最重要的一部电影，不但转型文艺片成功，还遇上了黎明。

从二十二岁到二十八岁，她都同这个男人纠缠不清。他一直不认，据说两人约会时被狗仔队发现，黎明会一言不发地奔向酒店的另一个出口飞快逃走，让舒淇一个人面对无数闪光灯。有人说因为影迷反对，有人说因为黎父不同意，总之帅哥美女最终无法在一起。有好几年的时间，舒淇都情绪低落，她自己也承认，“我得过忧郁症”。

好在还有事业，拍《最好的时光》遇上张震，“演那个戏，我真的崩溃了”，有一次失控痛哭，张震不断拍她肩头说：“这不是真的！”之后，不断有绯闻传出，两个人的感情似幻似真。为什么人人都传你们在谈恋爱？

“哈，我也不知道……”舒淇哈哈大笑，但仍然不忘记补充，“张震这个男人，我真的很欣赏他。”

“将来会有婚姻，会生孩子吗？”

“应该不会，我对婚姻没有期望，其实我自己算是个没有责任感的人，上次微博上我看一只超可爱的博美犬，我想养，然后我的助理眼睛定定地看着我，你确定吗？我想想也真是养不了，常常一个月半个月在外面拍戏，你知道吗，我曾经养过五只狗三只猫，后来全都送了人，我一家一家替它们找主人。现在还会打电话去问，知道它们都过着王子公主的幸福生活，心里就想，比跟着我好，我一拍戏就在外面待很久，哪里能照顾别人。我家里会养点植物，一个星期浇一次水那种，我是真的不喜欢被一样东西拘束。”

得过忧郁症，闭门疗伤一年，学心理学自疗，现在有独特而豁达的感情观。

“如果我不开心，我不会找闺蜜倾诉，哪怕我得忧郁症的时候，我都是自己化解，因为失恋不是一两天的事，总有个一年半年，一件事说来说去蛮无聊的，就算朋友失恋，我也只选择听一遍，如果她们再找我说，我会说我可不可以不要听。情绪是自己的，而且有些事是一定会发生的，OK，你可以堕落，喝酒啊、抽烟啊、乱找人啊，可是堕落个三五个月也就够了，你总能走出来，愿意放下你才能得到解脱。”

“爱一个人，就会不想那么多，当你不爱的时候，那就分开，我也不会太过悲伤，缘分尽了，就是没有了，也没得比较谁爱得比较多，谁爱得比较少。我们都得为自己做过的事情负责，一头热的事情我做过，享受这个过程也挺好的。”

“我是不是一个不容易爱上，一旦爱上了就不容易改变的人啊？应该算是的，但凡事没有绝对，你说不容易爱上别人的人好还是劈腿劈到八只船的人好，其实都有好有不好，专一的人有专一人的好，脚踏八只船的人也有脚踏八只船人的好，谁能说就不好，如果他自己觉得好，得到了快乐，那也挺不错。其实每种状态都有每种状态的好，每种状态都有每种状态的不好，懂得了这个，你也就没有什么不能接受的了。”

三、她习惯睁着双眼和黑夜倔强无言相对/只是想知道内心和夜哪个黑

“很少有男人能感动到我，倒是有时候去拍戏的时候，会被戏里面的情节迷惑，比如演电影的时候被葛优抱着，砰，天空中会放出烟花，这个时候会有一种很忧伤的感觉……我对别人追我不太敏感，一天到晚在外面拍戏，又总是一堆人，成为我的朋友很难。我是一个很龟毛的人，看电影我会先问这部片子的缺点在哪里，这是我的习惯，我总是先习惯找缺点在哪里，把优点忽略，喔，这会让人不快乐吗？也许吧，我的个性啊，乐观、悲观都有吧，我可以很开心，开心到颠，有时又会很伤感，比如最近看电影，看的时候，也很不争气地滴下几滴眼泪。

“男人喜欢简单的女人，回到家里不要有太多要求，不必要太聪明。其实我想为什么总是男人选择女人呢？我很喜欢纽约，纽约是一个真正男女平等的城市，亚洲的男女不平等唯一的好处是，出去吃饭，女生不需要付账单。如果女生整天想的是如何讨好男人，这样的女生有什么可爱的呢？愿意为爱、为小孩放弃自我的人，不是说这样的女生不好，我只是觉得女生不要为了结婚而去讨好男人改变自己。现在的女人那么强，女人也要挑选男人。有一次有个杂志访问我，说我是比钢铁还强的女人，我说我不可能比钢铁还强，我只是比较坚强。”

“目前，有人追你吗？”

“有，还有两个，刘伟强和冯小刚，他们最近在追我，追我的档期，我想说我也很想有档期，但是只有一个舒淇。”

四、像旷野的玫瑰/用骄傲的花蕊/想摆脱那四季的支配

“十九岁的时候，我是那样一种女孩，我就是要这样，我就是要那样，我要这个这个和这个，不要那个那个和那个，会骂人，会撒娇，不高兴的时候会在片场砸烂手机，但是现在如果还这样，不是很怪吗？就像我前几天碰到孙红雷，我跟他吃完一顿饭，觉得超不习惯，他和我在拍《天堂口》的时候，是完全不同的两个样子，我完全接受不了。然后他说四十几岁就要有四十几岁的样子，说你是前辈，前辈要有前辈的样子。我讲话很慢，是因为怕讲错话，年纪到了，要稳定，表达得要更负责任。就像在微博上，你要我成天吃什么东西，噗一下子传上去，喝什么，噗一下子传上去，我做不到，我觉得我的私生活应该由我自己享受，我分散不了那么多精力，所以我空闲的时候常常发呆，不想什么，让脑袋去放空。”

“我对自己的外表没有任何要求了，从来没有想过整容，已经太好了，我好满意现在的自己，我接受现在的自己，有些女明星，非常爱美，希望腰更细一些，脸蛋更漂亮一些，我真的没有，有时候，我也会觉得自己好胖啊，要减肥了，然后

我的朋友就会说，拜托，你这样的人还说自己胖，其实你是不可以去比较的，林志玲的腿够长吧，所以人家才可能当模特，我觉得我身体的比例挺好的，已经很幸运了。我没有不喜欢我身上任何的部位，但是我很讨厌自己本身的个性，但是又很喜欢我自己的个性，就是懒惰，很矛盾的。”

“冯小刚说你智商130，是不是啊？”

“啊，才130啊，我以为有180，他怎么知道我智商有多高？我呢，算不算聪明我不知道，我只是脑袋比较清醒，我通常就是在做事情的时候，我知道自己在做什么。有一种女人是知道自己想要什么，我确实不知道自己要什么，好像没有什么大的目标，我从来也没有想过自己要当巨星，从来也没有想过要赚很多钱，从来也没有想过要生孩子，我真的不知道自己要什么，但我自己在干什么，干这件事我能得到什么，我会付出什么，这些我一直知道。”

“现在是不是最好的时光啊？我觉得人的每一个阶段都是自己最好的时光，今天过去了，就再也没有今天，所以要把握好今天，过去总会过去，过好当下的每一秒，你说你老了以后要到一个地方隐居？”

“不晓得，年轻时候的幻想吧，那时纯真无知，真向往这种自由，其实发现太不现实。如果你在香港半山有座豪宅，那其实需要很多很多很多的钱，而且你失去了和人交往的可能性，我觉得人还是要和人待在一起的，不能像个仙女一样活着，我不是仙女，我有好多缺点。我希望七八十岁的时候，可以跟老伴手拉着手，坐在湖边，眼睛里都是满满的湖面，两个人坐在那里什么也不说，我觉得那非常漂亮，很美。”

后记

采访舒淇那一年，她还在空窗期，那时张震还没有结婚，冯德伦也还是朋友，她的神色很迷惘，因为不知道未来在哪里。

人生就是这样奇妙，如果她知道八年以后她会和她的好朋友结婚，她身上那种薄雾似的轻愁也许就没有了，嗯，也许她就不会那么动人了，所以一切事情，都有得有失。

三十多岁没有着落的舒淇看上去依然带着少女的天真，原因是“不出门，不应酬”。她也不爱运动：“运动对我来讲是最大的折磨。”

“我爱喝酒，香槟、白酒都可以。好喝的酒。”

“出门会化一点妆，怎么都会擦润唇膏。化妆是为了脸色好看。”

“我有一个二十多岁的服装指导，她有她年轻人的看法，挑一些东西后我再去筛选。”她有她独特的慵懒的穿衣风格，其实也没有什么太多的秘密。“大部分时候我都让人觉得我很瘦，其实那是穿衣服的功劳。我的绝招是当你胖的时候，你只要露出你瘦的地方那样就会瘦。有时穿得越松越显胖，反而穿得越紧身越苗条。有一次我刚戒烟，蛮胖，穿一件很彩色的衣服，色彩是膨胀的，但因为它非常紧身，而且露得比较多，再配上一双很花的袜子或者什么，就不显胖。颜色的搭配是很重要的，黑色这样东西呢，你瘦的时候它直接帮你显瘦，胖的时候，彩色反而会把你变得比较瘦一点。”

至于她的衣橱：“白色、黑色，T恤、蓝色牛仔裤。每年我都会穿一条心爱的牛仔裤。穿在身上又瘦，又很随和，最主要是它很舒服，上次我上网标了五件回来。”“冬天和夏天各清一次衣橱，除非很喜欢的衣服会留着，比如有一件白色的羽绒服或者是很有型的风衣、大衣。很修身的长礼服、小礼服也会留下来，十年后会穿的衣服都会留下来。”

工作的时候，她拎着三个箱子就可以出发。闲时住台湾住香港，是出了名的宅女，上网、看电视、看DVD、洗衣服、抹桌子、扫地，因为太无聊，她会一边在脸上涂满黑泥一边扫地，过了六点不吃任何东西。对未来没有期望，对现在少有抱怨，自在闲达。

我想这世上可能真的有两种女人，一种叫牡丹，一种叫玫瑰；一种特别知道自己要什么，勇往直前，不达目标不罢休，一种特别知道自己在干什么，活在当下，温暖暧昧似是而非。两种都好，前者通常可以得到世俗意义上的幸福与成功，最佳范例是蜜雪儿李，而后者活得淡然真情，她的名字叫芳妮舒。

刘 嘉 玲

真 正 牛 的 女 人

一

女人很难欣赏女人，张爱玲说同行相妒，而我个人更认为是因为同一个性别太了解彼此底细，所以眼光更苛刻。女人欣赏的女人，通常都要特别优雅，特别淡定，姿态要做得特别足，从这个意义上来说，刘嘉玲一直不能算一个上好对象，皆因她的前半生姿态都不怎么优雅。

也难怪，二十世纪八十年代从苏州跑到香港，经过千辛万苦。女人一讨生活姿态难免张皇——当演员的动机很傻，喜欢电视剧里的男明星，去了艺训班考不上，苦练一年又去，长得不算漂亮，要在鲜花朵朵的TVB里出头，不容易。和纨绔子弟的恋情无比郑重，却终化一场笑谈，真命天子是闺蜜的男友，虽说早已申明不是撬墙脚，但到底也不是特别值得夸耀的事，或许正因为没有期望所以才惊喜处处，男友虽然不算热情，但好在长情，接戏拍戏裸照风波危机处处时时都在。嘉玲人生的前四十年可谓起起伏伏，虎口脱险，倒是过了四十岁后，旺字当头，像一朵春天迟开的牡丹，开得格外给力，格外舒展——每件事都办得那么体面到位，每句话都说得那么妥帖贴心。

身为热门的广告代言人，她光荣完成品牌交给的任务，任何场合出现都给足面子。作为一个专业演员，《让子弹飞》里风骚地回头一望，深蓝的旗袍勾勒动人的湿身线条，桃红的肚兜不减风韵，把一个老道历练的青楼女子演得栩栩如生，举重若轻抢了几大影帝不少风头。作为一个妻子，她会替任性的老公查漏补缺，任何老公不想出现又必须出现的地方她都会出现。2011年刘德华开演唱会，广邀新朋旧友，连素来有积怨的黎明都去了，众所周知，“五虎”里面梁朝伟和刘德华关系一直平平，这时梁太的驾到无疑起了黏合剂的作用，身穿露背黑礼服，手捧鲜花，演出一幕一笑泯恩仇的大好结局。

我个人更为欣赏她在演唱会上说的一番话：“有一个人我要多谢，那就是她……作为一个女人那是很不简单，刘德华虽然要牺牲美食和正常人的生活，但她牺牲得更多。”是，男人当明星要牺牲美食和正常人的生活，而她则要牺牲全部的生活，甚至连名字也不能有，这是头一次有女人公开替朱丽倩说话，话一说完，台下掌声四起。还是女人最懂女人，女人最怜惜女人。

二

虽然用“牛”来形容一个女人，不算什么美好的词，但对于刘嘉玲这样的女人，除了这个词，还真没什么更合适的。

前几天我看东周刊，有个资深幕后说起刘嘉玲的两件事。

第一件是酒风之爽。“啊，嘉玲真是好野，我们在新加坡拍片，杀青，一起喝酒，嘉玲拿着杯子就跟每一桌人干，一圈下来一点事没有。”

第二件事是做事之爽。“有一天梁朝伟收工回家看到家里一大堆人，忍不住皱起眉头，谁都知道刘嘉玲爱热闹，梁朝伟爱静，但说时迟那时快，刘嘉玲箭步上前，抱住男友，当众给了他一记香吻，洗澡水在楼上赶紧去洗澡，梁朝伟立马和颜悦色上楼去也。”

——你看，她就是搞得定他。

流连酒场的刘嘉玲和她的老友一样重回职场，酒吧开着，电影拍着，就算只是客串，但对一部电影来说，有嘉玲这样的传奇女人做镇片之宝，凭空就多了几分气势，就算借用唐代簪花仕女图的方眉毛，大家也觉得镇得住场子。

事业、情场皆得意的刘嘉玲心情大好，在67届威尼斯电影节忍不住金口大开谈那段著名的刘梁张三角恋："我们的感情别人不能理解……我替梁朝伟开心，他很过瘾。我已经不介意了，我暂时是夫人的角色，我不知道传言中我是一个什么角色，我不生气，我着什么急啊，我们都是大人，都是有智慧的人。"

软中有硬，话中有话，尽显刘嘉玲绝对的高情商，与九十年代最出名的影帝和影后交手，刘嘉玲一点也没怯场。大家相识于微时，纠缠多年，2000年戛纳电影节上上演惊人一幕，梁影帝左手女友刘嘉玲，右手好友张曼玉，居然都是十指紧扣，显示出梁先生与两个女人匪浅的交情。这一幕让这段三人行阙值顿时达到顶峰。当年淡定的刘嘉玲打出的口号是："只要他开心，他同谁拍拖我都会批准。"倒是疑似小三Maggie张顶不住："我们的timing不对。"

八年之后，同居多年的刘梁终成连理，总算了结了这长达二十五年之久的公案。

这么多年，我一直在疑惑嘉玲究竟比曼玉强在哪里。

到底也没有想出来，倒是被嘉玲一言点醒："我身上有种与生俱来的'江湖气'，我没有八面玲珑。可能因为我能吃亏，我也不生气。"

在我看来，"能吃亏，不生气"是刘嘉玲送给各位在情场苦苦斗争的女人的六字真言。

大部分的女人是感情动物，对男人是要心不要人，但是往往她们会输给那些要人不要心的女人。张曼玉要"心"，刘嘉玲要"人"，混战一场，要"心"的那位黯然退出，要"人"这位全面胜利。嘉玲是真正牛的女人，她信仰的俗世爱情里最简单的一条法则——时间是检验爱情的唯一标准。

恋爱场上的狠角色都是这样，他们不着急，不生气，不争一日之长短，风物长宜放眼量，人在阵地就在，“心”算什么，再说现在“心”不在，不代表以后的“心”也不在，对吧！

咱们“能吃亏，不生气”相处个十年八年，再没有心的男人也会对咱们有点真心吧！

别说你瞧不起她，说到底，你还是搞不过她，这确实牛。

林 忆 莲

越早面对生命的真相

越早拥有神奇能量

一

我先后见过林忆莲四次，都是在演唱会上。

采访过那么多明星，只有她没有采访过，当然我也不希望采访她，她不太会表达，脾气不见得蛮好，估计采访完会很失望。

其实既然认她做偶像，远远地欣赏就好了，比如演唱会就是最好的距离，既共处一室，又遥不可及，这是对偶像最好的致意。

四次演唱会，四种状态。

第一次听她的演唱会是2009年，在广州体育馆。那一次的感觉是酷，除了酷还是酷。她努力地唱，但情绪并不高昂，连话都少说，她的同志男粉丝在下面深情埋怨：忆莲，你只换了三套衫，忆莲，我这么远来看你，忆莲，为什么你都不high？……她当然不high，43岁的离婚妇人，带着女儿在香港过，唱片业不景气，势利的香港人视她为过气明星，经济上也不算太好，出来开演唱会更像是为了讨生活。

第二次是2012年，这一次她的形象变狂野了，可能是因为和年轻男人恋爱的缘故，变得很rock，黑色亮片背心哈伦裤、黑白豹纹短裙、宝蓝长裙和殷红纱裙，是动感与优雅的熟女。绯闻男友在同场打鼓，那一次她的话也不多，看得出是兴奋的。

第三次是2016年初在香港红馆，这次她状态真好，感情稳定，事业向好。可能因为是自己生长的地方，她话好多，红馆的音效特别好，歌特别好听。那次的舞台和背景都特别精致，我印象最深的是她深情款款地说我希望大家能保护好身体，早睡早起。

第四次的感觉是她真的进入了人生的另一个境界。一方面是实力仍在，五十岁了，又唱又跳连轴三小时一点气也没喘，中间还要表演一次花式高音，秀一下她的穿云裂帛的银嗓子。二是《爱上一个不回家的人》这种烂大街的怨妇歌不见了，换而出现的是林夕为她写的那些歌。光听听歌词就知道她现在欣赏的风格：烦恼多因我要得多，情路太弯过就过当是个经过；再见悲哀因我不再计较任何结果，什么都可以坦荡未在乎谁是错，我两眼合上失去什么，是与非也掠过，别固执到问一切为何……最有趣的是，同一天她的前夫李宗盛也在广州开演唱会，不过场子要小得多。嘴巴多多的前夫自嘲着："我喜欢场子小一点，因为可以看得清人。"怎么说呢，还是有点酸的。

二

看着林忆莲，我常常会想起一个女人要越活越好，靠的是什么。

是的，要创造，要学习，要成长，这些当然是很重要的，但在林忆莲身上，我看到最重要的或许不止这些，在我认识的明星里她几乎是最勇敢的、最能面对真实世界的人。

我们可以拿她和她的初中同学陈慧娴比较一下。当年林忆莲与陈慧娴是中五同学，据说读书时期的陈慧娴是文体活跃分子，唱歌运动样样精；而林忆莲则相对文静喜欢写作，作品刊登在校刊上，水平颇高。两人差不多同时出道，因为外形差不多，走的也都是日本少女路线，竞争相当激烈。

刚开始，无疑是陈慧娴赢了，但后来陈出外读书，回来以后，发展颇不如人意。而林忆莲比陈慧娴晚一年（1985年）出道，直到1990年12月在台湾发行第一张国语专辑《爱上一个不回家的人》才真正走红，但她越战越勇，一直红到现在。

六〇后的女人思想都很传统，慧娴如此，忆莲更如此，一心想找归宿，一心要嫁男人。开始一心要嫁许愿，后来一心要嫁宗盛，当这一切都失望之后，她明白只有靠自己。她勇猛精进，几度改变自己的歌路，成为当下都市女性感情生活的代言人。与制作人许愿、李宗盛分手之后，她逐渐成为自己的制作人。近年仍然坚持不断地出新专辑，与新的音乐人合作，自己也着手幕后，更扶植新人，成为新一代制作人。2017年参加《我是歌手》又夺得歌后，之所以能越战越勇，最大的原因——她真是肯面对真实世界的人。

首先，必须得承认林忆莲是一个长相中等的女人，如果你要说不好看，也还真说得上是不好看的，但她的第一个男友许愿，为她塑造了第一个大卖的形象：一头蓬松的卷发，迷茫又坚定的眼神……就这样林忆莲从女孩蜕变成了别有风韵的女人。

知道自己不行，就找人帮，这是忆莲的第一个生存之道；知道自己不行，就慢慢摸索，这是她的第二个生存之道。

她那独特的化妆术和穿衣术都源于她对自己的了解，比如她知道自己的脸形与鼻子与嘴唇都不错，所以化妆的重点都在于此，眼睛要不就极淡妆，忽略，要不然就用烟熏妆加强。

穿衣也是如此，因为身高的缘故，一方面通过常年不懈的运动保持体形，禁绝发胖，另一方面深知自己的下巴和锁骨与臂形线条较美，所以她衣着的重心通常会在脖子周边，尽力把所有视觉焦点都放在此处，所以下面这三种是她最爱选择的造型。

1. 无袖露臂贴身长裙

2. 露肩上衣配紧身裤

3. 背心

三

一个活出来的女人，活出来的最大诀窍是什么？

不是别的，正是那种，绝然、悍然、凛然面对生活真相的勇气。

所谓面对真相是什么？

就是你不蒙蔽不回避这个真实的世界，你不催眠自己没有老去，你不假装自己很幸福，你敢承认自己多年的爱人另有所爱；你知道生活有很多惨淡到不堪的一面，但同样你也知道你在这世界也有价值，你的另外一些快乐也很真实，你有皱纹但有了岁月的韵致……你明白这世界的所有好与不好，你全然地接受这真实的一切，承受并拥抱这真实的一切。

这是一件非常勇敢的事，因为它包含了三重含义：

你有知道真相的能力，

你有接受真相的勇气，

当然你更有改善真相的决心。

这三重含义无论修炼到哪一重都会无限加持你，让你的能量无限增长：人类身上宝贵而稀有的洞察力、承受力与创造力将在那些面对真相的痛苦与惰性斗争的挣扎中萌芽、增长、茂盛，你会从风中摇摇欲坠的野地小花变成迎风怒放的铿锵玫瑰。

所以，她不像她的旧同学，困在了1990年的少女祈祷里，也不像她的旧爱人，困在了老男人的暮气里。纵观二十世纪九十年代的天后里，她和王菲是唯一两个没有暮气、没有年龄感的人。去学新的东西，去认识新的人，去创造，去向前奔跑，就这样，唱着怨妇歌出道的女人活成了励志偶像。

这证明，无论你曾经怎样传统、怎样痴情、怎样条件不佳，只要你肯沉下心来，认真面对真实的自己、真实的人生，付出不懈的努力去学习和成长，终有一天，那宝贵而稀有的洞察力、承受力与创造力将慢慢降临到你身上，你将亲手将自己塑造成为神奇女侠。

去面对自己生命的真相吧，越早越好！

吴倩莲

她是女子

一

这世间的女子很多，但应该怎么来说她呢？

应该算是个幸运的女子吧？一出场即获全场关注，《天若有情》里坐在华仔摩托车后的白衣少女，因缘际会变成一代人的梦中情人，《饮食男女》里倔强的女儿，踢踢踏踏红色高跟鞋是一地寥落的心情，《半生缘》里再也回不去了的曼桢淡漠的眼神是弥漫在每一个文艺女青年心头的轻愁……

一个女明星，在几部留得下来的名片里留下了身影，还有什么所求。毕竟不是每一个人都有这样的运气，有人在这个圈子里游了一辈子，也没有等到一个好角色。

在一个对的时间遇见了对的人并且还有一副对的皮囊，也许每个时代都需要这样一位长相清奇的女子，十年之前有夏文汐，十年之后有桂纶美，大家都走的是小清新路线，但谁也没有像吴倩莲在二十世纪九十年代那样红得无可置疑、势不可当。

1990年出道，恰逢港片全面起飞的时代，杜琪峰在唱片公司一大堆照片里发现了这个倔强的单眼皮女学生。“在一群美女当中，因为我最不好看，所以我最明显。”莫名其妙一炮而红，成为当时得令的第一女主角，搭周润发，也合适搭刘德华，也合适搭张国荣，也合适周星驰，也合适黎明，也合适……始称“百搭”女星。

一家女百家求，连神气的大导演都要忍受她的倔强固执坏脾气、烂演技。李安曾因为她不肯穿高跟鞋而无可奈何，更因为她NG六次而大吼踢门而去，专门在事后说明：“《饮食男女》最后那场戏，我终于忍不住发飙。拍摄最后那句台词时，吴倩莲愈紧张愈吃螺丝。那场戏林慧懿设计的三丝汤还不错，把三丝扣在杯子里，然后把汤浇上去，杯子再拿起来，一个汤匙下去，散了。这时吴倩莲要说话。桌上有七八道菜同时在冒烟，大概花四十五分钟才能使七八道菜同时冒烟。结果吴倩莲连吃了三次螺丝，拍第四次时，林慧懿说：‘三丝我只准备了六份，我想六杯应该够了。’没想到拍到第六遍，还是不行。我大吼一声，冲出去踢门，就为这个。”（摘自《十年一觉电影梦》）

可有什么办法呢？她就是有那样一具躯壳，根本不需要演，站在那已然是张爱玲笔下的人物。有时候，你分明不是那样一个人，可是你长成了那样，你就朝着那样的命运奔去。

二

从1990年到1999年，用俗一点的话来说，小倩行大运。

1999年以后，她彻底奔向了女文青的命运。

1999年，港片大衰落，无片可演，于是转战内地，《没完没了》算是她进军内地的敲门砖，不可谓不早，但事业到底进入瓶颈期。1999年与相恋十二年的男友庹宗华分手后，她突然开始了周游世界的旅行，去暴走，去流浪，去孤独，一个人背行囊，住民宿，去内地新疆，去希腊、匈牙利、西班牙、北海道、济州岛，“用最简单的语言——smile（微笑）去了解不同地方的文化，跟当地的人一起生活”。

一个人去旅行还不奇怪，最奇怪的是她居然开始拍片不要钱，像一个苦行僧一样去拍纪录片。“计划拍一系列关于海洋的纪录片，再到印度尼西亚去拍一部反映古老的捕鲸方式的片子。”就算她不收钱而且还出钱又出力，但这个少女时代想当生物学家的梦想，还是因为没有投资搁浅了。

她有一搭没一搭地拍着国内的电视剧，从女主角变成女二号，从女儿变成妈妈。偏偏她还那么坦白，她在综艺节目里坦率地说她好多年没有谈恋爱，她也没有人追，她身材不好，她长得也不怎么漂亮，前男友结婚时她没有去，她不喜欢相亲，想要找聪明的男人，想要能沟通，想要“一个跟我平起平坐的人”。

“愈看得多、知得多，愈会令自己感觉实在，一天一天地过，怎样令每天都过得不同，这是很重要的。”她一个人旅行，她想去写小说、写剧本、画油画、捏陶艺、做话剧、做导演，她会园艺、会木工、会装全套 Hi-Fi家庭影院……每一个采访她的人心头都会一颤，心怀不忍，烈火炙油的名利场记者是最势利的鉴定者。

我记得张清芳采访她时，脸上的不解与疑惑，她一定怀疑她是不是疯了?

三

黄碧云有名篇，写失恋后的有一种女子：“我的生活尤其幽暗，近视益发加深。戴着不合度数的有框眼镜，成天在课室与图书馆间跌跌撞撞。我开始只穿蓝紫与黑。戒了烟。只喝白开水吃素食。人家失恋呼天抢地，我只是觉得再平静没有，心如宋明山水，夜来在暗夜里听昆曲，时常踩着自己细碎的脚步声，寂寞如影。抱着我自己，说：‘我还有这个。’”

是的，还有自己，还要自己，所以一个人旅行，写小说，画油画，装全套 Hi-Fi家庭影院……像天下所有的女子一样，她一定经历过那些心碎的痛苦，那些举步艰难的痛苦，那些四肢像撕碎的痛苦，那些太阳菊在黑暗中静静枯萎的痛苦，但这没有什么，每一个人都要经历过，十八岁的时候没有经历过，那么就三十八岁的时候经历。人生的课，有些人早上，有些人晚上，但归根到底都要上。

而人类唯一能够引以为傲的特点是，有一种人是无论多么痛苦，都会在最后关头紧紧地抱紧自己——“我还有这个”。

急管繁弦，却慢慢不见她的踪影，很多年以后，人们才知道她没有客死异乡，也没有穷困潦倒，她只是静悄悄地嫁给了一个做生意的台湾男子，生儿育女。人们没有兴趣打听她做全职太太的生活，只会惊呼，啊，看上去好年轻啊！

年轻一辈恐怕不大知道她的名头了，历过九十年代繁华盛景的人们偶尔会想起她那哀矜勿喜的恬淡眉眼。是的，她不过是个女子，云林县元长乡一个小康家庭的女子，父亲做警察，母亲是家庭主妇，一家人都是O型血，说话声音大，吵个不停。她小时候皮得像个黑瘦的猴子，长大了男孩子女孩子都给她写情书。她去夜店跳舞，去夜市摆摊，她爱唱歌，爱读书，爱恋爱，她尽情地享受着自己的青春生活，她一点也没有想到将来的命运，她会那么红，也会那么寂寞，她会走得那么高，也会行到那么低，好在，最后，她终归能驶向安宁。

台湾后来有一个男作家叫王文华，他写过一篇叫《春树流苏》的文章，这篇文章是这么结尾的：

最神气要算去女校听音乐会。在吴倩莲（她那时叫吴茜莲）成名前就在中山女高听她唱过《乘着歌声的翅膀》。第二天节目单在课堂上流传，传到后排时吴茜莲的照片竟被人剪掉了。看着破洞的节目单，我们为上面的歌词谱上自己的曲。“亲爱的吴同学，”我们拿出天头印有诗句的香水信纸，“我为你的歌谱上了新曲，不知道能不能和你做个笔友……”

后来，我进入台大外文系，女与男十比一。对我来说，高中时代匆匆结束。那个迷信永恒、交浅言深的年代，那个席慕蓉、三毛、吴茜莲的年代啊！坐在外文系教室，我梦想了三年的一切就在眼前，不知为什么，我竟寂寞了起来。

莫 文 蔚

做 艺 人 是 一 盘 生 意

一

这天，莫文蔚身穿维多利亚式的黑色透视胸衣，站在湾仔一家由古建筑改成的高级餐馆顶楼。空气里充满了甜美的味道，那是她的香水味道。这是她刚推出的，据说是亚洲第一款名人香水，名字就是她的英文名Karen Mok。

黑色蕾丝衣的鲸骨上缀着粉红的蕾丝，长腿裹着性感的渔网袜，甚至连坡跟鞋都是同款，和她手里的那款香水遥相呼应，显见是搭配时下了极大的功夫。除了小小的胸罩与小黑裙，其他的一切都在透明的黑色蕾丝下面若隐若现，纤瘦有致的身躯没有一点赘肉，是几乎完美的体型，再配上她招牌的至腰间的波浪长发，用粤语来说就两个字：索爆（非常惹火）。

2008年10月香港天气有点闷，天棚里没冷气，索爆的莫文蔚不停地流汗，不时需要补妆，但她仍然敬业地微笑，真诚地推荐，对着镜头交足功课。其实每个采访都差不多，首先是“很高兴很兴奋有了自己名字的香水”，然后必然谈到刚刚分手的冯德伦，前男友火速爱上了台湾女星徐若瑄（2016年，冯先生还是与多年好友舒淇结为夫妇），还公开赞新女友又正又靓。记者转述他的话给莫文蔚听，莫文蔚一脸严肃地替对方说话：“他（冯德伦）赞她（徐若瑄）是应该的，不喜欢又怎么会在一起。”

隔天的报纸已不怀好意地把这句话定性为：莫文蔚踢爆冯德伦新恋情。做艺人真不易，一句话无论怎么说都能变成另外一个意思。

二

在感情生活里莫文蔚有着非常不称职的记录，靓女如她，恋爱不多，认真的不过三段而已，后两段是著名的周星驰与冯德伦，巧的是这两个人的英文名字都叫Stephen，且都是帅哥。只喜欢帅哥？莫文蔚大笑起来："有吗，哈哈！可能我是一个挺挑剔的人。我没有刻意要求对方一定要是帅哥，碰上了就碰上了。"

一个从1995年到1998年，一个从1999年到2008年，长达九年。本来从未公开承认过，但待到恋情快要结束时，两个人突然公开牵手高调亮相。这大约是要给一段占据生命中九年的感情一个肯定答案：是的，有过。

新时代的女性，爱了就爱了，从不扭扭捏捏，当然好强，并且洒脱，更重要的是，莫文蔚还有超高的情商，她和她的前男友们总是分手依然是朋友。2006年八卦杂志拍到她和周星驰、冯德伦一起看楼时惊叹，新欢旧爱全都搞定，共治一炉，可见这个女人不简单！其实，莫文蔚不但可以同旧男友一起看楼，还可以一起拍戏，和周星驰分手之后还可以合伙拍《喜剧之王》，开演唱会时周以及周的妈妈还会来捧场。而与冯德伦分手后："我们是好朋友，依然会联络。只要角色合适，其实呢，我一直希望我的伴侣要先能做我的好朋友，能否拍拖又是另一回事，如果因为一段感情而令朋友都做不成，那就太可惜了，我得奖时（台湾的金曲奖）他都有传短信给我。"当然，也有唏嘘："九年里有很多的事值得留恋，很多很好的memory（回忆），有些东西不是过去了就代表不好，有些东西不能勉强，不属于你的，始终都不能得到。"

三

对独立的摩登女性来说，不能得到的往往是爱情。

"感情这回事呢，对我来说，可能真的有点难。我很可能在一个地方待不到三天，又要有某些条件，可能真的很难找，但是我又不是那种很乖的女性，我其实是一个工作狂，我手头的工作好多，但我想女人的生活里不是说身边一定要有一个男朋友的。”

1999年和周星驰情变，她跑到台湾，《他不爱我》《广岛之恋》《电台情歌》《盛夏的果实》唱到街知巷闻，而和冯德伦的分手，更成为唱片《拉活……》的最大推动力。2008年得到金曲奖，她还租了一间两千尺的地方开设了自己的公司，公司设计得美轮美奂，玻璃窗上用的都是“MOK”的图案。“我现在开了一家公司，有制作室，可以自己录歌。工作上的事基本上我都是自己接洽，整天要收发E-mail啊，开会做调查啊，见律师啊，看合约啊，还有一点点的造型工作。去年我推出了我的内衣和珠宝，今年推出自己的香水。”

所以现在是正式转行做生意？

“不算是，不是说我就不唱歌不演戏，而是在唱歌演戏的同时我想要做一些自己的事。其实本来做一个艺人，从某一方面来说也是一盘生意，也是要经营自己的。一直以来，我代言的产品都好像卖得不错，我在想，咦，也许我也可以做，生意是一个好广大的空间。”

后记

2008年正处在绝对空窗期的莫文蔚有一种绝望又硬净的风情，那潜台词是爱情没有了就没有了，反正还有生意。

拍照的时候，她换了一身橙红亮皮的流苏裙，非常明艳，嫌房间冷，她一定要在阳台上聊天。她言语真诚，谈笑风生，遇到难答的问题会“哈哈哈哈哈”，精确地计算时间，投入下一个采访，决不会心血来潮多一分钟，文艺男青年心目中的感性女神，其实理性得紧。

她出身所谓的“蓝血家庭”，祖父是香港英皇书院的创校校长和知名慈善家，圣约翰救伤队的创办人，妈妈何敏仪是香港第一代电视人，自己读的是拔萃女书院，学跳舞，会古筝、钢琴，演话剧，得过首届香港十大杰出学生奖。老师对她的评价是“很静，很留心，很好的学生”，同学对她的印象是“中四时就写过十四行诗（sonnet），好聪明，但是她大多一个人，没什么亲密的朋友”。

当明星之后，她干过许许多多让人咂舌的事，包括拍裸照，剃光头，穿金色比基尼裹保鲜纸出镜。可是就算这样，她的性感与出位都在她的强力掌控之下，所以人们永远不会把她归之为艳星。她出道这么多年，从来没有大红大紫过，可是你同样也无法忽视她的存在，4A广告的调查里她曾是中国女性最渴望成为的女人。

女人们都希望像她那样美丽、性感、诱惑、知性、独立、自信、乐观、豁达、高情商、高智商，懂得经营自己。果然，连女性最渴望的婚姻也被她经营得很好。2009年她遇上了自己十七岁时的初恋男友，2011年，她盛大地把自己嫁了出去。在她的意大利婚礼和香港婚礼上她拿到了从礼服、珠宝到会场鲜花、蜡烛、圣诞树、蛋糕、喜饼、伴手礼巧克力、茶叶、水晶围巾等等的一切赞助，堪称史上“最精打细算新娘”。她的意大利老公有三个孩子，可这有什么要紧，“还赚了啊。他的大女儿快要读大学了，我们关系很好，几乎可以交换衣服穿”。

永远不在人前流泪，永远不认输，永远把一切打点得很好看，这大约就是“蓝血家庭”的大家风范。

我印象最深刻的是她有一张巴掌大的脸，她的眼睛很黑，水汪汪的，让人想起张爱玲的名句：“那眼珠是水仙花缸底的黑石子，上面汪着水，下面冷冷的没有表情。看不出她在想什么。”她隔你那么近，又让你觉得那么远，像一个不可触及的梦，与楼下车水马龙乱乱的街道好像两个世界。临走时，我顺口问她：“你从来没坐过公车吧？”

她睁大眼睛，说：“没有没有，的士是肯定会坐的，有时候也坐地铁，坐地铁的时候人家最多也只是看我一下。喔，这是莫文蔚，我会say hi（打招呼），就这样了。”

136

林 燕 妮

粉红传奇林燕妮

一

到2016年，在《明报周刊》上已经找不到林燕妮的文章。

很多年里，她和亦舒（伊莎贝）的专栏并排放在明报专栏的开篇处，双星辉映，势不两立。事实上，亦舒和林燕妮确实关系不好，林燕妮在采访中说不知道亦舒为何总是看她不顺眼，反而是亦舒亲哥倪匡对她很照顾，当然暗暗有诛心亦舒是嫉妒的意思。亦舒肯定是看她不顺眼，当年林燕妮的书取名《粉红色的枕头》，亦舒就揶揄说那我要写《紫颜色的内裤》，专栏中屡次明里暗里提到林燕妮也是颇不以为然—— 是啊，亦舒生命中最重要的男人们似乎都倒在这个漂亮女人的石榴裙下，金庸也好，亲哥也好，但这就是荷尔蒙的力量。年轻漂亮的女生能得到平凡女生一辈子不能得到的男性的善意，但这不代表直到永远，当然嫉妒是有一点点的，但也不全然是嫉妒。一个始终以为穿平底鞋白衬衣才能踏平世界的女子怎么会喜欢那穿着闪光钉亮片的芬蒂皮大衣招摇的女子呢—— 这绝对是两个世界观不一致的人的互相不妥。

但现状是，比她大两岁的亦舒还在专栏里孜孜不倦地直播着六十岁温哥华太太生活，而林燕妮某种程度上已然收笔。在她收笔的前两年里，专栏也颇露悲音，有一篇专栏名叫《今晚死好吗？》，内容大致是说她孤身一人，夜晚突然发病，在最难受的时候她突然想到：此生，得到过几个天上人间的男人不渝之爱，我应早点死掉，让他们哀悼我。

你看，她的快乐仍然寄望在男人的爱里，也难怪年纪越大越不安宁。

二

林燕妮是美女，爱过的男人也颇不俗气，只可惜的是，她生命中几个天上人间有名的男人，都死得比她早。

2004年，一代才子黄霑去世，作为前女友的林燕妮马上成为周刊头条，名字分别是《林燕妮细述恩怨》《林燕妮揭黄霑夫妇：她扮低调贤妻》……上一次林燕妮轰轰烈烈出现在娱乐版头条还是在1991年，当时她刚与黄霑分手，报纸的标题是《黄霑痴爱成狂入屋捣乱，淋湿伊人靓衫》。

林燕妮的2004年显然流年不利，先是两个亲弟弟一个月内相继去世，后是认识三十年、痴缠十四年的旧情人猝然死去，再然后是她挚爱的父亲，之后是她曾经托付终身的前夫——李小龙的哥哥李忠琛因心脏病突发而去世。曾经支持环绕过自己的男性支持系统一一退却，身边最近的人一个又一个离开了自己，难怪林燕妮觉得活着无意：今晚死掉也可以的，有什么好安排的？再活下去也不外是再活下去而已。

三

林燕妮是个什么样的人？

大部分人并不清楚，林自己的评价是："我是天真的人，懒，不懂做人。我不会做菜，和我妈一样一进厨房我就打烂东西。"

关于她的文学才能，金庸曾有一个用力过猛的评价——"最好的散文家"。而她从前的恋人黄霑则高度评价她："香港的才女都有份小家子气，唯独林燕妮没有。"

而从女作家的定义上来说，香港知名文化人邓小宇对林燕妮有一个精准的判断，抄一段邓先生的书奉上：

“林燕妮是小资产阶级的代表、AUC （American University Club）式的发言人。说起来，林燕妮的人生经历简直是年轻一代小资产阶级的典型，也是他们理想的实现……她的文章充满女性独有娇柔的味道，而且除了女人味之外，还洋溢着既含蓄又诱人的性挑逗。她写过的几个专栏的名字如“粉红色的枕头”“懒洋洋的下午”等，都会惹起读者的遐想。但我始终不能说自己喜欢林燕妮，她对事物的看法是那么无可救药的中产阶级，走不出中环老练、世故的局限，我们最多只能说林燕妮的触角较敏锐、感情较丰富、气质较优雅而已。她是那种在利舞台听完Diana Ross之后，会将之与她在Las Vegas听时的情况做一比较的女人。她曾在美国数年，而且是在上世纪六十年代激进分子的集中地Berkeley就读，但从她的文章看来，她对美国的种族文化、次文化竟毫无知觉，她似乎是清一色全盘接受了美国的WASP （White Anglo Saxon Protestant）价值观，说得准确些，是 WASP的唐人版本。”

文化人不客气的评价在先，其实代表香港市民意识的娱乐周刊对她的评价更为不客气。林燕妮这三个字在八卦周刊上基本上是：爱慕虚荣的上流社会的代言人，跟精英没有半毛钱关系。这还真是和林燕妮的自我设定相差千里万里，最终也只能归罪于她的穿着。

她爱穿成典型狐狸精样。不可否认，生活中有段时间她也充当过狐狸精。但这一点也抵不上她外表给人的长期错觉，五十多岁的女人还梳卷卷的蓬头，穿袒胸粉红礼服，超短黑裙，实在是一件极具视觉冲击力的事。按理，多年浸淫时尚圈，交往的是林青霞这种超级经典美女，不应犯这样低级的错误，但林燕妮偏偏很难正视自己的年龄，她是什么时髦穿什么，不管不顾：“穿性感没有什么不好，身材好才能穿晚装。”这话没错，但小市民的庸俗世界观里容不下这样的任性。

四

如果你和她打过交道，就可以确定，她绝对不是坏人，她只是个女人。她很容易动感情，说话直率，有点大小姐脾气。任性的女人多半天真，林燕妮在伯克利读人类遗传学，风头一时无两。多年后旧同学说起她时，评价是："Eunice（林的英文名）当时真是校园里最漂亮的女生。"

林妹妹年轻时圆脸大眼娇憨可爱，习练多年芭蕾，身材相当过关，但问题是娇憨型美少女实属世间最不耐老的那一类美女。曾为美人难为水，1989年，四十三岁的她参加黄霑、蔡澜、倪匡三人主持的名节目《今夜不设防》，穿的是深紫低胸晚装，头发吹得老高，插一朵巨大的红花。我看着画面就笑了，她还真是敢穿，也爱穿。

1988年4月7日，黄霑四十七岁生日，原定八时入席，周润发、林青霞、张国荣、罗大佑、施南生夫妇，全体到齐，但为了等林大小姐，大家只好以小核桃充饥。九点十五分她才姗姗来迟，据说为的是要购到巴黎最新的米白春装。"一般每一季名牌的新货到了，都会给我电话，通常我会一口气把一季的衣服都买下来，几十件。"现在的林燕妮购衣依然豪气干云，要知道，一件迪奥新装最少也要八九千，晚装两三万港币，这几十件怎么着也得要二三十万吧……难怪再有钱的富商提起给女友的置装费也肉痛不已，但林燕妮不需要人给，钱，林燕妮自己有。迷信的人一看她嘴角上方一颗大痣，就断定她这一世有吃有喝有钱用。确实，林一直不缺钱：林家家境富裕，她自己一直做高职，收入相当不俗。一个女人，有钱，有貌，有才（林写过六十多本书），正如王菲唱的：一切都好，只欠烦恼。这个时候，爱情就是她唯一要追寻的东西了。

俗话说密实姑娘假正经，林燕妮穿得大鸣大露，倒真是个正经的人，黄霑对她的评价是："非常忠贞和守妇道，是真正的大家闺秀"。

五

早婚的人一般都对爱情充满幻想。大学一毕业，林燕妮就嫁给李小龙的哥哥，一个科学家，不出两年即离婚，报纸上用过的最离奇的八卦标题是婚变时李小龙还细心安慰云云。

林燕妮在专栏中写道："在我心中最轰烈的爱情绝不是与他（指黄霑）。"2005年的深夜，我电话采访林燕妮，可能是说得兴起，她几度哽咽："我常常一个人在家，想起一些旧时的人，我的爱人，我会流着眼泪跟空气说，我和你的事只有我们两个人知道，我会带着这些秘密离开这个滚滚红尘……"我问她为什么不写出来。她说："他太过有名气，说出来难免会伤害到别的人……"说者无心，听者有意，一时间，粉红色秘密蜂拥了出来。难道，难道，连这个八卦也是真的？！（后来，她自己在文章里写过这一段情感，开篇第一句话就是李小龙只有一个睾丸，把我吓得……）

之后当然是大家都知道的林黄恋。1974年两人因为迪士尼活动而认识，有妇之夫黄霑即时来了个玫瑰攻势。1976年前妻华娃怀着八个月身孕宣布和黄分开，但直至1987年5月才正式离婚。以林燕妮硬颈的性格，无名无分跟随黄霑多年，当真是付出甚多。

"我喜欢的都是穷男人。"林自嘲道，因为黄没什么钱，住的还是林的房子，1990年因为拍电影甚至背负巨债。1988年除夕夜，林黄恋达到最高峰，黄霑即时求婚，举行了法律上没有效用的婚礼。金庸即草拟婚书，更挥毫写了一副颇为重口味的对联："黄鸟栖燕巢与子偕老，林花沾朝雨共君永年。"

林燕妮如此有才，如此有财，又如此贤惠，觉得自己应该是黄的花心终结者，但黄霑居然连她这样优秀的人也背叛了，与之有私情的居然还是她身边最亲近的人——她的秘书Winnie。"我视她如妹妹，她常上我家吃饭……1985年、1986年时两人已搞在一起，同事在James（黄的英文名）和我分手之后才告诉我……"

六

在爱情上，林燕妮一直不是个聪明人，早年不管不顾抢人老公，招致社会大哗，唯独分手后的闭口不谈，赢得了普遍的尊重。但黄一死，一片哀伤之中，她却突然跳出来大爆丑事，虽然她一再强调她从不说谎，但显然，不说谎在这件事上并无任何说服力，死者为大，逝者已矣，学佛多年的她，的确有点执着。

也许，因为她实在恨得太深了，如果有因果，可能她前世实在欠他太多。

很多年前，金庸写过一个细节："有一天晚上，五六个人在林燕妮家里闲谈，谈到了芭蕾舞，林燕妮到睡房去找了一双旧的芭蕾舞鞋出来，慢慢穿到脚上，慢慢绑上带子，微笑着踮起了足尖，on point（立脚尖）摆了半个arabesque（单脚尖站立）。她眼神有点茫然，是记起了当年小姑娘时代的风光吗？"

在林燕妮的心里，也许她永远就是一个爱娇的小姑娘吧！生在富贵之家，长得如花似玉，酷爱华衣美食，本来理所当然。"留学美国，嫁过任职高官的丈夫，尝过轰轰烈烈的恋爱，有着自己相当成功的事业，以及一点娱乐界的魅力——中产阶级的美梦，都不是在她身上实现了吗？而且比起和她同级数的中环年轻行政人员，她还多了一项骄人的条件——她识得写文。"邓小宇这么说她，可是识得写文的人不还是一样，一样要经历生离死别，伤心写出来也许比真正的伤心还要痛几分。十四岁入社交场，她为我们描下身边亲朋的侧影，林振强、李小龙、金庸、林青霞、徐克、梁朝伟、张国荣……她见尽人间荣华富贵，也遇惯世间爱恨情仇。最难的，依然是面对亲人的生离死别。

这个一生都在爱与美中痴心追寻的女子，过去的几十年里，身边穿梭过无数传奇，她与他们相遇、相知、相爱或者相离。

当仁不让，林燕妮依然是其中那一枚，最特别的粉红传奇。

梁洛施

清朝男人的女朋友叫侍妾

一

如果在内地，一个二十二岁的漂亮女孩，应该刚大学毕业，正在和小男友闹着别扭，想象将来的工作，发愤图强准备考研，顺便在电话里跟爸妈撒娇：爸爸，我看中一件新裙子，你买给我做生日礼物吧……

而在香港，这个叫梁洛施的二十二岁的漂亮女孩，据传已经成为三个儿子的妈妈。二十二年，她像火箭一样地经历了一个女人能经历的一切。

二十二年的前半部分叫“小孤女块肉余生记”。父亲是澳门世家，母亲是赌场女荷官，没有婚约的那种关系；父亲早死，从小受尽冷眼，坐着巴士去父亲家族要钱；十二岁已经签下漫长年限的卖身契到一个叫英皇的娱乐公司，辛苦，无休息，还要没有尊严。这家公司是出了名的要旗下小明星陪酒陪玩，她性格倔强也曾反抗过，但被雪藏，惩罚是再签多五年。

二十二岁人生的后半部分则叫“基督山复仇记”。

因为小萝莉遇上了有钱大叔，大叔还是神奇蒙面小超人，香港首富的二儿子，巨有钱不假，还巨有个性。爱上沦落人间的她之后，直接上演救风尘戏码，动用巨资替她打官司脱身，为她天价解约，代她出头怒骂前东家，还跟她生下麟儿，并公之于众（PS：“我们没有结婚的打算。”）。一年之后，小萝莉在美国又顺利产下一对双胞胎儿子。

有很多人不明白为什么这位钻五中的钻五要舍那么多家世良好的小姐忽然爱上身份卑微的小艺人，我想这其中的关节大约就在于：他们都是苦孩子。

梁洛施的苦是因为穷，单亲妈妈带大，将红未红时颠沛流离受尽凌辱；而李泽楷的苦是因为他太富，在无比强势的香港首富爸爸的阴影下，默默生活了三十年。父亲红颜知己不断，母亲去世后他与父亲关系急转直下，这里有什么样的豪门恩怨，没有人知道，只看到他靠一己之力创公司干事业，虽然关键时候依然依靠了父亲支援，但他对救他一命的父亲难掩气愤之情："我对父亲的参与感到好遗憾。"

他和她都是苦大仇深的人，苦孩子都好强，所以他们相互欣赏，相互依靠，彼此支持，他们用他们的方式对旧时为难他们的人一一清算：他帮她解约，帮她打巨型官司，帮她安排演艺生活，帮她时不时地发一封公开信怒斥前东家……而她呢？帮他一起扇了他早就看不惯的英皇一记耳光，帮他生了个孩子，而且还是男丁，这在潮州家族里是非常重要的，八卦的香港网友热情地赠送一副对联：一索得男，劲！未婚怀孕，型！

二

型和劲都是势利眼的看法，比这更有意思的是后面折射的社会众生相。

产下三子之后，马上有拍马屁的玄学专家跳出来赞梁洛施是万中无一的奇相。所谓"五薄五长"，耳朵薄、眼皮薄、口唇薄、面皮薄、背薄，脸型长、身长、手长、脚长和指头长，说明此人我行我素、胆识过人、天生富贵，实乃上贵之相。当年她被扔在英皇雪藏，却无人看出她身有奇相，2011年她淡然与李泽楷分手，马上又有人跳出来说，到底福薄之人无名分。可见这世间多是跟红顶白的人。

美国老头艾本斯坦说过，所有势利眼的重点是以牺牲他人为代价让自己感觉良好。其实所有借梁洛施能生儿子来指责嘲弄打击其他人的人，都势利到了令人发指的地步。因为那后面有两个核心观点：第一嫁有钱男人好，第二生男丁的女人比生女孩子的女人要高贵。

看到群众热情地核算梁洛施能落多少资产，感觉香港有一点像清朝。

二百多年以前，过四十而未育的富有男性，通常会买一个贫穷貌美的年轻女子回来，收为偏房，生儿育女，但这一点也不妨碍该富有男性再娶门当户对的正妻和其他偏房。香港一直到1972年才彻底废除这条法律，所以赌王何鸿燊在二十世纪六十年代堂而皇之地娶第二个老婆，用的就是这条大清律令。

阿城在《香港与清朝》一文中说，“香港是清朝”，说的是在香港这个地方，最根本的民风还是延续自清朝，在这里侍妾制度至今仍然盛行。因为无须考虑分家产，主控权全在自己手中，宠则爱之，嫌则下堂，一点也不麻烦，一点也不用考虑法律，所以很多富豪在正妻之后还有多位隐形侍妾，当然，在现代，她们换了一个名字，叫女朋友。

生活在现代、受外国教育的李泽楷先生回到香港以后，发现这才是最符合多金男性利益的方式，于是断然实行之，要不然他也不会采取如此匪夷所思的手法与息影影星梁洛施生活，在女方连生三子之后，依然不肯结婚，不肯与女朋友或者儿子有任何公开场合的露面。而2011年分手之后，他当然是继续他钻石王老五的身份，与各种混血美女、中环精英周旋，而三子之母的梁洛施则尽心尽力地在加拿大带好三个儿子。这中间想必是有某种协议，所以2015年梁洛施参与电影《念念》，仍然是保镖随身，仍然在李先生的麾下，连剧本都要经过李先生审阅。当人们问起她如何要做这样的选择，她在冰冷的冷气房里为自己找了一个说法：“生命中有时候有些事要来了，你得要选择，对吗？不能在同一时刻全部都要……我很清楚我的选择，我是不会遗憾的。”

三

对一个十来岁就在艰难困苦生活里打滚的女孩，没有人可以指责她这种选择，替人生子，接受某种并不平等的条件，换取余生的富裕温饱安宁。这是她的选择。他们的关系一早就建立在不平等的基础上，自始至终也没有平等过。他有的是钱，有的是权，可以花几亿帮穷苦女子打官司赎身，那或者更像是他买她的代价，然后他将她金屋藏娇至加拿大，她一直很明白自己的身份——“我现在还是梁小姐的身份”，分手以后更不愿提及一句——“我要尊重他”。在这段关系里，女方对男人没有任何约束的能力。如果说妻子有名分，女朋友要公开表达爱意，那么只有在侍妾制度里的女人才什么都没有，她们没有和金主共同公开生活的权利，而只有提供性服务，和他生儿育女的权利。

时间过去二百年，在某些占据极多话语权的男性看来，世界并没有什么不同，依然是有钱我最大，依然是男性主导社会，侍妾制度依然盛行不衰，但唯一值得庆幸的是，从前的女人离开只有死路一条，而今天的女人至少还有离开的权利，还有获得资产的权利，还有渴望鲜活生命的权利，还有主动发公开信的权利，还有不用信奉“生是某家人，死是某家鬼”的权利，还有交男朋友的权利，最重要的是，还有说出“我本人亦走进人生的一个新阶段”的勇气。

杂志问睿智的女作家倦怠时如何安慰自己，女作家说：我就想如果生在二百年以前我得裹小脚，和一个陌生的人结婚，早上五点钟起来倒马桶，给十五口家人做饭，被老公打，不能读《尤利西斯》……就觉得自己好幸运，我至少生活在现代，还可以读书，还可以有职业……

语气调侃而不失辛酸。是的，二百年过去了，女性的境遇只前进了一小步。

但怎么说呢，至少有了一小步，有一步是一步。

胡 因 梦

生命不能承受之轻

一

几年前，我去北京出差，当时生活陷入困境，苦闷无助。精研心理学的王晖姐姐劝我，你应该看看胡因梦刚刚出的这本书。我们在东方广场找了半天，寻找胡因梦的《生命的不可思议》，没找到。最后还是回广州在网上找了一本，比她台湾版的《童女之舞》明显薄了很多。

第一遍看得快，主要是看各种八卦，比如有关前夫李敖的种种恩恩怨怨。事实上，网上早就看过，又复习一遍。最记得的是一个细节，胡因梦把洗干净的切菜板搭着纱窗晾干，李敖走到厨房时看到这个动作，歇斯底里地叫道："你看到没？这片纱窗已经松了，这么重的切菜板搭在它上面，不久就会把它压垮。然后板子会从十二楼掉到地面，再加上重力加速度，这时如果刚好有人走过，他的脑袋一定会被砸出脑浆来，那时我们就得赔大钱了。"还有李大才子对女友刘会云的金句："我爱你还是百分之百，但现在来了个千分之一千的，所以你得暂时避一下。"算是陈年八卦。

数年以后，我在广州见到胡因梦真人，果然是仙风道骨，清秀异常。可惜我慧根极浅，一见到她马上看她的眼睛，因为她在书里提到她的双眼皮是割的，地点已经精确到"涩谷十仁医院"，可以为想整容的人做引导。可是看了半天，一点也不觉得不自然，只觉得像是天生而成，美女就是美女，连割个双眼皮都浑然天成。

顶着昔日台湾第一美女的头衔，胡因梦的情感生活坎坷。初恋、初夜，到后来的小帅哥，如何成为第三者、未婚妈妈……胡因梦均没有回避，一一道来，让人看得瞠目结舌，心下佩服她的坦诚。如果用小市民的角度来形容胡因梦美人的感情际遇，大部分可以用“找抽”来总结，总之越难搞的男人她就越喜欢，所以小白脸、恶心男才会不断上场。我印象最深刻的是她曾经遇上一个已婚男，和早年的张爱玲对胡兰成一样，胡因梦当这个第三者当得十分不爽。这个已婚男和她去旅行，到最后向她坦白想和她的闺蜜上床。这样的混账话，如果对面是个普通女人，早一脚飞起他好远了，但对胡因梦说就没有问题。如果够贤良，她还会和他探讨与之上床的可能性及可操作性，最多也只能在书里腹诽几句。

看来，当有学问的知性女生就是这一点不好，什么时候都得保持体面与智性，我总看到有男人在博客里理直气壮地说不要用道德标准要求别人。我觉得，其实他们是想说，不要用道德标准要求男人。我的朋友丛虫老师说什么样的极品男人，背后就站着一个什么样的极品女人，换一句话说，凡事都是自找的，你要惯他，那可不就是找罪受？

二

这还不是她生活里最惊心动魄的事，我看得最惊心动魄还是胡因梦父母的数十年的恩怨情仇。那种恨，恐怕已经超越世界上的任何一种仇恨了，比山高，比海深。这时真是唏嘘，成长于这样的家庭，有一对这样相互仇恨的父母，能变成女作家，得经历多少惨痛的心路历程啊。张爱玲在美国坚决要堕胎，原因是不想女儿像自己，这种断子绝孙的勇气实在比谁都狠。胡因梦未婚而育，当了单亲妈妈。可是当胡因梦的女儿，也难啊，三岁以前，她的妈妈生活在病中，到处走，进行各种治疗，比如放血求神之类的方法……一段丑陋的互相憎恨的婚姻能制造的恶果比我们想象的要更多，第二代不够，甚至祸及第三代。

如果你是个八卦爱好者，建议你读到第五章为止，因为从第六章《寻道》开始就是讲哲学了。我耐下心，开始读第二遍，逐段逐段读。不这样也不行，因为每一句话都用的是生词，每一句细想想都是微言大义，比如：“人只有学会以不抗拒、不抉择的平等心面对人生的各种考验，方能活出自在解脱与不可思议的同体大悲。”

你看懂了吗？我是没看懂，看了十几遍之后才咂摸出一点点味道来。

有时候想一想，女人的幸福从哪里来？从美貌中来吗？不见得，至少对胡因梦不是如此。可能美貌对胡因梦来说来得太容易，于是，她便开始追求更高的更虚无缥缈的东西——那是哪一个年代哪一位聪明人也没完全搞懂的问题——生命的意义。

这个问题，从古到今没有一个人搞明白。你，大美人就能搞明白吗？

大美人说，至少，我用一本书把人给搞晕了。

是的，她是坦诚的，她诚心诚意地揪出自己皮袍子下的“小”来，面对自己，审视自己，逼问自己，比我们见到的任何人都要坦率都要严厉都要苛刻。

在这个过程中，她由美女变成思想怪人。她自己写到，有一段时间她皮肤湿疹：“那时我时常抹了一脸的冰片粉，旁若无人地在社区里快走，邻居和友人看见我如同见到一个麻风病患。”

这恐怕也是一幅极具讽刺意义的景象，她可是第一美人啊。

上帝选中了她，让她成为大美女，同样，又选中了她，让她成为一个思考者，这是幸还是不幸呢？

我又想起采访一个女学者时她说到的那句话，她说拥有思想生活的人很难享受到世俗生活的快乐。

成为一个思考者，这对一个女人来说是幸还是不幸呢？

李银河说：只有少数人具有清醒的存在意识，多数人并不多想这个问题，有些人一生都不会去想，只是懵懵懂懂过完一生的三万多天而已。在那少数意识到自身存在的人们当中，也有人只是偶尔想一下，另一些人会比较频繁地想，只有极少数人会时时处处地想，总是意识到自身的存在，这样的人才能被认为是真正具有清醒的存在意识的。

生命是什么？“生命是流动的。”胡因梦的回答是这样模棱两可。

聪明人想了一辈子，得出这一个答案，实在叫人心下一软。当一切都是恒河流沙，那么，我们苦苦地追问又有何意义？但如果不去追问，我们的人生又有何意义？

“昨天的你又怎会是今天的你呢？” 1985年的她说，“人是每天死掉的。”

吴 君 如

女 性 生 存 之 道

二十世纪八十年代末，吴君如曾是香港最热门的艺人，伙同周星驰，开创一代丑女天下。

二十年后，吴君如仍然是香港最热门的艺人，她主持的清谈节目《星星同学会》曾一度左右着2008年到2009年的香港娱乐进程。在节目做得最好做得最风光的时候，她却急流勇退，因为要多一些时间和孩子相处，也担心“长毛（她老公）要同我翻脸”。

十分贤妻良母。

吴君如没读过什么书，长得也不算漂亮，但最终与聪明的男人结为伴侣，生下可爱女儿，拥有正常开心的家庭生活，似乎比她同时代的女星过得都要开心。这个happy ending（美好结局）靠的是她略带点俗气但很扎实的女性生存智慧。

要不然，吴君如怎么能红？

不漂亮，不淑女，更不勤奋，脾气还不好，林燕妮回忆说：“那时她常跟一群不知何许人专门在夜里十二点钟到我的住所，不是找我，而是找我的一个亲人（应该是指黄霑）。他们既吵又吸烟喝酒，每每直待到三四点钟，我一见到他们便跑回自己的房间闭门睡觉。那时君如没什么工作，既大声又粗鲁，不知所谓，我们没有交流的，她那时二十岁出头吧。一夜，晚上十二时多有人按门铃，两个菲佣老早睡着了，家里只有我一个人，那我便去开门。奇怪，怎么她孤零零一个人？她一进来便趴在客厅的白色大沙发上，不一会儿便呕吐大作，敢情是喝醉了。我的地毯是白色的，她一吐，我只好拿个废纸箱出来接着她的呕吐物。她又四处走四处吐，我捧着废纸箱跟着她四处走。两人没说话，真是奇怪。后来她吐完了，在客厅待了一阵子，也不知她什么时候走了。”

吴君如自己也说自己的缺点：“别人不能说我，一说我我就翻脸。”就是这么一个混世魔王，凭什么在这个圈子里挺立这么多年？

我想，她最大的本事是知道自己的位置在哪里。

十六岁出道，在TVB美女如云的第十二期训练班里资质平平。于是，她选择甘当绿叶，傍着班上最漂亮的女同学曾华倩，什么事也少不了她的份，位列“八仙女”之一；在电视台演了几年戏无法上位，狠下心增肥长肉，成为与周星星合作最多的女明星；年轻时爱靓仔，喜欢杜德伟，后来发现靓仔太花心，马上选中貌不惊人矮她一头的导演陈可辛，因为她是他心中的“美少女一号”。就算是在以她为主角的《星星同学会》里，拍档钱嘉乐也夸她懂得“给位”：“她带我走，给我位，因为观众很喜欢看到她口哑哑的那一幕。”有时，我甚至疑心吴君如招牌的性格，比如口无遮拦、爽朗豪放、大情大性都是她生存的战衣，陈可辛就说吴君如在家里是一个严肃的不多话的紧张妈妈。

吴君如的另一个生存之道是找对的人。她的人生格言是一句英文谚语：不要和成功人士争论，人家成功总有道理，他身上有一百分，给你学到五十分，你就了不得了。

所以吴君如总是跟着厉害的人：年轻时是王晶的爱将，然后成为周星驰的拍档；电影市道不景气，马上转投广播界女强人俞琤旗下成为热门电台主持人，就算被传断背也无惧。再后来，泊到陈可辛这个码头，拍拖九年，夺取影后，赶紧生子育儿，人生都算是修得正果。

不错，她是有些势利，年轻时跟着曾华倩一起取笑刚从苏州来的姑娘刘嘉玲；她也受过教训，发胖后没人爱、没戏拍，但好在她有着香港人的实际，她曾经说过：“写专栏的人讥笑我：你凭什么？我觉得入这一行必须定一个目标，我要赚两千万，现在我储蓄，我经济独立，长毛负责家用。我买衣服、珠宝和买衣服给女儿则自己付钱。我们两个都是好人，不会一朝翻脸不认人的。结婚，二十年、三十年都是跟那个人相对，我早知道这制度的了，不过我不能接受丈夫搞女人。婚姻，一开始你便要接受不轰烈，夫妻俩，三四年后不也是朋友兼亲人？换一个也是一样的。三十岁后，我立志嫁个稳妥的、比我能干的男人，不要太有钱。我知道这一行是天天贬值的，但我有权利选择我的价值观和配偶。”

一个女人，不太漂亮也没有过人的天分，甚至有着各种各样的小毛病，可是同时代的美女们一片沉寂之际，她却活得风生水起。“我没有什么学识，自己亦受不起那么多的压力。我们这行最麻烦的就是不甘寂寞，我学到了不会不甘寂寞。”

再世故的女人，只要她清醒，你就知道她能活下去，而且活得很好。

吴君如给我们示范了典型的平凡女生在夹缝中的生存之道：找一个对的爱人，拜最对的老师，还有，在不同的时代里寻到一个对的位置。

四个字概括：自知之明。

麦家碧

单纯的人最有福

一

夏日清晨的湾仔，没有几个行人。

拐到轩尼诗道一栋小小的不起眼的写字楼前，守更的两个老头正在闲聊六合彩，漫不经心地指指你要搭的那部电梯。到11楼，叮的一声，停住，出来，发现右手边赫然出现一个白框小门，透明玻璃上只有一个小小的单词：bless，衬着里面一屋暖黄灯光，尽头一张粉红色的小猪画像。呵，这就是传说中麦兜诞生的地方。

麦兜是谁？他是一只漫画小猪，有点慢，有点弱，右眼上还有一块丑丑的胎记，讲话总是含糊不清，傻傻地说一些港式的无厘头，最著名的一句台词是：“我有个名叫作麦兜兜，我阿妈叫作麦太太，我最喜欢吃麻油鸡，我最喜爱吃鸡屁屁。”而他的妈妈麦太是单亲妈妈，养家糊口之余，天天希望麦兜成才，每天早晨在楼顶宣读奋斗宣言，还时常吓唬麦兜：“从前有一个小孩，他不听妈妈话，结果……他死了。”

就是这样一个满身缺点的妈妈，有时说出来的话却让你飙泪：“在外面妈妈也不是一只成功的猪，很多事我应付不来，还得应付下去，但对我至爱的猪，我会最细心、最愉快、最尽心地去做……要是你不帮我摆放筷子，要是你小便乱滴，要是你再不爱我的担担面，我便完了！”麦兜借着小猪的壳，讲的却是普通香港上班族的生活：大包、卤肉饭、茶餐厅、电线杆上的小广告、叮叮车，还有香港式的冷笑话，这些使麦兜成为港派icon（标志）之一。2001年电影《麦兜故事》一推出即获金马奖，2009年电影《麦兜响当当》一推出票房就不错，而有关麦兜的线下产品也卖得满堂红，俨然有点麦兜商业帝国的意思。这一切的一切都源于1988年，一个叫麦家碧的香港女孩遇上了一个叫谢立文的香港男孩，他们一个负责写故事，一个负责画画，小小一个麦兜红足二十年。

2009年的麦家碧，比想象中还要更小更瘦，穿杏黄色长衫，内衬白色背心，烟管蓝牛仔裤，坡跟鞋，短发，脸上一点儿妆也没有，真正的素面朝天；问什么都答，对人毫无防范，很容易就哈哈大笑，也很容易轻轻叹息，像一泓清澈见底的溪水。

很少有成功的女性像你这样单纯的。

她立即傻傻地说："所以我常说麦兜就是我，我是那种反应比较慢，超级不能干的女人。但麦兜是不是像你说的是一个loser（失败的人）呢？我觉得他的性格没有这么浅，《麦兜响当当》里校长有一句评语：麦兜他不是低能，他只是善良，大部分的人推崇做事要快、要醒、要争、要抢，其实麦兜提供给我们另一种生活的可能。"

二

和麦兜很像的麦家碧，也是一个很快乐的人。

她出身香港小康家庭，生活几乎可以算得上一帆风顺。"妈妈是老师，生完我之后，一直全职在家照顾我们姐弟三人。我妈妈煮的东西很好吃，但是她本身是一个没什么胃口的人，我直到现在才明白一个没有胃口的人要做出那么好吃的东西，如果不是因为爱，根本做不到。"

"我从小就住铜锣湾，上学在山顶，星期天全家去公园。小时候的我，是一个好静的孩子，传说中最受忽视的第二个，有哥哥有妹妹，最喜欢的事就是发呆。我们那个时代铜锣湾有很多日本人开的店，像SOGO、大丸、松板屋，那时我只要有一点零用钱就会去商场买东西，像Hello Kitty啊，十三点美女啊，文具啊，手巾仔等，常常会为一个好看的包装而把整个东西买下来。我读的是天主教修女学校，老师以为我是一个好斯文、好乖的女孩，但其实我同要好的朋友一起时是有很多话说的。就算是在家里，我也是一个分裂的人，我可能前几分钟还在同哥哥打剑，下一分钟就要和妹妹煮饭，我从小就是分裂的人，整体来说我是一个安静的人，被动的人。”

“看到白色的地方手就忍不住要画，现在我租的房子墙上也被我画满了东西，开始我以为房东会骂我，没想到房东太太竟然喜欢，说将来收回房子给小女儿住的时候，女儿一定很高兴。我爱画画是受我哥哥影响，他大我两年，现在也做这一行。当年他的教科书上画满了公仔，都是《中华英雄》《龙虎门》这些，到处是剑，到处是血，然后他的书会留给我用，我会用橡皮把那些画擦干净，画少女漫画，小姐啊，丫鬟啊，每一个都有长长的滴水耳环。我一直到念预备大学时才正式学画画的，高中毕业时我十科的成绩里就美术最低分，我心想有没有搞错，我这么喜欢画画？于是我一定要考设计学院，最后考上了，大学时被我得到一个名额，去英国见了数十个插图画家，这些人过的生活实在太好了，有自己的画室，有经纪人，不需要见客就有钱拿，从那一次起，我就决心要成为一个插图画家。”

三

也碰到过挫折：“之前我做过暑期工，出过两本书，反应不是很好。那时比较时兴E.T.，外层空间的故事不太适合我，我又不擅长编故事，很闷，我对画教科书又没有多大兴趣。所以碰到谢立文是我好运气，如果没有碰到他，我现在可能还会是一个租着一间屋子，教小朋友画画的老师，可能不能玩得像现在这么精彩。”

第一次看到谢立文的时候他是什么样子?

“他很瘦，穿着一件很霉的T恤，对女生一副没所谓的样子。你知道啦，女生都希望自己的男朋友是白马王子嘛，所以刚开始没有任何感觉，当时是因为一份暑期工，他是出版公司的经理，我战战兢兢画了一下，被他选中。后来我们成了同事，谢立文大我两岁，他对人很温柔，愿意去帮人，看很多书，是个很有思想的人，我们心灵的交流是很多的。有一天我突然问他：‘喂，你可不可以做我经纪人啊？’他说：‘好啊。’便开始帮我卖画，他寄给一些出版社，后来有杂志回复，就是一家叫《小明周》的杂志。”

1992年，麦兜的弟弟麦唛在《小明周》出现，之后开始画麦兜，然后是春田花花幼稚园，校长，再后来谢立文写剧本，就有了电影。“故事都是谢立文一个人写，他写故事很快，躲在一个地方，一个星期就能完工。我负责画，酝酿的时间会比较久，走来走去弄很久，但可能十来分钟我就画好了。开始的时候用水彩，现在用电脑。我们一直这样合作，那是不是就代表他是主脑，我只是实现他想法的工具呢?又未必，就好像做唱片，他是制作人，写故事，负责怎么卖，我呢就负责怎么唱，唱歌的人也很重要，要投放感情，有唱歌人的用处。”

“我们之间是很坦诚的，其实按道理来说，本来应该是他去接受采访的，可是他觉得访问好麻烦，不去，难道两个人都不去?我耳朵软，说着说着就变成我去了，是啊，我应该去问问他，为什么不是他去接受采访，而是要我去?其实谢立文很会说，他说的东西更深刻。”

四

麦家碧办公室很大，甚至还专门辟了一间很港式的茶餐厅，装着吊扇，窗外有绿色的树影，爱人宠她，同事敬她，生活如意。“我确实算很顺的那一种人，我的同学会画各种各样的风格，但老实讲我就那么一种风格。我没有什么能力，很容易受伤，没有攻击性，我所有的缺点就是我的优点。我常常觉得无能为力，我不会拿着自己的东西去秀，我怕丑到死，比如说这次电影宣传，要即时录影，我的头上会冒汗，我曾经问谢立文，为什么宫崎骏不用宣传，他说因为人家是宫崎骏啊！”

“我和谢立文就是典型的宅男宅女，我们都是待在家里不愿意出去的人。我在家里从来不会觉得闷，我会倒腾来倒腾去，发下呆啊，浇一下花啊，无所事事。比如前几天我在想，如果我不画画，我会干什么呢？我很想在地铁做一个维持秩序的人，手里拿根棍子，很神气，或者就在街市做一个小贩，又或者是的士司机。”

那你给谢立文洗袜子吗？

“我们都是自己管自己，我们是分得很开的，我不管他，他也不管我。”

“每天早上起床，我都要花很多时间做我的早餐，一片小小的多士、一颗车厘子、一块饼干、五颗肉丸、几片水果、一片面包、一个煎鸡蛋……总之我希望每样东西都小小的，但每一口都不一样。”

那么有童心，为什么不生小孩？

“二三十岁的时候曾经有过一段时间有这个向往，我比较喜欢小朋友，但是只限朋友的小朋友。有时朋友带小朋友来我就玩一会儿，我在想自己可不可以负起那么大的责任，承受那么多痛苦，再加上我的体质很弱，所以我和谢立文已经有共识，肯定是不生了。其实你发现没有，我对我最中意的东西都在下意识地保持距离，麦兜是一只猪，但是我到现在也没有见过真正的猪，麦兜的理想是去马尔代夫，可是我到现在也没有去过马尔代夫，我想我最喜欢的东西永远在我的想象里，那样更好。”

后记

麦家碧在香港是个异数，她很单纯，但也赚到了钱，她很无用，但总算成功，有钱了她也不买楼。“就算很有钱，我的生活依然是这样。”她的画室里挂满画，有一张丰子恺的《月上柳梢头》，是真迹，算是最值钱的东西。

她是我见过的最清澈的女人，单纯而天真，过着异常简单的生活，和普通香港女孩一样，买衣服去百德新街，逛I.T、D-mop，偶尔也去连卡佛。只买韩国牛仔裤，因为码够小，买鞋很困难，三十二码半。希望老的时候是一个留着冬菇头，细细粒的婆婆仔，能住在杭州西湖边上，继续画画。

画画是生命中最重要的方式，因为只懂这种表达。“谢立文说画画是一件孤独的事，其实对我来说，画画不一定孤独。画画对我来说就是一个人专心和上帝在一起，是一件好个人的事。谢立文和同事看到我在房间里面走来走去，看书、笑、叹息，他们就知道我在画东西。状态特别不好的时候，我会跪下向上帝祈祷：给我吧，给我吧。我是一个基督徒，最喜欢圣经里这一句：我们爱是因为神先爱我们，这是我们活着的理由。”

麦家碧办公室门上刻的那个单词：bless。

回来一查，才知道是天赐之福的意思。

原来，单纯的人最有福。

徐 小 凤

我 想 我 爱 寂 寞

很多年前的春节联欢晚会上，出现了一个叫徐小凤的香港人。

她身穿亮光闪闪雪白大摆宫廷长裙，腰束得细细的，长长的大波浪，大眼睛向上看时显得格外迷蒙，那眼神如星光点点，叫人有点怅然若失。音乐响起，只见美人红唇轻张，一把低音从迷蒙的空气里缓缓升起："夜色茫茫罩四周，天边新月如钩，回忆往事恍如梦，重寻梦境何处求……"

过了这么多年，我心目中最理想的贵妇仍然是徐小凤那一型。实际上徐小凤不是贵妇，她是一个很实在的香港人，只不过，她从来追求的就是那种雍容华贵又带点沧桑的台风，因为这种台风，她试验过很多次，最适合她自己。她个子纤细，站在台上不甚打眼，只有穿上裙摆宏大宫廷式的晚礼服才能顺理成章地镇住台面。徐小凤成名很早，1966年她参加了第一届"香港之莺"歌唱比赛出道，初期她以跑夜总会为生，试过一夜跑六场，最高达到十四场。私下里，她是一个严谨的年轻女人，对自己的着装要求就是：一定要贴身，一定要贴身，一定要贴身！这一点倒和今天的时装icon维多利亚·贝克汉姆十分相像，贴身的衣服无疑展示了当事人两方面的才能，一方面是美好的身段，另一方面是顽强的性格，因为贴身的衣服真的不能有一丝赘肉，不是一般人还真做不到，而在徐小凤这里还有更多一层意义，那就是："衣服贴身才有安全感，要不然像没穿衣服，只有睡衣可以松一点。"

极其自律的完美主义者。

那时还是英文歌手的天下，徐小凤以她的招牌低音横扫唱片市场，1980年她成为当时香港最受欢迎的女歌手。1992年气势如虹的四十三场演唱会的纪录，至今也无人能破。

凭一副老天爷赏饭吃的好嗓子，徐小凤为自己挣下丰厚身家，半世英名。多少年来，从来是稳扎稳打，收入多少存多少，以备不时之需，钱有了，名也有了。

只有爱，唯有爱。

爱是一个难题。

徐小凤极少提及她的私生活。1974年，传说她去加拿大登台期间曾与当地的一名男子秘密结婚，这名男子后来回流香港，成为电台DJ，是大大有名的郑经翰。不过，对于这一段半真半假的短暂婚姻，徐小凤是不认的。连认都不认，可见并不让人愉快。她曾经结婚的消息在她大红的1990年前后被人揭露，1994年媒体刊登了由加拿大政府发出的证明文件，证明分别叫作郑永福与徐郧书的两人于1974年正式成为合法夫妻，郑永福是郑经翰读书时用过的名字，而徐郧书则是徐小凤的本名，此事让徐小凤异常愤怒。1994年她因此事曾远走他乡一段时间，归来后心情依然不能平复："我究竟得罪了什么人呢？有做与没做，有什么分别？我没有影响人嘛！"

并没有否认，只是觉得犯不着，也是，如日中天的好时候，实在犯不着有这样一位前度绯闻异性来增加新闻。

好在这位郑姓名嘴也嘴下留德，他再娶的亦是美女，生儿育女生活愉快，他对前来追根究底的记者说："如果对方根本不承认有这段感情存在过，是不适宜我们评论的，要尊重人。"虽然不愉快，好在对方还不是无赖，没有和盘托出他与徐小凤不得不说的故事，可见所遇并不是非人。

从传闻中1974年与郑的秘密结婚，到1977年徐小凤公开另一段恋情，有三年的空白，一定发生过什么，发生了什么呢？就算是惊涛骇浪，只要徐、郑两位当事人不说，就永远没人知道，是他负了她，还是她负了他，徐小凤一概不答，当它没有过。

1977年徐小凤公开了她演艺生涯中唯一的一段恋情，对象是汽车经理廖辉，她公开表示打算嫁给他。让人诧异的是这段恋爱反而是徐小凤更主动，因为她是艺人，这位保守的汽车经理还有点游移。“他以为做歌星要四处卖笑，当初总提不起勇气向我追求，直至有一天，我叫他送我上班，当我唱完，换了衣服便走，他诧异地问不用应酬吗？我告诉他，应不应酬在于自己，他跟了我几天，终于相信了，就这样，我们拍了五年拖。”

到了1982年，这段感情无疾而终，而此时，她的名气蒸蒸日上。二十世纪九十年代，盛传当年她在夜总会登台一场的歌酬是顶级的十万元，若是私人聚会，歌酬已高达二十万元，再加上唱片大卖，风头一时无两。人总以为明星说太忙，没时间谈恋爱是托词，但到了徐小凤这里，是一点也不掺假，太忙，名气太大，所以更难遇到感情。

深夜，有相熟的记者打电话采访，她轻轻笑道说：“人家觉得我寂寞，我并不觉得，有时在人群中才感觉寂寞，会忽然觉得自己并不属于那里，我想，我爱寂寞。”

寂寞虽然不好，但总好过痛苦。寂寞是漫天弥漫的薄雾，让人窒息，而痛苦是一把明晃晃的刀子。换了你，你是愿意在薄雾里孤独穿行，还是主动找一把明晃晃的刀子近身搏斗？

她凭一副好嗓子吃饭，不买谁的账，也不得罪人，独善其身，总是与人保持着适当的距离，不常露面，不和盘托出自己的心事。在这个圈子起起落落三十年，做到殿堂级歌手，开过轰轰烈烈的四十三场演唱会，到九十年代后期，慢慢淡出。就算是退出，爱惜身段的明星总归金贵些，传说退出后她的登台费用反而三级跳，一百万美金三场。

退休后的大部分时间都是打麻将，然后找好吃的东西。中午和弟弟去相熟的店打包美味叉烧，两个人迫不及待开车到偏僻的小街上马上开吃。有狗仔队拍到她身体发福，评点说她变成师奶，她亦没所谓。做师奶也是应该的，几十岁的女人难道永远一副明星派头，到哪个山上唱哪个歌，到什么年龄做什么年龄的事，反正又不需见人，她说："我现在明白人生就是随遇而安。"

2005年，休息近十年后，终于复出开演唱会，拿她的二十寸腰做卖点。香港艺人敬业就在这里，每个人在演唱会上都有自己的话题，比如谭校长的崽，刘德华的腹肌，还有徐小凤的腰和她著名的冷幽默——对着万千人，在台上朝自己的fans（粉丝）撒娇："条腰细吗？"

众fans说："细。"

她点点头："嗯，是矫形内衣的功劳。"

她出了名的喜欢自嘲，原因是先自嘲了"人家就不会再笑我" 。

她已经不相信什么了吧！爱情有过，不过如此，事业有过，到达顶点，也不过如此，只有钱，大约才永远不会离开她。

她有钱，她过自在的生活，她不再强迫自己穿那些贴身的衣服，不用再确保身上一丝赘肉也无，不再与时间勇猛地作战，不再执着地要求自己成为不老的神话。她依然爱唱歌，依然可以在六十七岁时开八场演唱会，徐小凤的歌里并没有温柔的幻想，只有凭吊的沧桑。那种从来不曾被生活善待，在绝望里走过半生的人渐渐明白的一件事：是啊，多么不幸，在这个世上你只有你自己，可是又多么有幸，你还拥有你自己。就像那一首歌唱的："吹呀吹，让这风吹，哀伤通通带走，管风里是谁……”

多么哀伤，又多么喜悦，是成熟后的心境，是透彻中的安然。她随遇而安，变成了一个安详快乐的老太太，一个安详快乐而且富有的老太太。

也许只有一个安详快乐富有的老太太，才有资格对人慢慢地说：我想，我爱寂寞。

狄 波 拉

华丽女人狄波拉

一

张爱玲有一句名言，生命是一袭华美的袍子，上面爬满蚤子。2011年谢张两大巨星惊天婚变，分头接受采访真情剖白，倒把他们身后那个明星大家庭的千疮百孔掀了个明明白白，也让一个特别有趣的女人浮出水面。那个女人，就是男巨星的妈妈，狄波拉。

在不间断的新闻采访里，当事人的真实关系一一浮出水面，这可能是娱乐新闻之所以精彩的另外一面。在离婚案之前，报纸上狗仔队最常见拍到的是狄波拉与现夫胡须Kong（江耀城）再加上谢贤与现女友小团圆的照片，但接受采访之下才发现原来他们的关系也就仅此而已，张柏芝眼含泪水感谢“风雨同路”的好婆婆原来竟然不过是多年相处下来一次从来没有超过两个小时的客套婆媳，而母慈子孝的神话竟然也是一出幻相，张柏芝说“他们母子关系极差”，而狄波拉自己亦说自己与儿子：“我跟他一年如果见三次，就算及格，如果见五次就发达了。”“我十几年来都没去过他家。”

原来明星家庭就是，有四个佣人，爸爸忙打机，母亲忙着打电话，孩子看到父亲出门会高兴地关上门，孙子一个月见奶奶一次，还要经菲佣允许，而儿子回到香港，做母亲的完全不知道他住哪里……如果你记性好，你会记得几年前，狄波拉说的是另一个花团锦簇母慈子孝版本，她会说她每天煲老火汤，叫佣人送给霆锋，因为“他一天是我儿子，我都要尽母亲的责任”……而查小欣更说，狄波拉说和霆锋每天都相见，爱儿的起居饮食更是由她一手打点，为贺霆锋的寓所新装修，她更送上一座“贵到霆锋都不舍得买”的佛像作礼物。这正应了我一朋友的话，“演员的话当不得真，他们都有表演型人格” 。

在最近一次狄波拉接受新加坡媒体采访时，采访的记者翔地记录了这位息影女星的小细节，比如她依然延续她的穿衣风格，“身着一件艳丽的黄色花裙”，比如在采访中她时哭时笑，笑时眼波流转，哭时“用纸巾小心地在假睫毛和眼影之间轻拭”，她说起话来七情上面更兼轻重得宜，比如谢霆锋结婚不跟她汇报，她哭了七天，而报纸冤枉她掌掴张柏芝，她则哭了十五天……

这位华丽女性的一切都那么适合上镜，适合表演。

我们周围自有那么一类人，他们绝对不是坏人，他们就是愿意把生活里所有的事都表现得更富戏剧性，他们觉得那样叫人生。“有几次，我跟霆锋吃饭，电话一响，我会哭出来问：‘我的儿子呢？他是否发生什么事？’但，事实上，儿子好好地坐在我的面前。”狄波拉回忆道。他们可以今天说这番话，明天说那番话，不能说故意骗人，只能说他们当时确实就是这样想的。他们自己也分不清哪一个是真实的自己。

二

人戏不分，当然有原因。

狄波拉是一个霸气外露的名字，在希伯来语里是蜜蜂的意思。二十世纪七十年代末，美国有个著名的摇滚明星就叫这个名字。在取这个洋气的名字之前，狄波拉是一个孤儿，由养母带大，十二三岁的时候，她才知道自己是领养的——当养母打算要嫁给一个英国人的时候，显然并没有打算要带她去新的家庭。当她还在叫李敏仪和李嫱的时代里，她就开始行走江湖表演歌舞，甚至还在泰国流浪了一段时间。后来，她当选第一届香港小姐，随即进入演艺圈。因为长相美艳，身量不高，她在剧中常常是配色，比如电影剧里美艳的情妇，比如张艾嘉演的林黛玉身边的紫鹃。在她的演艺事业里，最出名的事迹是在《香港艾曼妞》里全裸出镜，轰动港台。年轻时她最轰动的一段绯闻是与已婚富商一段似幻似真的感情，后来王晶拍《赌城大亨》影射过此事，李嘉欣饰演的“狄云”原型据说就是狄波拉，亦舒亦在小说中调侃过那个澳门人的寒酸，“谢贤结婚时，何某曾送一套万余元的银器，亲自到连卡佛挑了又挑”　。

身为孤儿，入娱乐圈的第一天起，她就志不在拍片，而在结婚生子。可惜“当年很多喜欢我的男士都有太太”，1979年不到三十岁的她毅然与四十三岁的谢贤结婚，原因只有一个：“因为他肯跟我结婚，肯跟我生孩子。”豪掷二百万的超豪华婚礼后她成为这个明星家庭的主理人，每一年他们家的合家欢总是周刊的封面，每隔一段时间，总有一段新闻要爆出来，移民加拿大，转做地产商，离婚，打争夺抚养权官司，然后再婚，她嫁给了婚前就认识的新加坡飞机师胡须Kong。有关这一段婚姻的最经典的段子是她是在前夫谢贤的陪伴下嫁给胡须Kong的，狄波拉在say yes时回头看向谢贤，说：四哥，我嫁了。谢贤含笑目送前妻再婚，算是这对传奇夫妻的经典一幕。因为分得和平，他们至今关系都极其融洽，前妻与前妻现夫，前夫和前夫现女友四人齐齐饮茶，也算是中环一景。

和平平的演艺事业相比，狄波拉令人叫绝的是真实生活中这个叫“狄波拉”的女人。

孤儿出身的她最懂得看人脸色，绝不会与人为难，而且她做得一手好菜，煲得一手好汤，做小伏低她最擅长。她的女儿表扬她：“妈妈非常懂得吃，不同天气会吃不同东西，保养秘诀就是喝燕窝。”她又非常懂得这个世界，从前她在TVB当主持，她就常常为抢镜而与各女星斗气，就算是后来成为她好友的沈殿霞，她亦与她闹到不可开交。香港专栏作家邓小宇曾经这么写过狄波拉在综艺节目里如何与汪明荃、沈殿霞斗法的：“狄波拉不愧为狄波拉，在郑裕玲这些强敌面前，她亦能以‘万变去应万变’，在重要关头耍出一招怪招去出奇制胜：当杨盼盼一年一度的难度表演达到最高潮的时候，我们的狄波拉不知是有感而发，抑或神推鬼拥，竟突然失声而泣，令到其他的女主持方寸大乱，不知如何去接狄这一招，于是唯有不甘后人，众人 stand by （准备好）的泪水，纷纷夺眶而出。Anyway（总之），狄波拉我是服了。”

令人叫绝的不仅仅是她的审时度势，还有她闪亮的穿衣风格。在蔡康永的印象里，她是“大眼睛、艳丽”的女星，在小S的眼里她是“大卷卷，墨镜和豹纹大衣”的前辈，她的儿子谢霆锋亦略加嘲笑地提到他的妈妈：“就算是晚上和她吃一顿饭，一打开门……”她的儿子做亮瞎眼晕倒状，“哇，好闪……”作为一个美女，她狂热地热爱购物，中意名牌，甚至，再婚后她与现任老公出现的任何场合都情侣装出场，可见她对穿着是如何上心。其实狄波拉的穿衣功力非凡，你若有心把她在任何场合的衣服打下来，装订成册，绝对是一本《中年俏丽女性完全指南》。有一次记者在中环拍到她，一条白裤子配一件黄色的大花雪纺外套，隔一千米以外于百人万人之中你仍然可以第一眼就望到她，是的，人家要的就是这个效果。

三

狄波拉的一生是闪光灯下的一生，小时候没有受到足够的重视与关爱，一个孤儿凭一己之力翻身。无论是她自己结婚、生子、离婚、再婚，甚至儿子的结婚、儿子的生子、儿子的离婚……她都是当之无愧的第一女主角，只是唯一遗憾的是，她虽然演好了名女人“狄波拉”这个角色，但却明显没有演好母亲这个角色，谢霆锋一直与她关系淡淡。

在她写给儿子的公开信里也透露了点滴端倪：“我这个妈咪，在家庭中总是担当坏人角色，每每在见家长、见校长时才会出动，凡要去夜街，或者有事要申请，就会来问妈咪。长大后，你跟我这个妈咪依然是愈少见愈好……因为你生长于一个好特别的家庭，有一对明星父母，由小至大，都活在人群之中。虽然你像普通小朋友般上学、放学，也都有天伦之乐的时候，但却很公式化，因为父母各有各忙，我明白你不是没有家庭温暖，但是否好温馨，又真是谈不上。”

好面子，好强，活在众人的眼睛里，太注重表面光华的人，往往会牺牲身边最亲近的人的感受，但又因为爱面子，好强，她又会像一个忘我的救火队员一样演出牺牲奉献，小心翼翼地替生活里的所有人掩蔽，不计前嫌地替所有人流泪。

作为一个表演型人格的女子，她真的已经尽了全力。怎么说呢？她在表演一个慈母，可是那也真不是虚伪，儿子有难时，她总是第一时间扑上去为他辩护，也为自己辩护。“你是大明星，经常都是前呼后拥，有保镖、保姆跟着，我一出现，你就会变成小朋友，我知道这样会令你感觉不舒服，所以我立心只会做你背后的人。做父母的当然希望二十四小时都在子女身边，不是我不想，见到你挨得这样辛苦，只得几个钟休息时间，难道我都要烦你？我不想，这不是没有亲情。”

无论怎么样都好，女人就是女人，母亲就是母亲，她喜欢表演她的感情，她喜欢秀出她的家庭，可是不管她怎么爱买衣服、爱打扮、爱吃燕窝、爱张扬，但她依然是一个努力的母亲，在她奋力替儿子在各个阶段各种流泪的各种采访里，你还是不得不明白一件事，那就是虽然那也有演的成分吧，但到底有几分真心，因为母亲这种生物就是无论何时何地何种情境之下，永远会无道理、无原则、无是非地奔跑张开双翼要替孩子遮风避雨的老母鸡。

何 超 仪

钱 是 这 个 社 会 最 狠 毒 的 游 戏

一

何超仪快步走进，上穿大红短衫，下穿澄蓝高腰铅笔牛仔裤，撞色撞得一塌糊涂，配上一头剪得极短的乱发，潮得来有点癫，癫得来有点怪，怪得来有点可爱，她拍着裤子得意地说："裤子好看吧，American Apparel，在北京买的。"American Apparel有一种美国少女的天真与任性，据说王菲也喜欢，据说所有内心停留在少女时代的女人都喜欢。

何超仪，花名"何超"，香港资深女艺人、小众歌手、电影演员、舞台剧演员、蚊形电影公司老板……但所有这些都抵不过她的另一个身份，澳门赌王的女儿，那个身家五百亿、有着四房太太、十七个儿女、家人为争产闹得全世界皆知的何鸿燊博士的女儿。

只能说没有化妆时的何超仪是懒散的，大剌剌的，甚至于是傻傻的，她热情地推介她抽的一款绿壳烟，产自古巴，据说尼古丁含量特别低，特别有机——连烟也有机，真是没听过，她乐于和所有人打成一片，而化完妆后的何超仪和所有的混血儿一样，是美的。

与她那位出名美貌能干的姐姐何超琼相比，她的美更散淡、冷峻和漫不经心，她不会摆动作，就算是动作，也是刚硬的。"你要我做这个动作也可以，但我觉得那不是我，如果你要我做我也可以做，因为我是演员嘛！"她心平气和地和编辑讨论，和媒体塑造的火暴形象完全相反，她是礼貌地退让的，丝毫没有那些气焰嚣张的富二代气息，甚至于不大像女明星，因为几乎所有的女明星都有一种颠倒众生的气势，无师自通地显摆着自己的美——她是从不以为自己美，信心十分不足，还要好脾气地提醒摄影师：“我是很难拍的，只能拍左脸。”

事实上，她有一双非常美的眼睛，棕色的眼珠像巨大的水晶，晶光四射。“这张不错，眼睛里有故事。”她对着那些眼神忧郁像赫本一样优雅的黑白照不经意地叹道，其实所有照片里她都有故事，而所有故事的源头都从1974年她降生的那个显赫的家族开始。

二

“我记得你说过你童年的生活非常孤独。”

她抽了一口烟：“嗯，孤独，觉得闷。就是觉得没有人理你，以前那个年代很多妈咪是没有时间照顾小孩的，小时候拍出来的照片笑脸都是很少的，人又很老土，很肥，身边的朋友都没有我这么胖……很惨。”

何超仪的母亲叫蓝琼缨，祖父是少将，父亲是黄埔军校第七期学员。母亲小时候家境不俗，后来家道中落，很早就出来工作便碰见了赌王。对于这段婚姻，赌王曾经这么跟黄霑解释：“当时已家大业大，工作非常繁忙，各种各样的应酬不少，需要一位女性操持家务，并时常陪伴自己左右。她很漂亮，很年轻时就嫁给了我，待我很好！”实际上，超仪母亲嫁给赌王时，赌王已经有一位葡国太太，葡国人崇尚一夫一妻制，何鸿燊不得不用“大清律令”来迎娶这位华人美女，婚后超仪的父母一直是港台社交界的风头趸，活跃社交场，人称“舞王舞后”。

大户人家的儿女，离父母很远，偶尔见面，倒像客人，就像蔡康永说他的母亲：“每天十二点起床洗头，做头。旗袍穿得很紧，心情好的时候，自己画纸样设计衣服。薄纱的睡衣领口，配了皮草，家里穿的拖鞋，夹了孔雀毛……我就像一个看客一样，看着自己的母亲靠在墙头抽烟，望着阳台外……”母亲的生活重心是父亲，是社交，是情感，是纷乱的大家庭生活，剩下的时间还要读诗记词看《辞海》，对五个孩子，严字当头。何超仪曾对朋友说过：“妈妈对我们五姐弟很严的，吃饭要离台三尺，那么远怎么吃？一犯了规，她便整个饭碗掷过来，哈，幸而每次都让我避开了。”“姐姐们大我很多，都到国外上学，所以只剩下一个弟弟跟我玩，我就经常玩弟弟的玩具。从小到大不是很喜欢芭比洋娃娃，我觉得这些东西样子很生硬，有一张照片是三岁抱着BB公仔，样子很不自然，反而小时候很喜欢摄影机、枪、弓箭，很小的时候就已经会拿枪了。”

“你是第四个女儿，是不是因为母亲很想你是个男孩子？”

“不是，天生就是这样子的。我们像猴子一样到处跑，拿着一个假的麦克风，有两张床，一张床跳到另外一张床，到处跳唱，没有人听我说话，我说的话他们都听不明白，他们觉得我怎么想的是这些，觉得我傻，觉得我没用，白痴。”她小时候十分顽皮，被妈妈罚抄二百遍“我以后不准在家内踢球”，于是她就夹四支笔“一次四行”偷懒。十二岁试过离家出走，气得妈妈心凉—— 按心理学家的说法，最聪明的老大被寄予厚望，男孩被宠，只有中间的孩子受人忽视，何超琼抽了口烟淡淡说道：“是的，她也挺无辜的。”

“我就像活在一个金鱼缸里面，一出世就是给人看的，上学时已经有一点觉得怪，我一到那里，那些同学的妈咪会一窝蜂拥过来，哎呀，这个是谁的女儿，其他同学可以周围跑，我就变得很忙，要跟很多人打招呼，不打招呼又很没礼貌……爸爸每个礼拜日都带我们去喝下午茶，因为平时是不能逛街的，一走进去每个人都伸着头看着我们，当然不是看我的，看我就好了，反正我都有表演欲的，他们都在看着我爸爸，指手画脚，我总能听到有人在细细声讲话，哎呀，那个是不是他的女儿。丽晶酒店咖啡长廊是很长的……”

三

十三岁的时候已经觉得自己会做歌星，因为认识了梅艳芳。“我是她的干妹妹，经常去看她的演唱会，还有陈百强、张国荣，这三个我最喜欢，我看不到娱乐圈有任何不好的地方。工作开心，可以表演，又可以帮到人，我希望长大之后也有这么好的人缘，这样一份工作，那样就最满意、最开心了。我是一个活在梦里的人，几岁已经知道自己很喜欢表演，谁生日都会叫我去唱生日歌，我一定带头唱，我不怕丑，人家叫我唱，当然是唱得好才会让我唱。我又觉得我唱歌非常好听，经常一个人在家里面唱歌给自己听。”

入娱乐圈的想法来源是：“既然将来做什么人家都会注意我，倒不如就真的站上台了。”但在她所属的上流社会看来，娱乐圈根本是下九流，刚入行时所有人都反对，最终得以通过还得多谢大姐何超琼，在一次晚餐时看准了父母都心情好提出要求才过了关。十八岁签合约，起初秘密签给滚石，由李宗盛带，训练了两年，1994年正式出道后一直半红不黑。“有试过很长一段时间不红，我现在也没有觉得自己很红。”甚至中间被长辈勒令回加拿大读书，那句甩过来的话很重：“没有人要这么糗，不如回加拿大读书，不要被人拍到是我女儿。”

所有人都觉得她是富家女，纯为玩玩，连唱片公司的人都不看好她。“有一次唱现场失准，第二天公司高层叫我以后对嘴，我怎么样求他都不让我再唱现场。我小时候是很尊师重道的人，当时好伤心，人生里最大的打击。”

“我以前不喜欢rock & roll（摇滚乐），现在喜欢，乐与怒是叛逆，是青春，是心里面有很多愤怒的事情想告诉大家，我入这个圈子，吃过很多苦，要过很久很久人家才知道你是认真的。晚上去兰桂坊玩，导演早上开工看到一份报纸上有我，心里有不好的预期，第一句就嘲讽我这么大的黑眼圈怎么演戏啊，我想解释给他听等一下工作不会有事，一定有精神的，我没有太晚睡只是睡得不好，但是他们就认定我工作不认真。我是很认真的，甚至是不要命的，那么高的楼就往下跳，不用替身，每次都像是没有明天。”

何超仪和她的父亲很像，想做什么一定要做成，因为不用考虑钱，她常常接拍人家不愿意接的小众电影，反倒收获较丰。2010年何超仪和丈夫陈子聪创立的852电影公司，推出由彭浩翔导演的另类电影《维多利亚壹号》。“我其实喜欢极端的故事，血腥暴力只不过是一种包装。这部电影是讲一个香港的女孩子想买楼，但买不起，于是她通过杀人使楼变成凶宅而达到目的。其实我们反映的是一个社会的问题，这个社会很变态，每天打开报纸见到很多扭曲的新闻，变态的杀手，破碎的家庭，我们只不过是将她的处境推到最终的极端里面。”电影推出，饱受争议，但是反响不错，而担纲主演的她亦在西班牙电影节中拿下了人生中第一座影后奖杯。

2004年她凭《豪情》夺金像奖最佳女配角，向来不看好她的母亲高兴得跳了起来，那天她穿着深蓝低V礼服，非常快乐，唯一记得的事是姐姐们的提醒：“平时动作太豪迈，但现在你是靓女。”三个姐姐齐齐现身支持，由众人嫌弃的发明星梦的小孩到家族的骄傲，这条路走了二十年，“我觉得我的事业刚刚开始”。

四

除了电影，就是家庭，她和丈夫陈子聪小夫妻俩住在半山独立洋房里，带着五只狗。“不上班的话，一天都是在家，我喜欢睡在地上，因为我家里面有很多小狗，我是它们的妈妈。”当年，在她家，陈奕迅和徐濠萦冰箱前相遇，成就一段姻缘。后来徐濠萦介绍了陈子聪给她认识。“有些人你看到他，觉得他就是你终身的伴侣，在他之前我当然谈过恋爱。以前在加拿大读书，一年里多数时间下雪，我们都会找男朋友，无所谓做什么，牵一下手，走一下路。但我跟陈子聪的感情跟火辣辣的爱不一样，一遇到已经知道这个人和我永远是好朋友，永远都信得过，我曾经有跟我老公说三十岁以前希望可以结婚，其实我只是说一遍，没有很认真，但是他记在心里，我三十岁那一年他就求婚了，这个人这么有心，找不到更好的了，不会有更好的，就算在外面找到很火辣的爱情，可能只是一瞬间就会失去的，我觉得如果要找一个老公，应该找一个终身的伴侣。”她果然实现了自己的诺言，2016年，陈子聪因为喝酒导致肝病昏迷了八天，之后两度做手术，从二百多磅瘦到形容枯槁，她花了半年时间才好不容易把老公从死亡线上挽救回来，连八卦杂志都夸她是绝世贤妻。两个人很相似，都在外国读书，思想单纯，没有野心，老公年轻时帅气，婚后变肥，狗仔队嘲笑陈子聪不事产业，吃软饭过活，有时拍到何超仪当街与老公吵架，掀桌子，甚至陈子聪揽女……坐实软饭男的名头。对于这些，何超仪统统证实全是误会。在对待自己老公的方式上，何超仪有独特的个人风格。

“听说你讲过如果有谁敢靠近你老公，你就会用火烧死她？”

她大笑起来：“对，讲过，用火还快过打，比拳头还要快。”

然后正色解答：“其实基础是相信他，我相信我老公。”

至于她另类的御夫术，她也不介意公之于众。“虽然我相信我老公，但是我不能相信他的朋友，每一次他跟他朋友出去的时候，我都很担心，我跟那些兄弟认识十几年，知道他们在外面怎么玩。找不到我老公时，我就打电话给他的朋友，逐个打，如果不接就打给他们经理人，问他你们好像刚才出去喝东西，回到酒店没有，为什么打不通你的电话，我担心他，麻烦你帮我找到他。我觉得夫妻之道是平衡，我在家里忍他，给他自由度很大，在外面我也很给他面子。你尊重我，我尊重你。其实不回电话就是不尊重我，说好了你会打电话给我，可是你整晚一个电话都不打给我，那我就打电话给你，你不要以为我一个人在家里面没用的，我不会没用的。”

“有没有觉得男女在这个社会不公平。”

“当然有。男人有外遇好像很公道，大家都会包庇。如果女人在街上面认识第二个男人，马上有九十万个电话打给你老公。我就不服气，为什么女人不可以强悍一点，我就强悍给你看，看你怎么样。”

“其实你觉得你算不算是一个女性主义者？你觉得男女应该是平等的。”

“当然是。”

“是但是做不到怎么办？”

何超仪沉吟了半刻：“是做不到，真的做不到。大部分的大老板也是男人，大老板当然是大男人，大男人当然不希望有一个大女人的伙计，还凶过他们，当然要迁就老板，样样都要低声下气，这个是没办法的事。”

五

男女始终没有办法平等，而且愈是有钱的人，愈是如此，特别是当老公是大老板时。

父亲在二十世纪八十年代交了两位女朋友，公开同居并育下七个弟妹，母亲从此远走加拿大，虽然是现时唯一法律承认的何太，局面难堪，可是也要接受，何超仪接受林燕妮专访时曾爽快地说过：“什么三太、四太，都是香港的记者搞出来的，都是我爸爸的女朋友啦。”对于父亲，何超仪不愿意多提，一方面不想让人误会借父亲博宣传，一方面她对于这位传奇的父亲，感情也十分复杂，母严父慈，她天生亲近爸爸，性格也最像爸爸，只是爸爸要照顾的人实在太多，家事复杂。何超仪也只能够这么说：“爸爸想得到的东西，他一定要得到。他追女人都任性啊。任性、风趣，朋友之中有个这样的人挺不错吧？……算啦，人一世，物一世，爱所有人啦。”

任性风趣的人做朋友挺好，可是做爸爸、做老公好不好呢？这个真是见仁见智，只能用让世界充满爱这种说法来包容。超仪身处这样复杂的大家庭，一大早就抱定游离的态度，但即使是这样，她的直率也常常被记者拿来大做文章，所以爽直如她，也只能尽量少说。

2011年春节，赌王病重，家产风波轰动世界，姐姐何超琼与三太联手一度占到上风，但到底在赌王的干预下，四房平分家产，四太成了大赢家。我问：“你觉得什么样的女人跟男人相处会得到更多，是不是要很嗲？”

何超仪不屑地笑起来：“什么东西都可以得到那是很厉害了。”

“其实人家都会很羡慕你，因为你是有钱人的子女，你是一点也不在乎钱的吧？”

“不是不在乎钱，但是钱是这个社会一个最狠毒的游戏，是社会拿来操纵我们的，不单是我，你、他，全部都是被钱操纵。”

“但是你好像没有被操纵，你从来置身事外。”

“最惨就是因为我要出来工作，如果我不工作的话，可能真的不能操纵我，因为我不需要那些东西，但是因为你工作了就一定要钱。为什么要钱？钱当然是劳动所得，钱是代表你作为一个人的价钱，人家给你多少钱就证明你有多厉害，多有才华，演技有多高。”

“是，钱不是万能的，但没有钱也是万万不能的，到底钱对你来说意味着什么？”

“我觉得不要贪，有足够自己生活的钱就够了……其实当年我进入娱乐圈的时候是这么对自己说的，如果好运的话，我不需这些钱，以后老了靠自己工作也都会有一些小小积蓄，会过上更惬意的生活，如果我工作不行，老了我也不会无衣无食，为何不趁自己现在有气有力的时候去历练一下，去做点事情，整天在中环晃有什么意思？而且我性格是喜欢那些人无我有的东西，我在这种背景底下长大，围着你的全部都是做生意的人，我爸爸是，我姐姐、我叔叔、阿姨都是，每个人都做生意你不觉得很闷吗？”

“我不是自夸，小的时候已经想通了，所谓的名流圈，是一个很封闭的圈子，每天想着晚上要去ball（舞会），化什么妆，穿什么衣服，买名牌，我不希望过那样的生活。我也认识一些名流绅士的子女，和他们玩过，我觉得所谓上流社会的生活很无趣的，谁可以先买到那个手袋有那么重要吗？你斗什么，为什么要斗，为什么不去斗一下你本身没有的东西，大家试着赤手空拳出去做事情，看谁赢，谁赢谁就真的厉害。我的性格不是喜欢很大的东西，我中意平实的东西，我希望可以到老的时候，还可以演舞台剧，还可以在舞台上唱歌，能在舞台死就是最光荣的了。我没有什么野心，也不想做什么大集团，我只是希望自己对这个世界有贡献。我希望大家注意我是因为尊重我、欣赏我的才华，而不是某人的女儿。有贡献才会型，改变这个世界会更型，流芳百世。”

“这么说，其实你的人生目标就是活得有型？”

她一愣，棕色的眼睛放出光芒，重重地点了一下头。老实说，那一刻，我觉得她确实很有型。

后记

拍片的时候，她喜欢蹲在角落，因为她觉得那个动作才是她——“我们去锐舞party（派对）时都是这样蹲着的。”

确实，在何超仪的人生里，她一直保持着这个姿势，蹲着，远远地冷眼旁观那个为了钱、为了爱、为了名、为了利打破头的世界。

她之所以可以这么淡定，全因为她有一个强悍的姐姐，她的姐姐何超琼能干，是她们这一房人的守护神，她真心敬重姐姐。“她很有智慧，我是没有智慧的。我只会做梦。我喜欢逃避，我喜欢在我的泡泡里面，但她可以去面对，很强。她是英雄，我是流氓。”

姐姐为家庭付出甚多，姐姐回忆自己最快乐的时光是小时候爸爸妈妈带他们出国玩。我看过那张照片，七十年代的一对摩登夫妻，一个幸福家庭，父亲英俊，母亲美丽，孩子们环绕四周，那时他们的家庭完美无缺。可是美好的东西总不长久，八十年代的父亲的世界换了新人，姐姐最快乐的时光一去不复返，而妹妹呢？何超仪最开心的事很简单，就是和相识于微时的朋友坐在家里喝酒聊天。“都不知道为什么这帮朋友在一起可以笑够六个小时，六个小时都是大笑，非常开心。”

对于她的人生，她有过愤怒，有过逃避，但最终离开。她是那个圈子的背叛者，现在回望那个圈子，她说：“其实他们也在朝金鱼缸外面张望，他们很直、很真，他们的苦不是物质的苦，而是另外一种苦。”

叔本华说——人能够达到超然境地的唯一方法是让人们了解到你是独立于他们的。

姿态

来日方长

我的力量不是来自我的成功，
而是我倒下了还能站起来。

小S

哲学家黑塞说，最艰难的道路，其实是通向自己的道路。

对于普通人来说，被甩的最大意义不在于成不成功，而是它能帮你重新找到自己。

不是每一个女人都可以
和十六岁就遇上的男人终老，
也不是每一个男人都可以
再爱从前的爱人，
他们曾经纠缠数年，
本来应该各走各路，
但世事难料，
低谷高峰，
复合是意料中事，
其实也有迹可寻。

郑 秀 文

蔡琴

让时间去融解一切吧！

你过你的幸福生活，我唱我的歌，台湾不红了，就到内地，这几年随便到哪个城市开个演唱会，人潮汹涌间获得的快乐也不少吧。像蔡琴自己唱的：“说祝福太为难沉重，还不如微笑以对；说眷念太自私，不如说保重。”

周海媚

好在她已经习惯了片场岁月，
不管是在风尘滚滚的大陆，
还是在香风细细的 TVB 大棚，
其实都没有太大的差异。

在这里，一切都凌乱不堪，
一切又井然有序，所有人都尊敬地管她叫：媚姐媚姐。

20160728

在人的层面，
她是你好我好大家好的一个好人，
而在艺术家这个层面，
她则是无意与这个世界结交的知识分子。

正如她自己所说，人都是矛盾体。

许鞍华

周采茨

我其实就是不能容忍蠢人

一

采茨，语出《大戴礼记》，是一曲好听乐章的名字。

而前面加个周字，则是上海滩著名的周家四小姐，说名媛有点小看她，她的人生绝对配得上传奇二字。

整个上海，恐怕没有人能同时拥有与这么些名词的交集，她是京剧大师周信芳最小的女儿，美国食界大亨“MR.CHOW”老板周英华的妹妹，她的姐姐是电影史上有名的“苏丝黄”，她的前嫂嫂是七十年代著名的时尚icon周天娜，她的老友list（列表）里有亦舒、施南生、徐克、杨凡、沈殿霞、邓小宇、薛芷伦，更是张国荣、张学友出道的幕后推手……横跨文化娱乐时尚，更兼穿透金沙银粉的时代风云，这就是周家四小姐眼角眉梢间傲娇的来源所在。

十三岁前娇生惯养，成长在五十年代那朝阳初起的长乐路上；1959年被母亲遣去香港求学，寄人篱下受尽白眼；1966年去伦敦投奔哥姐，波希米亚浪迹天涯；七十年代回到香港，是精明强干白领政务官；2003年回到生机勃勃的上海，2012年1月在老牌酒店举办首届贵族元媛舞会。这位女士有一种与生俱来的灵敏嗅觉以及机缘，总能赶赴时代盛宴，“六十年代的伦敦，七八十年代的香港，2000年以后的上海，全都是最好的时代”。若不是突然逝于2017年，说不定她还能干出点什么。

这一天，在上海总会改建的华道夫酒店大堂长廊上见到久仰的周家四小姐。她背着手慢慢穿过大堂时，十足十女王出巡的气派，站的时候龙行虎步，坐的时候派头十足，眼睛里精光四射。当众人还没有搞清什么情况，她已经用快如闪电的上海话、广东话、伦敦腔的英文将所有事情交代得明明白白，那不怒自威的强大气场永远hold（控制）住全场。也是，她从小就习惯当一堆人的头，率一队精干人马打天下。她的宝贝儿子Dashiell常常在一旁看着母亲，眼睛满是敬佩。纵横职场十数年，她是香港娱乐圈赫赫有名的“茨姑”，早已习惯了和记者打交道，嬉笑怒骂之后会笑着提醒你“这个你不要写！”，或者给出一个警示：“我做这一行做这么久，我很敏感的，讲话很小心的，你懂我的意思伐？”

二

周家的故事有一个浪漫的开头。

1928年，二十岁的茶叶商人千金裘丽琳甩开小脚的寡母和一个叫周信芳的戏子私奔了，小包袱里只有几件叮当作响的首饰。生了三个小孩之后，周信芳与裘丽琳举行了盛大的婚礼，1946年，周采茨出生，她是最小的女儿。

一出生，这姑娘就备受宠爱。“我爸属于一个古老的人，不大说话，很有权威，但是因为我生的时候他都五十了，小学一年级的时候是他送我去上学的，我想我哥哥姐姐都没有，就带过我一次。”一提到父亲，当了奶奶的她声音瞬间就软下来，脸上有小女孩的天真与娇羞。“小时候我爸车子一回来，开大门的时候，我就会跑过去给他一个抱。他就把我抱起来。”说到这里，周采茨眼睛一亮，语气是上海式的娇嗲，“反正嘛每天回来都有一个抱的。”

“每个礼拜天他都在，会带我去书店，去吃点心，然后到外滩逛一逛。以前的外滩不是这样的，很短的。”采茨成长的五十年代，周信芳作为和梅兰芳平起平坐的京剧名角，每个月拿着一千多块的巨额工资，在长乐路洋房里过着幸福的大家庭生活。“一般我爸十月一号或五月一号的典礼都要去参加的，他去主席台嘛，会把我拎到旁边他看得到的地方，所以我看这种东西超多的。”

有慈父当然就有严母，母亲裘丽琳是周采茨这辈子最崇敬的人。“我们四姐妹都没有我妈漂亮。我母亲对其他人比较严厉，对我是不大严厉，因为我最小。没得比的。”在她姐姐周采芹的那本自传里，裘女士六十年代去英国看望她时一出场就征服了整个伦敦社交场，大明星加里·格兰特（Carey Grant）在第二天专门打电话来，邀请裘女士去首映。有关母亲的伟大事迹还不止这些，当年随身携带勃朗宁手枪陪伴丈夫在北方各省“跑码头”，一个人和黑道大佬们周旋，半哄半骗将一帮冲进屋里来的劫匪送走。她是丈夫的助手、知己、经纪人，是她将“七三拆账”方式引入了京剧演出体制。而且她又有远见，把子女送去上最好的学校，甚至在政治风暴来之前将六个儿女中的五个都送出了国，而且儿女们一有召唤，她就飞身扑到。“我在澳门得阑尾炎，我妈妈马上过来看护了我一周，这是我人生中最快乐的七天。”“她的风度你在她身边自然而然就会学到了。她会教我买东西要么买最贵的，要不然就买最便宜的，中间的只是负担。我越大越觉得自己跟妈妈像，性格也像，样子也像，我妈是一个很开心的人，如果她有困难的话，她就一夜不睡，坐一晚，想通了再睡，她跟我一样，都是一有问题就马上解决的人。”

母亲信奉天无绝人之路的人生哲学，但仍然敌不过人间残酷，那些严酷的殴打、秘密的监禁，打到内脏破裂，送到华山医院，因为是反动派无人医治，死在医院走廊上，甚至连她去世的消息当时在境外的儿女们都无从知晓。“我没有垮掉，但是这个打击很大的，一想就会很难受的。”说这句话的当下，我们一堆人正在上海总会那著名舞厅里拍照，这里曾经衣香鬓影，名流穿梭，如今只摆着数百张庸俗的金属凳，周采茨女士的头上正好是一张巨大的山寨油画，油画里是昔日的外滩景象，在这张阴沉的画下这位走遍世界的女强人突然哽咽不已。“因为我没有看到她（去世）……你懂我的意思伐，是上海毁了她！！……我这个人还是比较会原谅人的，不然我怎么可能回到上海来呢，这个你可以写。”眼睛画了粗粗的眼线，刷了睫毛膏的睫毛是沉重的负担，助理赶紧拿纸过来，周女士小心地拭了拭夺眶而出的眼泪。“我还是一个很大度的人，也不是原谅吧，我就是把它忘记了。”

三

1959年，母亲将她送到香港，香港的生活出人意料的难，她不懂广东话和英语，中学生要去读小学，那是此生最大的侮辱。“本来是住七百平方的房子，每个人都捧着我，但是现在寄人篱下，住在爸爸的朋友家，我和二姐一起，那时人太小，才十三岁，这是很痛苦的事。”

痛苦的事不止这些，她去澳门读书，因为从来不是守规矩的人，只得离开了学校。“去连卡佛上班，从周家小姐到售货员，落差是蛮大，人嘛到哪个山上唱哪个歌这点道理我还懂。那时不错，工资有三百多块，礼拜天早放，三点。我之前那个工作更不行，一百五十块钱，早上九点，晚上九点半，包两顿饭，礼拜天没得放的。”

“父母是远水，救不了近火，那个时候你知道打电话到上海有多难吗，你挂个电话进来就变成了特务了，不敢打，最多电报，但打电报会把家人吓死，信也写得蛮少的。到了‘文革’就基本失去联系了。”1966年，不谙世事的周采茨曾经回过一次上海，但山雨欲来风满楼，被父母催着走，走的时候父亲一如往常沉默不语，母亲告诫她：“今后但凡收到我给你的信件，无论我写了什么，千万不要去做。”这是他们今生的最后一面。

家国俱往矣，香港只有痛苦的回忆，六十年代末期，她只身去伦敦。那是一个疯狂的年代，用她姐姐的话来讲也是一个过分的年代。“大家都过分。我也过分。”她会在半小时内决定去印度；坐着招手车从法国到了土耳其，五六个人只有她一个女的；在伊斯坦布尔她靠一个咖啡馆的小伙每天给她一顿免费餐而活了下来；也有留在小酒馆做三个星期侍应生等大姐给她一百美元才能离开的窘境。“我们家我胆子最大，最没脑子的是我，在巴基斯坦、阿富汗坐的汽车没有挡板，就在沙漠上跑，万一出什么问题，都不敢想象。”“算是浪迹天涯吧，但那时候就是happy（开心），浪迹也是很多人陪你一起浪迹。我在上海接受了九年教育，到了英国完全接轨。那时伦敦的潮流是讲爱，讲无产，讲没有国界，讲无约束，大家都不讲钱，你想象不到的。”

“你听过列侬吧？他有一首歌叫Imagine，写的就是六十年代伦敦的一切，伦敦是世界的中心啊。那个时候潮流全部都是在英国创的，想想看，喇叭裤、皮鞋、大麻、波希米亚、烟熏妆、假睫毛、跳舞、浪迹天涯、世界和平。我在英国的十年就是这样的十年。”

四

七十年代末，采茨回到香港，她英文好，中文也好，做中环白领刚刚好，先是丰田汽车的公关经理，后来跳槽到丽的电视台，担任出版、宣传和推广总监一职。“那时我已经做到高层八人中的一分子了。”周采茨最广为人知的是一手策划了张国荣与毛舜筠的绯闻。“那不是绯闻，是我炒出来的恋爱关系。本来他们两个是朋友嘛，给他们定好饭店，请记者拍照。全部都在我控制之内。”

“第一眼见到张国荣就是靓仔一个，当时我们那个歌唱比赛老板不做第一名、第二名要做他。一是因为他是最帅的，二是因为虽然他唱得不是最好，但是舞台上的感觉是最好的，有活力。”至于传说中风华绝代的张国荣，她也不以为意：“张国荣一点都不传奇，怎么可能是传奇呢？一个裁缝的儿子，顶多就是一个达人秀里面出来的，然后变成了明星。”

后来她转战香港政府新闻处，负责宣扬香港十八区，下属便是亦舒。

“我跟亦舒是同事，每天见，我是整个文化处宣传的头。她是副手。我做事情很快，只有一个人做事比我还要快，那就是亦舒。她是快枪手，通常是她写我编，我也需要她的文采。我们两个人做事是天下无敌的快。她不是我找的，是上头派给我的，调过来的，她上班的时候也写稿，反正她做完工作就可以写她的稿了。我那时是管事的，我说你外面摆一个盒子，有大老板过来就看着点。”

“亦舒是很有趣的人。有一次我去发廊洗头，看到她的小说，没看完，回来问她结局是怎么样的？她一脸不屑地说，怎么你会去这么低级的地方洗头啊！她不大看得上自己写的那些小说，说只有发廊才能看到。她比我会说，也敢说，比我不怕得罪人。”

在1986年的《号外》杂志邓小宇写了她与亦舒的友谊，摘录如下：

“亦舒与周采茨可算称得上好朋友，大家一起工作过几年。听说周采茨与黄浩义的婚姻都是受了亦舒的鼓励。‘为什么不嫁他？黄浩义有哪一样不好？我对他信心十足。你嫁他一定会开心的。’亦舒从不参加婚礼及丧礼，但她破例地做了周采茨的伴娘，并在婚宴上大唱《阿里山的姑娘》。周采茨更要亦舒答应如果她比亦舒早去，要亦舒参加她的丧礼……”

“周采茨向来信赖亦舒的 taste（品味）。当年她结婚时米色的婚纱由头到脚都是亦舒的 concept（构思）……”

“亦舒与周采茨除了大家脾气爽快、敢作敢为之外，还有一个共同点——同是宁波人。”

“……亦舒与周采茨常 spend much time gossiping on the phone（打电话聊八卦）。正因为她们两个人都是极端分子，她们的 gossip （八卦）中忠奸分明。忠的赞足，奸的骂足。两人很喜欢抱打不平，不关她们的事、看不过眼也会骂足本。由于她们的交情，许多人不敢在她们任何一个面前讲另一个人的坏话，不然又要被骂……”

“周采茨不怕出来交际，许多场面都会出现，而亦舒却不同，她什么宴会都不肯去。有时约了吃饭或饮茶，她会临时取消，很多时候由于她们很多 common friends（共同的朋友），亦舒更会叫周采茨代她推却。”

1980年，采茨碰上了她命中注定的男人，她遇上小她十岁的老公黄浩义，那是亦舒鼓励，1985年她女儿出道唱歌也是亦舒鼓励。当然，周采茨也帮过亦舒，亦舒写过一本著名的小说叫《圆舞》，影射的女主角就是周采茨的前嫂子，哥哥周英华的妻子，七十年代名模天娜。“亦舒就见过她一面，看见她第一眼，就呆掉了。天娜嫁给我哥哥十五年，是一个外表日本人，内在比较美国人的人，我跟她很合得来。她当模特，所以她穿什么衣服都很好的，只有两个人每一年都会拿最佳衣着奖百分之百的投票，一个是黛安娜，一个是她。我感觉她是全世界最会穿衣服的人，会穿衣服的都是瘦的跟胸部不太大的人，穿衣服比较干净。 Marc Jacobs第一个系列的衣服是为她做的，现在摆在纽约的博物馆里。”

“见过这么多名人，有时候会不会觉得很感慨？”

“我从小就在名人家长大的，名人对我来说，没有什么感觉，你不要说别人了，我有一个很亲的人，她第一个男朋友带了一个朋友来，那个人是布拉德·皮特，无所谓的。名人也是普通人，你要记住这一点，除非他是皇子，五脏六腑，有血有肉嘛，有什么分别。”

“名人可以得到那么多的名和利，你现在是不是也想你儿子像他们那样？”

采茨对她的儿子寄望很大，一早送他留学英国，读伊顿。Dashiell长成了一个好脾气软性子的绅士，结婚有孩子，正职是上海一家国有电视台的英语主持人，虽然是名人，但离外祖父的境界有点远，对于这一点，妈妈很看得开。“小富由俭，大富由天，要做大明星的话，天让你做你就做，天不让你做你就做不成。我从来对小孩没有要求的，开心就是啦，他的外公是伟大的人，伟大不是你想伟大就可以伟大的，发财是可以的，鼓励他发财是可以的，伟大你知道是多大一件事情呢？天生再加上努力，伟大不是自己可以左右的东西，你懂我的意思吗？有些人是被逼做了伟大的人，要是他们还可以选的话，他们可能不会选这条路了，因为你要做一个伟大的人，你要走很艰难的路。”

五

伟大的人要走艰难的路，但走了艰难路的人不一定能成为伟大的人，世事就是这样离奇，所以周采茨选择做一个真性情的人。

2003年，她从香港搬回到上海，火暴脾气不改，到酒店遇到不好的服务就一定要叫经理，她不是要讨个公道，而意在教育服务员，她是一个刀子嘴豆腐心的人。2005年11月，众望所归的她担任了一个基金会会长，在上海的名媛界如鱼得水。“我不是很喜欢社交的人，也不是很会应酬，但是我觉得一个社会社交是必要的，生在iPad年代，我希望年轻人多跟人接近，少跟机器接近。社交技巧就是你要认真地找对方的亮点，不要昧了良心来说话，如果这个人不漂亮，你讲他漂亮，那人家觉得你虚伪，像英国那种社交技巧今天天气哈哈哈哈哈，就太假了，你不如说哎哟，你今天真有气质啊，好有精神啊，我不知道太多技巧，我知道社会其实还是需要真诚的，而内涵也是重要的，你有没有实力，人家聊两句就知道了。”采访完了的时候，她背着手一路教导我，那双阅人无数的眼睛十分犀利。

从十三岁起就孤身在外，直到五十七岁回到上海，从一穷二白的小妞到拥有西郊别墅的上海名媛，靠的全是自己。“我每一分钱都是靠我自己的双手赚来的，爸妈的一毛钱都没有拿过。”“我妈在香港是有一个保险箱，我看过，里面的钻石不太值钱。我们兄弟姐妹没有一个人碰过这些首饰。我们每一个人都是靠自己的手工作。我是一个白领，我哥哥开餐馆，我姐姐是一个演员，我二姐也开过饭店，我大姐是一个家庭主妇，再加上一个老师。兄弟姐妹不常见面，但有联系，电子邮件有时候一天几个也是有的，大家都有激情，大家都有独特的性格，所以走在一起很容易吵架，但我们大家都爱彼此。”

大家彼此守望相助，对吗？

“我们都很强，有困难不找别人，自己解决。我们五个都是这么过来的。”

“我是一个很容易开心的人，受打击以后，两分钟信心就会回来的，很快的，而且我受打击了，第一句话就是说如果我可以补救这一件事情，我就会马上去做，我不会说受打击了，就哭，就不做这个事情了，我马上就会找办法解决的，什么都骂了一堆之后，什么问题都没有解决，没有用的，先解决问题，解决问题再说。我不抱怨人家，我抱怨自己，如果有些东西没做到，就怪自己不好，我不会赖人家，只有自己能保护到自己，没有人能保护到你，一百个保镖都没有用的，你要记住我这句话。”

经历过那么多风霜雨雪，采茨有她独特的人生观，既强硬又淡泊，有着属于周氏家族独特的洒脱。“这个世界上没有公平的。怎么可能公平的？我胖，他瘦，已经不公平了，公平就是大家清一色的。你每一天都会碰到十件八件不公平的事情，如果我有能力打他就打他，骂他就骂他，如果没有能力就算了吧，我就当看不见。如果你尽了你的能力还改变不了的话，那就这样吧，我只知道鸡蛋不能跟石头碰。”

名门之后有一个悲惨的命运，他们都活在前人伟大的阴影里，基本上，他们不可能成为比前辈更伟大的人。周采茨女士的姐姐周采芹就曾经不无懊恼地写道：“我发觉我仿佛一生都在扮演配角，先是京剧泰斗的女儿，然后是出色导演的前妻，现在则是著名剧评家的女朋友，这些头衔让我心虚。”

但很显然，周采茨比她的姐姐更坚强，她一点也没有想到要当配角，她在她的人生里永远是主角：嫁给一个小她十岁的男人，在香港做她的白领丽人，在上海做她的慈善名媛，引入社交界盛事。白氏家族的后人白先勇说：“月余间，生离死别，一时尝尽，人生忧患，自此开始。”宋美龄的孙媳宋曹璃璇说：“成就对我们来说好像过眼烟云。”而周信芳的女儿则教育她的儿子说：“人生的真相应该自己去寻找。”

| 后记

我从来没有采访过像周采茨这样有趣的人。

据说很多记者一见到她腿肚子都要打哆嗦，连叫都不敢叫，因为有关她的江湖传闻很多，有人贸然叫她英文名薇薇安，她会反诘："薇薇安是你叫的吗？"有人叫她周老师，她也不高兴："我有那么老吗？"更有人因为叫她老太太被她当场叫滚蛋："我要你立刻在我眼前消失！"她会因为有人拿错衣服而将分贝提高到整个屋子都颤抖，但其实你只要入了她的法眼，她又是性情女子一个。对于自己的脾气，她有解答："我不情绪化，但是有些外来的东西令我情绪化。"而她的个性，她说："别人看我厉害，其实我不厉害的，很容易被人家骗的，也从没有伤害过人，我很相信人的。广东人说的鳄鱼头老衬底，就是说我这种人。"熟到一定程度，甚至你当面叫了她老太太她也不生气，还会开玩笑："不要当着我的面叫我老太太啊，老师可以，但老太太我绝对不可以接受。"

她是名门出身，她的香港朋友都领教过她的豪气，家里雪白的地毯铺地上从不会叫人脱鞋，因为地毯本来就是叫人踩的。随口说起来都是"四八年马来的燕窝大王曾送给我父亲两大口袋燕窝。回国后我爸忙，我妈也忙，谁都顾不上吃，一直搁在堆放杂物的房间里"。她会与你分享她做衣服的店在哪里，还有最好吃的云吞面就在这个世界的香港中上环地带。她会告诉你Bobbi Brown的粉好在哪里，还有她爱用的一家法国牌子的护肤品——"我很低调，我用的东西都是看不出来牌子的"。为了证实这一点，她脱下鞋子让我看她鞋底上大大的金色的H，她得意地说道："我用的都是没有人用的东西，怎么讲呢，就是很低调的。"

她嫌弃杂志社给她的首饰太cheap（廉价），高声叫助理把她的那包拿过来，取出一对漂亮的耳环。"香奈儿的，不记得是哪一年买的，我只用好东西，我用着自己舒服。"她从不说冠冕堂皇的话，她承认办元媛舞会"当然是想多赚一点钱吧"，也是为了给自己找一份事业，因为"如果我不做的话，我就真的回家去做老太太去了，一个人你不想做事的话，很快你就老了，人要做事生活才有意义"。

1986年，她就曾用中英文白夹杂的采茨式语体给香港著名的文化杂志《号外》写杂文，谈翻新家具、中外的厕所、玩男人的女人……言辞麻辣，行文锐利，如果她愿意，她完全可以成为那一代人里面最毒舌的专栏女作家，她甚至还给自己起了一个笔名叫“白鸽眼”（粤语，势利眼）。为什么要取这个名字，她坦荡得不得了：“我就是个白鸽眼，但这个都市里谁敢说自己不是白鸽眼，不是白鸽眼就不要在城市里生活了。”

亦舒是礼服即时要拆，她是脾气要马上发，哪怕事后再道歉，她活得就是这么的真实，不屑于掩饰自己的喜好——“我其实就是不能容忍蠢人。”

这个采访是2012年做的，但因为周采茨的特别和快人快语，我一直无法忘记她。

几年后，我受卡地亚的邀请住了一次华尔道夫，马上想起当年采访时她对我的耳提面命：这个酒店很高级的。上海的朋友甘鹏看到我的感叹发微信和我说：听说周采茨已经去世了。我震惊之下，把网络翻了个遍，这样一个游走港沪两地数十年的名女人居然在任何媒体上都没有关于她去世的消息，只有她的昔日好友邓小宇写了这么一段话：“四个月前，也是周采茨突然离世前最后一次见她，当时她精神奕奕，怎可能估到几个月后已经不在，生命是何其脆弱，命运又是何其出其不意……”

是啊，人的生死真脆弱，所谓“亲戚或余悲，他人亦已歌。死去何所道，托体同山阿”。人生不就是这回事吗？当年她在自己的婚礼上撒娇，如果她比亦舒早去，要亦舒参加她的丧礼……应该是没有来吧，毕竟也七十多的人。你看，人生多像一场旅行，你走过很多的路，遇上很多的人，有些人陪你走了好长一段路，你以为可以一直走到终点，但到底多是走着走着就散了。所谓朋友一场，不过也就是同行一段的缘分罢了。

吴 绮 莉

我 不 想 孩 子 的 画 上 只 有 一 片 叶 子

一

约好十点到柴湾的摄影棚，吴绮莉八点动身，十一点才到，迷路找不着路，最后还是化妆师去接，原因是大埔离柴湾极远，再加上“有十几年没有来过了”，刚从上海搬到香港一个半月的她不好意思地解释。

很多年前，她曾是城中最具潜力的女明星、骄傲富家女，1990年的“亚洲小姐”选美冠军，而很多年后的2011年，吴绮莉是大中华区最著名的单亲妈妈、开过画展的业余画家，以及TVB主持人新丁，遍邀昔日旧好，谈谈不关国家性命的儿女经。她的女儿吴卓林已经十二岁，高个子，圆圆脸，身材像极了她，脸却像是和爸爸一个模子倒出来的，她的爸爸有一个如雷贯耳的名字：成龙。

1999年10月，当她穿着粉蓝冷衫、戴着头箍微带着向郑裕玲点头之际，命运从此石破天惊。怀孕七个月就早产，孩子生出来只有三磅，男方坚持分文不赔，她坚持一个人带。狗仔队挥之不去，孩子两岁她从香港移居到上海，每天最重要的工作是从上海的这头开车到上海的那头，接送女儿上下学。“没有一天缺席过，有谁能做得到？”她的美女经纪人笃定地说。我问，可不可以说这十二年只为了女儿而活？吴绮莉轻叹：“我从不为别人而活，只能说这十二年是以她为主，你把她带来了，当然要把她照顾好。”

二

十二年时间，说短不短，说长不长。面前的吴绮莉脂粉未施，穿着随便，H&M红格子T恤，牛仔裤，光脚穿着一对凉鞋。她永远会是人群里最打眼的一个，因为个子实在太高，一米七八，肩膀宽宽，一头短发，大长腿甩啊甩，格外有一种英气。

别的女明星爱美如命，她连修个指甲都嫌烦，“一坐两个小时，痛苦到顶点”，被吴君如骂：“大佬，你是出来见人的，拜托你照一下镜子，又不化妆，你怎么做明星呢？怎么样出来工作呢？”

“不是开玩笑的，我在上海这十年，家里粉都没有一瓶，香水没有，差一点点连梳子都没有。我对这些都不感兴趣，我可以埋头苦干，躲在房间里面画画，一天十八个小时，根本不照镜子的，画画弄得一身都是油，然后我做装修，每天跑工地，更不会弄得漂漂亮亮，到那边都是工人，乌烟瘴气的，哪会去想穿什么。”她在泰康路租了个studio（工作室），里面有一个原木案条，桌面就是十五厘米厚两米长的一整棵原木，她在它的旁边挑了很多花，用圆镜子卡进去，下面再加两个麻石，非常好看。“你们都觉得我在上海闲着，可是我从来没有停止过工作，帮朋友做设计，装修过家和店，但这个钱赚得太辛苦，连墙角线翘起都要找你。”这两年她开始投入画画。“我是一个比较内向的人，用很多年的时间培养自己的外向，可是最终还是比较内向，我的情感都在画里面表达出来。我还有很多伤感的黑白系列，不过不管我开心不开心，我觉得画就是要让看的人开心、舒服。两三年前北京的一个朋友说我的画很有福气，应该继续画。”

那天她从上海运回来的那一堆行李中随意拿了一幅画来，《苹果树》，灰色的大树上，一只可爱的橙色的苹果特别显眼，如果更细心一点，可以看到一只小小的十字架。

许多年前，亚当与夏娃偷吃一个苹果，世界从此改变。很多年前一个男人和一个女人偷吃了一个苹果，世界也从此改变，当那个长发男人举着V字手势说我犯了全天下男人都犯下的错时，女人那彩色的生命瞬间就变成了灰白。

三

和那人还有联络吗?

正色而迅捷地答了五个字:“没有。是句号。”

当时为什么没有选择国外，而选择去上海?

“想来想去，大的城市就是这几个，没有太多的地方给我选择，我想选一个跟香港近又比较安全的地方，就去了上海。”到了上海也常有狗仔队偷拍，当众人皆以为她不再回来的时候，她又搬回香港，被人误解成示威或是想要钱。“我第一天生这个小孩下来就知道怎么做都有人会讲，买一个便宜一点车又说我没钱，我一工作就说我没钱，那你们想我干吗?……选择这个时间点是因为孩子还有六七年就要去读大学了，中三中四才跑过来融合得不太好。其实我不工作也没问题，可是现在不工作的话，再过十年出来工作，真的是有点晚了。人生总要有不同的阶段，小孩大了，应该工作，不然这辈子是有点浪费。”

“每个人有每个人的想法，如果要用阴谋论来说我也没办法，可能是整件事情都错了。我从没有说过做这件事对，我知道自己不对，昨天的事情过去了，我要面对的是明天，把事情处理好，不要影响到小孩。”

复出之路很辛苦，首先就是要接受无数次采访，也就是接受无数次盘问，换软弱一点点的人已经拂袖而去三十几次，但可贵的是她依然神情如常地回答所有问题，没有说错过话。“你说我没说错话，是因为我说的都是真的，对就是对，错就是错，很简单。现在这个年代没傻瓜的，不要说很虚伪的话，听了大家都很恶心。”

而至于事情的走向，她冷冷笑道：“可能大家会很失望的，我只是要做好我的工作，把我小孩带大，她能开开心心找一个好老公，然后我帮她带孩子，我这一生就好满足。我不是一个电视连续剧，我只是做错了一些事。我没有杀人放火，不用坐牢坐一辈子，不需要终身监禁。”

四

二十世纪三十年代，阮玲玉扮演的女青年睁大眼睛痛苦呼号，我要活下去。七八年过后的吴绮莉不需要睁大眼睛呼号，她只需面沉似水地表达一个真理，我有权利工作，因为我也要生活。这是新时代的硬净女子。

硬净的女子通常有一个不那么幸福的童年。

1973年生人，一岁时父母离婚，妈妈是事业女强人，东奔西走。“她基本上不太管我，觉得有阿姨照顾你就可以了。”还有旁人的眼光：“小时候吃饭一桌子亲戚朋友，长辈会跟我妈说你看你真惨，真可怜。你跟你老公离了婚，女儿却跟你老公长得一模一样，每天还是要对着她，真难受。那个时候我也不小了，坐在那里想，你们知道我心里多难受吗，我想这样子吗？这不是我的错，你们两个大人干吗，关我什么事，你可以不要跟他生，我长得像谁不关我的事啊。”

五岁前在铜锣湾，十一岁搬到山遮道，小学在浅水湾著名的圣堤司凡女校，算得上有优裕的生活条件。“浅水湾那个时候很美，我们学校有自己的沙滩，有自己的游泳池。很多明星来我们学校开演唱会，张国荣、翁静晶拍《豆芽梦》的时候就在我们学校取的景。那个时候同学很迷日本明星，中森明菜好红。那个时候很兴听谭咏麟、梅艳芳、许冠杰，还有张国荣。最红的明星是翁美玲。”“我从来没有发过明星梦，我不是那种追星的人。”少女吴绮莉最爱的是画画、DIY，以及滑轮，“从中环滑到铜锣湾伊丽莎白大厦下面，然后再回来，路很斜的，我也不怕”。性格像男仔，有很多男性朋友，中学先去了美国，后来改去加拿大，“全部都人烟稀少”。十几岁从加拿大回来，到亚视去做暑期工，因为可以去巴黎，本来是帮着选美的女生穿衣服、配衣服，跟鞋子、游泳衣的幕后，最后居然自己当上亚姐。“好像命中注定……我不是一个野心大的人，我碰到的东西好像是命中注定，从小到大，从选美进这一行，如果我野心大的话，现在就不是这样子了。”

1990年到1999年，差不多玩了十年。“十九岁的时候男朋友拿着一个钻石戒指，跪着让我嫁给他，那一刻真的挺感动的。”但十九岁的女孩怎会懂爱情，世界太大，又太好玩，派对、快车以及爱情，小学时电视上的明星全部浮现在周围，还是有点奇幻的感觉。娱乐圈二十岁的女孩多半还在巴巴为钱打拼，而她却有一副懒懒散散别样不羁的独特气质，皆因此时妈妈已送她价值千万的半山公寓，演戏不过是玩，生命中最重要的还是谈恋爱，绯闻名单上除了林国斌、赵文卓、叶崇仁，还有成龙，对于恋爱中的自己，吴绮莉有一个中肯的评价：“谈恋爱的时候整个世界里面只有他，其他什么都看不见。”

五

“从小的工作，面对的东西，特别的不正常。小时候我妈妈是独身主义的，她让我觉得结婚好像是一件不太好的事情，这影响了我长大以后交男朋友，我谈恋爱的时候从来没有想过要结婚……”“我和女儿是好朋友。有时我也很凶，如果是原则问题，比如必须晚上十一点睡觉，我说三遍五遍她还不睡，我说好，你不要睡了。那天真的没有给她睡，全部灯开着，拿了很厚的纸，让她在那里写我不睡，停下来我就打，写到第二天早上五点多，从此以后她再也不敢说不要睡。我是真的做得出来的人，不是说说就算。”正因为是做得出来的人，所以每一段恋爱都纵情投入，碰上底子那么硬的圈中大哥，她也敢公然叫板，有了身孕执意要生下来。“我是那种你不要触碰我底线，你碰了，我会跟你拼了的那种人。”

别的女孩想也不敢想的事情，她做了就做了，一时的惊世骇俗之后是悠长岁月里的一地鸡毛，再苦再难也要咬牙到底。要面色如常地给女儿解释所有异于常人的生活：被狗仔队追拍不要怕，比起很多争破头才能上封面的姐姐已经幸运很多……而关于从没见过面的爸爸，答案是我们分开了，因为你爸爸有他自己的家庭……更给自己定性，妈咪这样做是不好的，你不要学妈咪，你大了后不要这样。至于谁对谁错，长大了可以自己去分析讨论……

“每一件事情看你从什么角度去看，我不是说我没有压力，每个人都有压力，谁没有压力，这个世界永远你看人家好，别人看你好，我是有压力的，可是我也很开心，看到我小孩很开心，她对着我笑也很开心，这也不是阿Q精神，我昨天也是这样说，天天都这样说。总是要想好的，不是要骗自己，想好的一方面，不要整天想我没有的东西，那样你永远都会很不开心。”

“你信命吗？”

“我相信，挺信的，好像有些人问我，你会不会觉得后悔什么，我说做人知足常乐，我已经很幸运了。命运这个东西没到你选择，为什么我要认识他，不认识你，怎样解释呢？这么多人在这里，你干吗碰到他，总是有原因的。我真的没有一点恨，也没有生一个人的气。要怪就怪自己笨，不要怪别人，因为你不聪明，你没有看清人，你不用怪别人，如果你聪明一点，可能就选了一个更好的人。应该检讨自己，是我的不对，是我自己不够狠，应该学得更聪明一点，好一些，那你就会进步。”

觉得难过时会干什么？

会去祈祷，每一次自己想的东西不是特别好，就会祈祷，希望耶稣原谅我，别再怪我。

会哭吗？

很少，如果哭，我会说这是在洗眼睛……

| 后记

吴绮莉像一个艺术家多过像一个明星。

她穿平价衣服，不化妆，明显没有经常打理的脸庞和头发，走近看，可以看得清里面的白发，说真的，挺多。

她惯常的表情是沉默与微笑，做起事来动作迅疾，换衫拿袋全都自己搞定。碰上太过女人太过性感的镂空衫，她不喜欢亦会换一种客气说法："啊，我现在好肥，穿不上。"不爱说话，确切地说是不习惯同陌生人说话，和熟悉的人在一起时，有一种近乎依赖的小女孩的神情。"她是一个特别天真的人。"她的经纪人说。

闺蜜叶玉卿当上美国阔太，开私人飞机回来探亲，她也只是替她高兴，但不会特别羡慕她。"每个人性格不一样，她喜欢化妆，穿套装，永远穿着高跟鞋……哈，短裙子、套装，你送给我都不知道怎么办，你叫我这样子的话，我会累死。简简单单，自己觉得舒服就好了，因为你永远学不到别人的。"对于生活她有独特的看法，应对媒体的那套尖锐问题，她早已备好一套标准答案，但那些不能触动她，她如今最感兴趣的是她的画，她没有收拾好的房子，她前几天为孩子煲的汤——鸡脚、玉米、红萝卜。她的审美理念是"买钻石，我情愿找一颗最小的，小到看不到，可它是没有瑕疵的"。

经纪人说："你们看看她，完全不像个女明星，你见过这样的女明星吗？"是的，吴绮莉真的不像个女明星。女明星每天都在健身，在护肤，在扮靓，一天到晚神经紧张，怕自己不红，怕自己不美，一颗心全在自己身上。而吴绮莉一颗心全在孩子身上，女儿出去旅行，没有打电话来，她很失落，打电话跟朋友抱怨——这十多年的生活中心，都是孩子。

"我为什么现在特别紧张我女儿，就是因为我父母离婚，从小自己长大，缺乏关爱。一个人的性格，看东西的眼光，对事情的处理方式，小时候影响了以后的决定。”她给了她的女儿一个完全不同于她自己的童年，可就算她全身心围绕在女儿身边，有些缺憾依然弥补不到。“我女儿在学校画画，别的小孩子树上都有很多叶子，她那棵树上面只有一片很大的叶子，其他的没了。”就因为这一件事，所以她动了念头，在微博上寻找她十一岁就没见过的亲生父亲。

她和她的妈妈郑黎明一样都是单亲妈妈，但是她却走了一条和妈妈截然相反的路，母亲是完全放手，她是完全把控，她不做女强人，她长年陪伴孩子。她一点也不坚强，她要代她的母亲修正错误，她不想她的孩子画的画上只有一片叶子。

世上幸运的人有两级，最幸运的那一种是拥有幸福且充满爱的童年，次之幸运的那一种是终其一生都在替自己寻找那个理想中幸福而充满爱的童年。

2015年10月，她与女儿的冲突闹上警局，同月，她爱恨交加的母亲去世。

2016年，她在微博上说，父亲在感恩节托人找她。

2017年，女儿再度报警。

郑 秀 文

爱 情 什 么 时 候 会 降 临 ？

一

2011年3月4日，郑秀文在她的微博上贴了一张穿大喇叭裤的潮图，并手书一句：喇叭裤卷土重现！你们准备好了吗？同一天，她也用她与旧情人许志安撑台脚喝下午茶复合的消息让人措手不及。两位鼎鼎大名的艺人去了九龙一家出名平民的菜馆，叫太平馆，天后点的是咸恰牛舌，盛惠九十三元港币。那份菜我吃过，十分爽口及入味，对于常年处在减肥状态只吃清水白菜的她来说，那确实算得上是“大餐”。然后狗仔队就来了。如果用《让子弹飞》里葛优的说法，就是在“你吃着大餐、咬着咸牛舌、唱着歌”的时候，狗仔队手拿冷兵器从天而降，男女主角神情各异，男方面红耳赤，手足无措，拼命喝水，女方手托香腮含笑四望，显然泰然自若，乐见其成。

这是一桩全宇宙都需要他们在一起的情事，连老对手杨千嬅都大声叫好，希望他们可以成家立室，回头想一想，真是蛮酸楚的，同一个男人，同一段爱情，这个女人用了二十多年才走完。

十六岁的时候参加华星新秀大赛，抬头就看见了这个男人，那时她还是没减肥成功的肥妹仔，他还是混在唱片公司的新人。貌不惊人的师兄走过来敬了她一杯，赞她唱得好很可爱。后来参加CASH晚宴，“我一看这个小妹妹几可爱，又几漂亮……我当时又没有拖拍，于是问她可不可以把电话给我。她说，好啊。我说你说吧。她奇怪，为什么你不记下来？我说不用记了，今晚三点打给你。为什么要三点？因为我要早走，有事。后来果然晚上三点打给她。聊天，就这么开始的。”

他后来参加《志云饭局》时这么说——都不用记，就是你说的每一个字我都刻在心里，这也是表白的一种。

聊着聊着天，就成了一对。到众所周知的1992年合唱经典名曲《其实你心里有没有我》时，其实已经是秘密情侣。此时正是事业上升期，两个人都很勤奋，他比她大，可是她却比他聪明，数年之后，她已经升至天后的位置，他仍然是半红不黑的歌星一名。她的烦恼也与日增多，当男友想给她安慰，她不耐烦地说道："你不明白的，到时你就明了。"女方的重点是你不明白我；男方的重点是你没到我这个位，确实有点伤自尊。

二

"当到你赶赶赶，赶到一个某位时，她又去了另一个位，所以你永远也赶不上她……"许志安这么形容他们的关系。是的，他永远也赶不上她，女强男弱已成定局，两个人的差距常常会被拿出来比较。这已经令人有心结，而且女方有女方的问题——忙于工作，聚少离多，绯闻缠身；男方也有男方的问题——多年来事业平平，好像也不是他不努力，只是命该如此。

两个人拖拖拉拉十来年，关系一直到2002年才公开，公开的原因是许志安终于也得了一届最受欢迎男歌手奖，和郑秀文分获"最受欢迎男、女歌手"，当然忍不住要真情流露。"有一个人我一定要多谢的，我曾经在她的厨房里说：'如果有一天你得女歌星奖，我能得男歌星奖就好了。'她说：'你再多花点心思，你要相信你自己。'谢谢你。"台下的郑秀文泪如雨下，避入后台，那是乐坛的一时佳话。

耐人寻味的是，在"厨房宣言"之前，他还感谢了一个人，就是他的助手。"细佬"是一个类似"双儿"一样痴心无私、全盘奉献的女人，跟了这个男人二十年，江湖传言，她暗恋他，这事难说。事实是她对他极好，好到超出了雇佣关系，无限细心，替他打点一切，甚至股票房产。就算是一般情侣，男友身边总有一位全盘包揽的女助手也很碍眼吧。两年后情形急转直下，许志安高调宣告单身，郑秀文北上勇攀事业高峰，助手“细佬”顺势升级为许志安女友。

三

各走各路十年，其间见过不过几次。

她一直没有找到心仪的对象，再后来，事业停滞。

她得了湿疹，闭门自省两年，写作、画画，以及信仰。从2004年她就深坠情绪深渊，有三年她过着暗无天日的生活。“很多时候我都是不讲话的，看见太阳就很害怕，看到月亮就很高兴。”从离死只有一步之遥的情绪病患者，到开心快乐的健康人，最大的力量来自宗教——“信仰让我接受自己的软弱，接受自己的不完美，放下才能自在。”

2007年她在红馆连开八场复出演唱会，在那个演唱会上她念了一封《给自己的信》：“这个悠长假期，你蒸发了某部分自己，是为了茁壮另一个自己……”这几乎是她为自己吹响的号角，从此脾气坏透的“郑臭脸”消失了，取而代之的是开心知足的“郑四万”。朋友们更爱她，因为她更成熟，更感性。“闺蜜”古天乐的评价最中肯：“最大的变化是比以前开心多了，你看她，总是在笑。”随之复活的是事业，依旧那么苗条，那么潮，世界巡回演唱会一场一场地开，电影也一部一部地演，福音碟做义工专栏一辑一辑地出，甚至还出了书。最后，连都市熟女最不可能复活的爱情也复活了，从此你时时可以见到她穿得五颜六色的样子，工作不算多，但亦不算少，演唱会开完，就是电影，多出来的时间用来和男友甜蜜出游全世界。

谁能想到，那个2004年活得像老鼠一样的女人在数年之后过得如此写意。三十八岁，有事业，有爱情，有闲，富且“瘦”，所以她即使“不结婚不生仔”，也不妨碍别人感受到她的快乐，一切就像她说的：“我已经活过来很久。”“我的力量不是来自我的成功，而是我倒下了还能站起来。”这世间一点也不缺少苦难，也一点也不缺少死亡，缺的是真正的信心与快乐，郑秀文最让人心动的地方，大约就在于告诉我们，重新出发，何时都不晚。

四

有刻薄的人分析为什么两个依然能够复合，用的词是：高龄剩女没选择。其实像郑秀文这种条件的人，倒也不是没选择，只是要这个男人适合。

什么样的男人适合天后呢？

是的，他不是什么有才华的男人，只能算一个普通的香港男人，长得也不算帅，更没什么学识，读完中学就出来唱歌。许志安自己说："我什么都没有，就只有一把声。"一路走来，这条明星路走得相当辛酸，但他是好人，忠厚、踏实、勤奋、靠谱、言出必行，信守承诺为父母送终，为了父亲一句喜欢后院那株玉兰，就花十万租维多利山豪宅住，是出名的孝子。更从不说前女友任何坏话，年轻时他曾与中学同学、后来的港姐谈过八年恋爱，后来分手，从来不提对方的名字，仍然百般维护对方。"我对感情一直是认真的，不是玩的，我想我们要战胜一切在一起，但是两个人去到某一阶段就自然而然分开。"

最重要的是他一直这么爱她——"我从来就喜欢有性格的女人。"就算分手那些年有了新任女友，提到当年的她时，脸上依然会泛起甜蜜的微笑，依然会在她生日的那一天和她打上一天的电话聊天，依然会在电视里宠溺地对全世界说："我对她的感觉从来没有变过，不过以前男朋友应该做的，现在不会做了，在我心里我还是像以前一样爱她。大家携手十一年这段相互信任的感情，你也不会害我，我也不会害你，关系升华了。"

复合过后，在3月14日白色情人节，女强人手写的一封公开信手稿被香港杂志从垃圾堆里捡出来曝了光，信中有一句话："毕竟我已一个人十年八载，能找到一个供我撒娇又或流泪的shoulder（肩膀），我很珍惜。"

其实天后要什么样的男人？也许很简单，就是一个可以让她撒娇的男人。

和所有女人一样，其实任何一个女人都只需要一种男人，那就是有一个可以供女人撒娇或者流泪的肩膀的男人。

五

不是每一个女人都可以和十六岁就遇上的男人终老，也不是每一个男人都可以再爱从前的爱人。他们曾经纠缠数年，本来应该各走各路，但世事难料，低谷高峰，复合是意料中事，其实也有迹可寻。2010年8月许志安高调与女友Michelle分手，与前助手细佬恩断义绝，为复合扫平了一切障碍，像一部长篇励志电视剧，有情人历经千难万苦，坎坷际遇，最终你都要和他在一起。

“分手十年八载，你问我心底有没有想过同许志安‘复合’这事，我会坦白：‘我有。’我确实有。但最终有没有发生过？没有，从来没有，一直也没有。”四个月前还信誓旦旦与许志安从没复合的郑秀文终于和这个十六岁起就认识的冥冥之中成为彼此生命守护神的男人复合了。与其说这是食言，不如说这更像是尘世爱情的写照。尘世的爱情是什么样的呢？尘世的爱情是泥沙俱下，毫无章法。问过一位绯闻多的俊哥男星，恋爱里最重要的因素是什么？他沉吟半刻：“是timing……”

Timing，是在对的时间遇见对的人，什么是对的时间，没有人知道，只知道当你野心勃勃、舍我其谁的时候，爱情它不会降临；当你徘徊犹豫时，它不会降临；当你万念俱灰、怨恨所有男人时，它不会降临。只有当心高气傲的你在经历高高低低终于尘埃落定的时候，在你不再苛求，不再臭脸，不再一切志在必得的时候，在你终于停下来微笑着对这个世界说：“是的，我已准备好，请不要让我等太久……”

也许，它就会降临。

212

小 S

甩甩更健康

一

在所有女演员里，最接地气的人是谁？

我个人觉得是小S。

小S在2012年4月5日上午9点，剖腹产下第三个女儿“许老三”。一件这么普通的事，居然连上几天娱乐头条，人人脸上露出惊疑不定的神情：她又生了一个女儿啊……八卦有年，人人都知道真人秀比八点档更具狗血性，嫁入豪门的女明星连生三子，女明星又宣布不再生，婆婆有何反应？她那常被拍到蒲夜店的老公会不会出轨？……对于外界的各种反应，十六岁就出道的小S当然心知肚明，她照样微博全程报道，高调得不得了，身在娱乐圈一天就娱乐大众一天，这是小S混在这个圈子里明白得最深刻的规则。保持曝光率不说，还可回报广大粉丝关心，最重要的是立即进入产后瘦身、月子汤、奶粉、尿不湿等等一切妇婴用品广告商的视线，有什么所谓？明星的每一种生活都可以变成商品，三个月后又是一条响当当的广告代言。

有时想想，像小S这样资质的女人可以稳坐台湾代言女王宝座这么多年，简直不可思议。她不漂亮，当年老被吴宗宪笑，说：“经纪人看上了姐姐，顺势才签了妹妹！”当年的六位仙女（大S、范玮琪、范晓萱、吴佩慈、阿雅、Makiyo）哪一个都比她有学问，但现在她们喝酒的喝酒、打人的打人、沉寂的沉寂、嫁人的嫁人，只有华岗艺校毕业的她稳坐头把女巨星的交椅，不能不让人目瞪口呆。老实说，她真人给我的感觉真不错，懂事、明理、正常、坦坦荡荡。当大明星的姐姐不理人，她就在一旁习惯性地打着圆场；私下里，她不说笑话，不耍宝，不化妆，不太care（在意）自己的卖相，穿背心、宽身运动长裤、人字拖；认真工作，卖力做人。我问她是哪种人，她略一思索，快速地答道："我就是那种看得开的正常人。"

比她聪明比她漂亮的人有的是，因为看得开，小S的世俗幸福路才走得比谁都远——当歌星红过之后，居然有一两年没有工作，看得开的她就认真地报名学习班，学长笛学交际舞，把屁股练得翘翘的，准备将来当一个会赚钱的舞蹈老师。被名主持人爱过，但最后被无情地甩了，看得开的她积极选择相亲。老公是台东地主之子，生了两个女儿之后，她成了那种心里头跑得马、肚子里过得了船的标准"太太"，老公偶尔有个花边新闻她也看得开，一力替他澄清。也是，人生好短，人心易变，不相互打打掩护，幸福如何能如约而至。

亦舒说，所谓的幸福后面都有一种非常凄凉的感觉。我想，那也许是人类过于求全之后选择的某种牺牲。热闹的盛大的幸福需要退让与妥协，从这一点上来说，小S给我们上了一堂示范课。她务实又快乐地活着，认真周全地为她身边的每一个人谋福利，她为冲进影坛的小姐妹打气，她为姐夫的俏江南餐馆打着广告，她为她做代言的按摩椅背书，她为她的幸福家庭站台——你们都说她的老公夜店揽女、婆婆凶恶霸道，她就强大地微博公示："感谢老公紧紧握着我的手，给我温暖的力量！感谢婆婆帮我按摩麻醉快退的双腿！"

"男人就是男人，能在寒风中紧紧抓着他的手臂，就是一种幸福！想聊到昏天暗地、欲罢不能，那是姐妹淘的事！就安静地跟你的男人吃顿饭吧！"她在微博上这样劝说她的女粉丝。我想，对小S这样的人来说，什么都瞒不过她吧。只不过，她比别的女人更聪明的是她真的没有那么多要求，她的所谓幸福生活不是假的，而是她真的要求不高。要那个男人能安静地陪你吃顿饭，那个女人能下定决心陪男人演下去。这大约已经是这世间大部分婚姻之所以存在的最高理由吧……

二

小S的通透，一个最重要的原因是她被无情地甩过。

一个人如果没有被甩过，那简直白活了。

一个人如果被甩过，又活过来了，而且活得很好，那这辈子就值了。

一个人如果被甩过，又活过来了，活得很好，而且还让前度情人气愤难平，那简直就赚到了！不错，这个人恰好是小S。

小S 2009年的时候正春风得意，这一年她的落魄前男友黄子佼出了一本书，那一本书简直是此生他送给她的最好礼物，足以让她抬起虽然做过但依然骄傲的下巴淡淡地回答："真的喔，那祝他销售长红。"

世界是圆的，永远报应不爽。

2000年，她在英国接到他的电话，他说：有件事我想告诉你。嗯，不太妙耶！……这几天我想了很久，觉得我们还是分开比较好……哈，她被人甩了，她所能做的就是一直流眼泪，一直流眼泪，狂欢，买东西，然后在节目里泣不成声……消沉过一段时间后，她开始学跳舞，准备在实在没活干的时候当个跳舞老师。她出书，她相亲，再然后，她接到一个节目，把所有的疯癫用在《康熙来了》。然后她火了，然后她嫁给了一个家世不俗的金融才俊，然后她生女儿赚钱，日子过得风风火火。她的朋友替她公开宣布：离开黄子佼是小S这辈子做过最对的一件事。

九年之后，黄子佼出书了，这一回他成了怨男，诉说因为她的缘故，他节目越做越少；因为她的缘故，害他背负"负心人"的坏名声，追不到女孩。顺便他还翻旧账：她小S消遣了我多少，我现在消遣回来不行吗？因为她的缘故，他从当红男主持变成了喻可欣——“我和喻姐有一点很像，就是对手都是比较红或强势的人，我们就不能说心声吗？”你看，现在小S变成强势的一方了。

这一回，保持沉默的是她。

她的沉默让他在书里的揭老底、数落、上赶子要来道歉全成了笑话。在男女关系学里，姿态高和心胸毫无关系，保持沉默，提倡风度，纯粹因为自己是强势的那一方。

小S，为什么这么招人喜欢？因为她给所有的平凡女生示范了一个被甩后翻身的成功学案例，她实践了成功学最核心的定义：成功最关键要素里80%取决于你个人的自我价值取向。虽然被甩了之后要像打了鸡血一样奋勇，姿势有点傻，但实在已经是最值得倡导、最励志的方式。难道被甩了就要去死啊！

正所谓，失之东隅，收之桑榆。哲学家黑塞说，最艰难的道路，其实是通向自己的道路。对于普通人来说，被甩的最大意义不在于成不成功，而是它能帮你重新找到自己。

每一个人都要经历被甩，如果你没有，固然是你的运气，但从某个意义上来说，又何尝不是一种损失？

因为被甩而觉醒，从而走向通往真实自我的路，实在是一件幸事，要不广告怎么天天说，甩甩更健康呢！

蔡 琴

他给我的寂寞比甜蜜多

作为一个前妻，很难面对的一个事实是，前夫找的继任比自己漂亮。

所以，蔡琴花了很多年的时间来消化抵抗这个事实，她的才子前夫杨德昌在和她结婚十年之后离开，选择了钢琴家彭铠立。

这位彭小姐，简直是一位超级典型的亦舒女郎，出身世家，是毕业于美国新英格兰音乐学院的美貌硕士，在家里煮饭看小说时会穿意大利120%的linen（亚麻）半透明打绑带的宽裤，只买4.23盎司的哈根达斯冰淇淋，只用某个牌子的冰箱除味剂，对名牌很有心得，穿得又很有风格。

“如果去见张叔平，我会穿Jil Sander为男士出产的小尖领白色T恤，配上长及脚踝的深蓝牛仔裤，脚上Tod's的白色滚肤色边有小金扣的豆豆鞋，戴宝格丽的金色黑表带潜水表……在行家面前，你可以把东西裸露到只去玩赏它的质地，而这些东西的质地有历经，不管多少年，永远是最简约好看的，我觉得张叔平看得懂其中的经典。”彭铠立说。

杨德昌最后与彭铠立生了两个孩子，很强烈的反讽是，从前杨德昌跟蔡琴提出的结婚条件是：让我们来一段柏拉图式的婚姻吧！

2002年我采访到蔡琴，那是在沙面的一个酒店，因为很粉她，所以我等到深夜十二点，最后做了半个小时采访。她卸了妆的脸上一片素白，一颗大泪痣，停留在眼睛下方，让人触目惊心，据说长了这种痣的女人感情多半波折。蔡琴当场发作：我听人说这是有艺术才华的象征。

采访完之后，我在的士上慨叹良久，我想象中坚强幽默、自如洒脱的偶像，其实私下里也是普通女人一个，受过伤后，好得并不比别人快。

在蔡琴这里，我们不得不面对所有长相平常的女子都要面临的问题。这个问题是许多年以来，很多很有思想、很有尊严、很有品味的女性都觉得极具挑战性的问题，就像著名的情感美女作家说的：其实你性格完美到什么地步都无关紧要，重要的是，男人，真的真的，只爱美女，而且只爱可以折磨他们的美女。

从张艾嘉到胡因梦到彭铠立，一个型号，都是美女。而蔡琴是杨德昌绯闻名单上的异数，可能，她，真的爱他比较多吧，要不然，她怎么会接受"无性婚姻"这种荒谬的提议。另一方面，如果杨德昌当年要娶的人是胡因梦，他会提出无性婚姻吗？

这话说出来真有些令人泄气，读再多的书、修再多的福亦没有用，都不及那个女人一根轻轻弹动的眼睫毛。

同样是杨导演身后的女人，蔡琴在坎城影展上奔波打点，任劳任怨，又怎样？还不是全不及后任穿镂空衬衫美美地一站。更令人伤心的是，杨和彭铠立生活的这七年"是杨导过得最快乐的几年"——对一个前妻来说，这打击还真致命，她不仅比她漂亮，比她能干，比她能生孩子，而且比她更能令他幸福——朋友们都说彭铠立"令他快乐"。

有什么办法，爱情这个东西，有时真的不讲理法，没有道德，永远是胜者为王，败者为寇。学那么多厨艺有什么用？看那么多书有什么用？唱那么多歌有什么用？反正，因为长得不够漂亮，一切，输在起跑线上——去你的，说什么心灵美。

亦舒说，对抛弃你的男人，"活得好才是最大的报复"。那不过也是一种姿态，真的打了鸡血一样向前冲，万一没冲好，反而更失落；你立意要做出个人样儿，万一不成人样儿，难道就去死？没有必要吧，那么诅咒有用吗？“你不得好报，你们没有好结果。”但可惜的是，在情场上，很少立竿见影出现因果报应的，用法国人的话说：C'est la vie（这就是生活）！

这就是生活，不讲理由，不问结果。

人生如滔滔江水，泥沙俱下，奔流而去。失去了就是失去了，不在了就是不在了，《三国演义》里的第一阕词就开宗明义：“是非成败转头空，青山依旧在，几度夕阳红。”

让时间去融解一切吧！你过你的幸福生活，我唱我的歌，台湾不红了，就到内地，这几年随便到哪个城市开个演唱会，人潮汹涌间获得的快乐也不少吧。像蔡琴自己唱的：“说祝福太为难沉重，还不如微笑以对；说眷念太自私，不如说保重。”

前夫、前妻、前前夫、前前妻，谁都有难以忘却的记忆，谁都有暗夜里心痛的往事，蔡琴唯一能骄傲地说起的是：“细数他一生共完成了八部电影，在我们生命交集的十年中，我竟见证了一半……我们一起年轻过、奋斗过。”就当是一个朋友也好吧，一个同事也好吧，就当这种感情是同事间的与有荣焉也好吧，都过去了，再见了，虽然“我感谢主在他生命结束前，是与他的最爱在一起”，虽然“作为一个女人，他给我的寂寞比甜蜜多”。

一切都会过去。

我能想到的只有两个问题：第一，我们应该如何对待自己爱上的有才华的男人？这样的男人，是否就一定要嫁给他，才能完成爱情过程呢？第二，千万不能嫁那些不够爱我们的男人。

汪 明 荃

阿 姐 的 情 路

一

阿姐，在粤语里是大姐大的意思，是对行内权威女性的尊称，一般的阿姐前面都要加个姓：家燕姐，嘟嘟姐，但独有阿姐这个称呼，完全属于汪明荃。

在内地人的心目里，汪明荃是那个唱《万水千山总是情》的香港女子，是《京华春梦》里的温柔媳妇，是推销冰箱的娇美港星；而对香港人来说，阿姐是一代人的偶像，她是全香港人的阿姐。

叫她阿姐首先是因为她资历深。她是第一代电视花旦，1966年就出道，那时还没有什么女孩子敢去电视台演戏，她就敢，而且一当就是女主角，从《家变》到《野蛮奶奶大战戈师奶》，她是TVB永远的女主角。

二是因为她出名的严厉。凡在TVB待过的人都知道，无论你最近有多红有多忙，有阿姐在的戏，你绝对不能迟到，重则挨阿姐一顿骂，轻则看到阿姐的黑面。就算到了现在，演出时如果没调好音响，她会当场把所有人骂个狗血淋头，演唱会衣衫做得不好看，她会自掏腰包重做，脸色很不好看，话讲得明：我只是为这套剧好看。

阿姐是铁骨铮铮的阿姐，奋斗四十年，永不言休，六十一岁还勇猛精进，特地减肥半年出演歌舞剧，“因为六十岁不做以后就没有机会做”。得了胰腺癌，任何朋友都不知道，一个人签字做手术，出来照样工作。“我不想打扰朋友，也不想朋友担心，反正是病，最重要是看医生，现在不是好了吗？”

四十年，汪明荃都活在正确里，活在进步中，每一件事都要做到最好，每一年都要对自己有交代。拍剧的时候拍剧，拍不了剧就当主持，主持不过瘾，还要去唱歌，她是香港第一位横跨影视歌主持的全能艺人。的确，每一样她都不是最出色的，但难得一个人这样认真—— 你以为四十岁穿三点式唱《热咖啡》，六十岁跳hip-hop（嘻哈）就那么容易啊！

二

阿姐一身正气，但一身正气也不能阻遏美女在感情上的脆弱。据说她和制衣商人刘昌华结婚初期，餐厅的服务员看到她和丈夫一起用餐时的情景是这样的：“她的头靠在他肩膀上，玩弄他的领带，脉脉含情。丈夫和别人谈事情，她只是不依，要分散他的注意力，甚至把整个人坐到他的腿上去，完全像一个天真未泯的小女孩一样，娇娇痴痴的。”

天真未泯的阿姐二十四岁就披上了婚纱，嫁给了从事制衣行业的商人刘昌华，她与刘的感情不错，离婚后前夫的家仍由汪明荃出入。1985年阿姐甲状腺癌入院，前夫也关怀备至，但他们还是离婚了，据说是婆媳关系不好，婆婆说一个星期只许她拍一天戏，但奇怪的是，汪后来与婆婆的关系也很好。总之，这段婚姻四年后就出现了问题。1975年，在《公益金百万行》节目中，无线金牌司仪何守信忽然握起了汪明荃的手，当时，她是刘太，而何守信的妻子是同为无线艺员的欧嘉慧。

何守信和欧嘉慧最后以离婚收场，第三者的名字，除了台湾影星许王留琼，就是汪明荃。曾有传闻说何守信的妻子欧嘉慧曾经找到阿姐上演了一场扯头发的戏码，但此事无证可查，多年之后，汪明荃还是要强地否认从来没有发生过这样的事。

从表面上来看，何守信一直处在追求的位置，不但当年在电视机前毅然握起阿姐的手，还经常在接受采访时发表各种爱的宣言。1980年何守信接受采访时委屈地说：“对方是有家室、有老公的……难道要我马拉松式地下去吗？那算是什么呢？情人啊？”记者马上告诉他汪明荃与老公分居了，何守信马上说：“假如你相信我，我告诉你他们并没有分开，比如说，你很喜欢我，我也有点喜欢你，但我有老婆，而你知道我不会和老婆离婚，你会怎么样？”为了让记者更明了他的意思，他从瓶中取出三颗糖：“好像这样，这两颗是并排的，万一他们分开了，孤独的那颗能会和另一颗走在一起，但这是不能预测的，也不知道结果会怎样。”

接受了这番采访之后，阿姐突然以行动还击，与老公一起出席罗文演唱会，对于谣言，她说：“我相信谣言会不攻自破，真金不怕熊炉火。”

但1983年她还是选择了离婚，离婚之后却没有和何守信更进一步，1987年何守信发表爱的宣言：我希望找到一位合适的伴侣，与我长相厮守二十年。再过了一年，他准备移居多伦多时，发表了一通感慨：“路上岔路多么难行，而我的驾驶技术不好，常走错路，所以特别崎岖，我无法令对方坐我的车子，她有权选择一辆又漂亮又安全的车。”而汪明荃回答则冷冰冰得多：“我们只是普通朋友，他那么爱说话，大家都知道不合适。”

很多人不明白汪明荃为什么不顾何守信痴心的等待，阿姐狠心至此吗？

1995年汪明荃曾接受《明报》专访，说起十年前的某个夜晚，她难耐郁结，千般悲愤：“我一个人在一棵大树下，把自己入行后的一切剪报，逐渐地烧，资料烧完了，树也差点烧焦。”就在离婚后那段时间，她变得很瘦，“一连看了六年的心理医生，气得患上甲状腺肿瘤”。

在你为一个总在外面说如何如何爱你的男人离了婚之后，他却总在暗地里结交不同的女人，你能不气吗？

二十世纪七十年代，在与汪明荃传绯闻的同时，何守信曾与温柳媚传出绯闻。更让人侧目的是，1985年一则轰动全港的桃色勒索案亦牵连到何生，移民之时他又与另一女星陈丽斯一拍即合，两人在多伦多同居多年。

很多年以后，何守信回香港拍戏，被问到遇到汪明荃是否尴尬时，他说：“没什么问题啊，我们又不是仇人，大家仍然是朋友。”而有人问汪明荃是否介意和何守信演情侣时，她则面露不悦，回答道：“最好不要啦，我现在太老啦，两个人都太老啦。”

三

阿姐是个要强的人，一个要强而又传统的女人。如果她不传统，她一辈子不止有三段绯闻；如果她不传统，她不会在二十四岁就早早结婚，不会永远在为自己没有生过孩子而感到遗憾，也不会在六十一岁的时候，还决定和男友结婚。

她的要强，与其说是性格，不如说是身世。“我在家里排第二，上面是姐姐，下面是弟弟，夹在中间，常被父母忽略。我要负责做家务，父母带姐姐、弟弟出街吃饭逛街，就是不带我。我穿的都是姐姐的二手衣服，父母从不买一件新衣服给我。所以很小年纪我已跟自己说，我要独立，要赚钱，买最漂亮的衣服穿，我知道要做到最好才能达到目标，我便不断要自己进步。”

处处要做到最好，皆因童年阴影。很小的时候，你的父母和姐弟都离你而去，迁居香港，把你孤零零地留在上海和奶奶一起生活，你会不会有一种被抛弃的感觉？你会不会有一种不公平的感觉？十岁时父母才接她去了香港，她与父母关系生疏。很多年以后母亲在加拿大逝去，她奔丧回来，淡淡地说：“当我看到一个这么强的女人也难敌病痛，我心里很受震动。”

你看，是震动，还不是悲痛。

享受不到亲情的女人，就算再有名有钱也还是不快乐。“我一直赞成结婚，结婚是正常的，人人都结，我为什么不结？”所以，最后，一个根本不需要婚姻的女艺人，在她六十一岁的时候，毅然决然地嫁了。嫁的是一个小男人。我想，嫁的那一刻，更多的是一种放心吧。在拉斯维加斯签下婚书的那一瞬间，那个胸中充满不平之气的倔强小女孩呼出一口长气，容许自己成为平凡妇人。

情路难，阿姐的情路更难，内心传统的阿姐情路更是难上加难，因为能做阿姐的都是大女人。林燕妮有句名言：正因为我是大女人，所以我更需要大男人，可惜大男人难容大女人。所以林燕妮只能孤独终老，而汪明荃在兜兜转转之后毅然嫁给了小男人——没她名气大，没她有钱，没她健康（他是肝癌三期），没她努力，甚至还偷吃——可这有什么呢？一切都比不上这个男人与她厮守的情义，她病的时候他在，她备受指责的时候他在，他甜言蜜语，他阴柔温吞，他能逗得她笑——不能和大男人相守，那么就和小男人相伴。

能相守的情路上没有委屈，只有合适。

苏芮

花若离枝

一

做大姐大通常有两种选择。一种是选择霸住，像汪明荃，做了三十多年，六十岁的时候还要和年轻人一样在台上蹦蹦跳跳，挑战时间，挑战变化，更多的是挑战自己，有一种欲与天公试比高的豪情；而另外一种是选择隐退，从最高巅峰万人瞩目的大姐大变成普通平凡的中年妇女，这当中的落差并不是每一个人都能承受的，很多人疯了，没疯也差不多疯了，变成各种愤世嫉俗看什么都不顺眼的老前辈，当然，也有很小的一部分人，就真的——认了。

时不与我，奈何奈何？连项羽都要认命，何况平凡如自己，像苏芮姐姐。

从来没有哪个歌手像苏芮一样，有这么多经典的老歌：《一样的月光》《是否》《酒干倘卖无》《请跟我来》《心痛的感觉》《是不是这样》《明天还是要继续》《亲爱的小孩》《优柔的执着》《跟着感觉走》《奉献》《北西南东》《一切为明天》《风就是我的朋友》《牵手》《凭着爱》《谁可相依》……她是二十世纪八十年代最闪亮的歌坛巨星，华纳曾经出过一个怀旧合辑，上面有几句九不搭八但颇为感性的宣传语：“我们有过的八十年代，虽然并不遥远，它是曾经飞扬的青春。”

每一首歌，都是你故事的主题曲。当情歌再度响起，光芒闪亮，请骄傲地对自己说：“我已走过所有的悲喜。”

走过所有悲喜，这句话很八十年代。而苏芮，这位最能代表二十世纪八十年代的豪情女歌手，正是唱着那些我们熟悉的歌带我们走过了这么多年的悲喜。

苏芮出生于1952年，原名苏瑞芬，英文名Julie，在潘越云还没有出道的时候，她就是高级夜总会里热门的驻唱歌手。“朱莉朱莉”名头很响，大家都知道朱莉就是那个能唱三个八度喜欢穿黑衣能将灵歌唱得神韵再现的女歌手。朱莉唱夜总会出名以后，曾经签过一家唱片公司，那是1976年。那家唱片公司名叫House UFO，*What a Difference a Day Makes*这张全英文唱片，如一颗小石头丢到水里，没了痕迹。

在夜总会生涯中，她也曾经和一个叫阿文的香港鼓手结过一次婚，但不到一年就离了。这时她已经快三十岁了，快三十岁的女人比较实际，她想也许人生就这样平平常常地过下去吧，可能再遇上一个男人，也可能遇不上，但歌还是要唱，多赚点钱，过日子罢了。

但是，运气来了。

三十一岁的时候，她接唱了一部电影的主题歌和插曲，不料，这部电影大红特红。《搭错车》在台湾八度公映，不仅推出了影坛新人刘瑞琪，也使主唱苏芮一夜之间红遍台港，《酒干倘卖无》《请跟我来》《一样的月光》《是否》风靡台湾，连她自己也没有想到，大为感叹：“唱歌既靠卖力气，又要靠运气，我是傻人傻福，大器晚成。”

江湖跑老，苏芮有自知之明，她明白自己傻，不聪明，所以她找对的帮手。她的红，除了嗓子、她的运气，更加依靠了背后的男人。她的经纪人刘威麟，她叫他刘哥，她什么都依靠他：开演唱会她什么也不管，只管上去唱就好，连采访，都要他在一边看住她，因为她是AB型双子座，性情飘忽，有时脑子会一片空白，随时需要人提点。她之所以信他，是因为他是她的老公。

在最红的时候，她和刘哥秘密结了婚，这个秘密保存了很多年，所以她像许多蜜运中的女人一样，大胆而无知，一切都是他在打点，她什么也不懂，什么也不想懂，什么也不用懂。

这样的好日子过了十来年。十五年以后，这位和她育有一子的男人突然失踪，不久，就发现他在美国有了女朋友。这件事非常轰动，两人前一天还手牵着手一起散步，第二天老公就突然不见了。1999年的苏芮名气已经大不如当年。好在，《牵手》的威力还在，内地这么大，演唱会的地点唱都唱不完。她疯狂地工作，到处唱歌，正是有了海量的工作，才让她那两年不至于崩溃。

二

我见到苏芮，是在她刚刚离婚后，2000年7月某个晚上七点，演出前一个小时。

她不太笑，有点严肃，但有什么说什么，见人就掏心窝子。艳妆后的苏芮，半边的眼睑涂成黑色，一件白色中镂下衬黑白小T恤，领口缀着一圈钻，蓝绿的指甲油，有一点点胖，脖子上的颈纹很多，让人看了觉得时光很残忍。不过，想一想，四十八岁了，这也是应该。

她很爽快，合影时会大叫：“啊！我没穿高跟鞋！”

不要寒暄，单刀直入地说：“今天我们谈什么，一般性的问题我可以给你资料。”

我们谈起了她的盛年，1984年她获得最佳女歌手奖的时候，还是一个爱穿黑衣的女孩子。“是啊！那时喜欢黑色，全黑，最多在衬衫上打个小领带，扮相比较中性。现在不会啦！每个阶段有每个阶段的心态。”

“听说当时是刘先生发掘了您，后来成了您的经纪人？”

她表情一变，慢慢地说：“他对我的帮助很大，我很感激他。”

至于为什么离婚，她字斟句酌、一字一句地回答：“过去的事只能说是缘尽，因为已经没有办法生活在一起了，离婚真是说分就分。他一直很想移民，他想在美国定居，而我倾向于留在家里，这是我们分手的原因之一……”

“有传他是投资生意失败才去的美国？”

苏芮一怔：“这是一个很大的原因，事业失败对男人打击太大，当时我给过他很多鼓励，说过等他回来。我很坦然，展开双手，但没有用，男人的自尊让他无法面对我……他先知先觉地离开我，是我的无奈。”苏芮苦笑，有点黯然。

“1999年的时候有一单大新闻，说刘先生在美国一个pub（酒吧）里为了争一个女孩而被警方扣押，这件事对你们的离婚有很大的影响吗？”

苏芮睁大眼，神情有些激动：“很大的误会！报纸上把这件事写出来的时候，其实我们早在一年多之前就平静地谈判过，签过离婚书了。离婚之后他才去的美国，正是因为离婚之后心情不好，在美国的情况也不好，朋友们关心他才叫他去pub里饮酒。那个女孩不是促成我们离婚的第三者，其实他们就是在那个pub里才刚刚认识的。后来因为这件事我才宣布我们已经离婚，本来依着我的性格，离婚这种事是没有必要给外人知道的。”

“好在舆论好像都是站在你这边，说他不好。”

“不能都说是他不好，事实上不好也不是他愿意的，他也有很多无奈，男人事业上做得不好会失去稳步前进的力量，我救不了他。”在外人面前，她还是一力维护他。

“离婚后这三年，是生活的最低潮？”

“啊？”她犹豫，“不算吧！其实我事业的最低潮是上世纪九十年代初，那时结婚生小孩，父亲又过世，整整休息了三年，到1993年才推出了《牵手》。只能说刚刚离婚那两年是我感情的最低潮，说真的，我并不难过，因为早就有预感。人要退一步想，没有他，或许那并不是世界的末日，或者以后还可找到更合适的人。”

“儿子有多大了，他能理解父母离婚吗？”

“他今年十岁了，给了我很多乐趣，给我很温暖的感觉。有时家里有人谈起他爸爸，他就会对人说不要讲爸爸了，免得妈妈伤心，其实我知道他是很爱他爸爸的。”苏芮的脸上起着神奇的变化，声音里透着爱怜。

三

“现在我们的生活很规律很简单。我和儿子两个人住，早睡早起，送他上学之后，我就买菜做饭打扫，处理一些工作上的事，比如演唱会呀！没有请助理，所有事都是自己一手打理。我喜欢过平凡的生活，这一点几十年都没有变。我是一个平凡的女人，不抽烟不喝酒，基本上素食，总的来说是个柔中带刚的人。以前个性会很直、很急，随着年龄的增长，我变得温和一些了，与世无争。”

与世无争的苏芮说的是实情，她没有什么野心，没有人帮她，她也就自自然然这么待着，再没有出过什么专辑。她不和时光赛跑，因为明白自己的时代已经过去，既然走红只是因缘际会，那么，不红也是可以接受的事实。

常常参加一些商演，唱唱夜总会游轮，2008年有人在网上发现了一个这样的演出消息：“平安夜，中国大饭店炫目派对闪耀京城，众多明星倾情奉献：苏芮小姐、叶世荣先生（Beyond乐队成员）、赵彤小姐以及麦子杰先生。贵宾席I每位人民币净价5388元，贵宾席II每位人民币净价4588元，标准席每位人民币净价3588元……”

一代巨星，始于夜总会，归于中国大饭店，五十几岁的时候做与二十几岁相同的事情，有人觉得不好意思，苏芮依然还是高高兴兴，这叫惜福。

苏芮不是一个特别聪明的艺人，她不太会说话，不太漂亮，更要命的是她真的不太会经营自己。和她同一时期出道同有四大歌后之称的蔡琴依然在各地开风光的演唱会，成为品位的象征。苏芮却明显落后一截，她唯一能依靠的是她唱不坏的好嗓子，还有她的三四张专辑，373首歌！

从来没有哪个歌手可以有这么多当代歌坛天后的粉丝。那英、田震、张惠妹、孙燕姿，她们当年都是学她的发音，学她的歌，甚至那首《心痛的感觉》也是众多歌手上卡拉OK时必点的开嗓歌。“当年我在东南亚做巡回演唱会时，巫启贤还是站在后面唱和声的人，可是现在我还在台上和李玟、田震、那英她们一起竞争，她们出道时都是模仿我的歌。有点累，但这也没什么不平衡的，后生可畏，我想我还是可以做个好榜样的，人生的路本来也是低低高高的，任何时候都不要失去勇气，要学会鼓励自己，能走多久走多久，走得从从容容。”

苏芮后期发过一首歌，是一首闽南歌，叫《花若离枝》。

花若离枝怎么办？

哭吗？想不通吗？去死吗？什么也不能做，只有接受，接受命运的安排，承受命运的安排，努力地活下去，“花若离枝就随他去，搁开已经无同时”。

像苏芮最爱在演唱会压轴的那首歌：我不想去浪费生命，就让我豁然离席，像个纯真的孩子……

确实是不够励志，但这就是人生。

确实是不够厉害，但已足够洒脱。

230

周 海 媚

Hi，靓女

2007年的某一天，还是在TVB的化妆间。

吕良伟快步走到周海媚身边，弯身一吻："Hi，靓女！这么久没见，你还是那么靓。"

时间真快，一下子就是二十年了。

吕良伟过得不错，已是一子之父，离过一次婚，前妻有钱，再娶的老婆也身家丰厚，经常和他双双出现在社交场。而周海媚亦过得不错，有工作有收入，年过四十，依然可以在大陆的各种剧集里当女主角，最不济也是女配。

很难想到，这对容貌和二十年前无甚变化的男女曾经是经典的一对，甚至还结过一次乌龙的婚。

那时，周海媚刚刚入行，两人拍《小岛风云》时戏假情真，情到浓时还去美国结了婚，那时她才二十一岁。

"生日他为我庆祝，又是烛光晚餐，又是戒指，原来是向我求婚，那我就答应了。"1988年两人在美国的一座教堂行礼，一直到很多年以后，吕良伟要和邝美云结婚时，想要去解决上一次婚姻，一调查才发现原来那次没有法律效力，纯属天大的误会。

这段不存在的“婚姻”只维持了两年，传说是因为黎明的介入。

周海媚和黎明显然更登对，金童玉女，他们俩最开始合拍的剧名居然还十分凑趣，一个叫《回到未嫁时》，一个叫《今生无悔》。那时的天王还不是天王，刚刚到香港，无甚名气，泊到了TVB这个大码头，他管吕良伟叫大哥，可就在拍戏的时候，这位小弟弟老实不客气地和“大嫂”传出了绯闻。黎明采取的方式是完全不认：“完全没可能。第一，我认识吕良伟，大家是朋友，我怎么会撬他墙脚。第二，五年之前我就认识海味（周海媚的昵称）了，那时阿吕还未出现，要追，何须等到现在？第三，都是同行，无谓尴尬。”为了避嫌，他还对记者提供证据：“那天见到阿吕，他叫我看住海味，不要让她蒲得太晚，如果我真的追求海味，他还会这样对我说吗？”

后来，有传言黎明和吕良伟在迪厅狭路相逢大打出手。再访黎明时，黎明说：“这是我心中的一条刺，整件事与我无关……”

很多年以后，女主角给出了她的官方回答：“和黎明我们维持了几年，后来感情转淡。”

他到底没有认这段感情。

至于黎明为什么不认，周海媚说：“我也不知道为什么。”

后来黎明的名模前妻倒是和周海媚在眉宇间有七分相像。有些男人，就是爱同一类长相的女人。

但周海媚显然不是这样，她爱上的男人有粗犷型的，有靓仔型的，有运动型的，有浪漫型的，各种各样。什么都试过之后，她说还是斯文型的好一点，稳定一些。

这些年，她从TVB到亚视，被传过得红斑狼疮，后来北上内地淘金。在那里，多年前拍下的港剧依然有巨大的影响力，香港明星的招牌依然闪闪发光，每次下到小县城、小镇子，人们还是把她围得水泄不通，她是他们心目中永远的大靓女——因为这么多年她驻颜有术，也因为她果真是美得正大仙容，美得一如既往。她是正宗的旗人，要是清朝，“我可能是妃子”，她笑着说。

二十年，从一个天真纯真、爱玩爱闹的任性美女，变成一位内敛懂事的大姐。身边经过一个又一个男人，从早期的阿吕和黎明，后来的导演周家文、法国男友Damien、游泳教练林伟亮，到如今北京的无名斯文型的建筑师男友，结婚是只闻楼梯响，周海媚依然小姑独处，在各个剧组间奔波。偶尔会轻轻叹一句“有时候人的际遇好难说”。1992年，徐克开拍《笑傲江湖之东方不败》，连造型都试好马上要开拍了，她却发生了车祸，错过一次机会。

好在她已经习惯了所谓的片场岁月，不管是在风尘滚滚的大陆，还是在香风细细的TVB大棚，其实都没有太大的差异。在这里，一切都凌乱不堪，一切又井然有序，所有人都尊敬地管她叫：媚姐。

只有那个男人，那个为她叫过、骂过、打过、狂过的男人，身穿昂贵的皮衣大踏步地走了进来，今天他和她一样也回流拍片，他们又重新相逢在TVB的化妆间。

穿过二十年的风尘岁月，穿过雾散云收的爱恨情仇，他看着在化妆镜里依然美丽的四十岁女子，弯下身，在她的脸上轻轻一啄：“Hi，靓女！”

许 鞍 华

老女孩许鞍华

一

在人群里，有些人总是会显得很怪。

比如这位。

六十二岁了，还依然剪冬菇头，脚踏一对涂鸦的匡威布鞋，出来见人时为了体面一点，穿黑鸦鸦的一身川久保玲，这是她出来见人的贵价战袍，如果不是时装精，谁知道这种四四方方的衣服原来索价要上万块，在一个非常少女化的外形下有一张不再年轻的脸庞，每次都会不期然地产生一种荒谬感，但事主却不慌不忙，她不需和女明星一样涂粉描眉，眉目间更透着一股坦然。

许鞍华，一个江湖人称阿Ann的女人，身后战功彪炳，入行超过三十年，出产过近三十部电影，名片无数，《狮子山下》《投奔怒海》《倾城之恋》《女人，四十》《半生缘》《千言万语》《姨妈的后现代生活》以及最近的《桃姐》。手下调教过的明星更不计其数，钟楚红、周润发、梅艳芳、李丽珍、张曼玉、四夺金像，三夺金马，堪称香港历史上最牛的电影导演。可就是这位最牛的电影导演，却依然天天拿着超市大袋子日日挤地铁，对着记者有点害羞地表白："我这个人好普通，没什么好写！"

某一天她的影迷无意中在街上撞上她，开始没认出来，以为撞到大婶问路，后来越看越不对劲，咦，这不是偶像许鞍华吗？马上要求合影，被她当场拒绝：

“唔好了，唔好意思，我赶着有事做。”在人的层面，她是你好我好大家好的一个好人，而在艺术家这个层面，她则是无意与这个世界结交的知识分子。

正如她自己所说，人都是矛盾体。

许鞍华总说自己穷，但叫她拍商业片她又不肯，她就是要让自己穷，她就是要让自己处在特别失败、特别难堪的境地，一个香港境内最好的女导演，只能靠偶尔在港大兼课或者拍广告维生。“我不怎么喜欢拍广告，但是为了赚钱也要拍。香港很多导演都拍广告的，有些还不喜欢找名气大的去拍，因为名气大别人会觉得你太贵，太难伺候。不过这样的机会也不是太多。”之后她还会补充说：”其实我一直没排斥过拍广告，只是找大明星拍洗头水这些，我未必拍。”

二

说起来，许鞍华的出场可谓霹雳，香港资深影评人列孚曾经写过一段话：“1984年，许鞍华如日中天，比今日的王家卫更红。”

也是，港大硕士，伦敦国际电影学院进修，根正苗红。1975年游学归来，担任大导演胡金铨助手，三年后即拍出当时得令的电视剧集《狮子山下》，四年后电影处女作《疯劫》，被认为是香港新浪潮电影代表作之一，接下来《胡越的故事》和《投奔怒海》。列孚说：“那个时候的许氏作品，几乎是无可匹敌。要好评，有毫不吝啬的褒义；要票房，就算是重映，也会比不少有号召力导演的同期上映新作还要好。她是新浪潮中的宠儿。”

过了1984年，她突然跌进怪圈，十年间水准参差不齐。1995年的《女人，四十》以及1997年的《半生缘》，1999年的《千言万语》都是出色的水准之作，谁料2004年的《玉观音》烂到让人不堪卒看，连她多年的朋友都认不出这是出自名导之手。黄碧云说许鞍华的电影不能逐一看，逐一看都有缺点，影评人石琪更刻薄：“许鞍华没有自己的风格。”

眼看许鞍华踏入六十，她居然凭着一部一百二十万元投资的小成本影片《天水围的日与夜》，击败投资超过三亿元的《赤壁（上）》的导演吴宇森，第三次捧得金像最佳导演奖。而此后不过两年，一部讲述主仆情的小成本电影《桃姐》扬威国际，横扫港台电影颁奖典礼，不但让发霉的叶德娴咸鱼翻身，更让雄心勃勃的刘德华再得影帝，许鞍华自己，更在六十岁之后再登事业顶峰。她最让人佩服的地方，是她永不言弃，因为“拍片就是她的价值”，“我觉得我拍戏的心态有点像一个赌徒，而且是一直不肯离台的那种”。

三

许鞍华的电影里，有一种奇特的情怀，那就是于苍凉人生里焦虑地寻找却总归会无疾而终的感伤，这种感伤统统来源于她的童年——“没有母亲的童年”。

许鞍华出生于鞍山，父亲是国民党文书，两个月大时她跟随父母移居澳门，五岁到香港；直到十五岁，许鞍华才知道母亲是流离的日本人。“每个人都说她是东北人，我一直以为她不会讲广东话，又没读过书，所以不太认得中国字。”1990年，许鞍华拍摄了半自传电影《客途秋恨》，讲的是二次世界大战结束后，日本女子葵子嫁给一名中国军官的故事。军官退伍后在香港工作，妻女则留在澳门老家；葵子因语言不通，与公婆及女儿感情疏远；在女儿晓恩的眼里，母亲是个自私自利，只懂打牌的女人，她有母亲等于没有母亲。但当二十五年之后，晓恩因为妹妹已出嫁并移民，只能无奈地回来陪着母亲返乡的过程中，她才慢慢了解母亲当年的处境。

这部片子出动两大影后，张曼玉和陆小芬，但票房却异常惨淡，算得上是许鞍华中年境遇最难的作品。“好desperate（绝望），怕开不到戏、找不到演员、题材干塘、无资金，总之不断否定自己。”唯一的好处是它化解了许鞍华与母亲之间不解的情结，从极度疏离变到慢慢亲密， 六十多岁单身的许鞍华长年与八十多岁的母亲同住，“我妈妈年纪愈来愈大，我也是。早几年有段时间很亲近，因为都是老女人。现在她反而返老还童，我变成照顾她的那个人”。对她现在的生活状态，她的表达是：“两个老女人互相支持。”母亲有一次突然跟她说，你不适合结婚。许鞍华自己想了想，表示同意。如果你看过《天水围的日与夜》，你一定会对其中一幕印象深刻，贵姐的母亲感叹道：“做人真是很难啊。”

贵姐答：“有多难呀？”

就这一个反问句抹平了一切苍凉。是的，人生很难，但纵然难，也依然要如常地活下去。这是劲道的人生，豁达的处境。

四

对她的作品，她自己的评价也不高，关于头四部令人耳目一新的作品，她却“感觉不停地drop（下降）”，《倾城之恋》“当然失败啦”，《书剑恩仇录》“很stupid（蠢）”，“同时代脱节”，《客途秋恨》“拍得很粗”，《极道追踪》“没精打采，有气无力”，连公认好的《女人，四十》，她也觉得多处“不理想”……“有缺陷”“不好”“差”，是她评述自己作品常用的字眼。

“我的每一部片都找不到投资。”

“胎死腹中是常事，我的经验是，五套戏才有一套可以拍成。”

“多钱当然揾唔到，原来少钱都未必揾得到，不是你自降身价、‘鉴平鉴贱’，别人就肯投资在你身上，如果他觉得唔值，几平都未必制。现实是很现实的。”

“我自小不喜欢做第一，做第二似乎好些，不用受咁多靶。谁知做了导演，什么都要孭到正。”

大情大性，大口抽烟，粗糙的皮肤，有时却害羞地笑，独居，不养宠物，闲时去逗逗邻居铺头养的鹦鹉，这就是现在的许鞍华。得了金像奖还要独自一人拎着一大袋东西挤地铁，报纸的标题——落寞许鞍华。金像奖最佳导演挤地铁，但那有什么呢？她对自己的处境最现实的设想是："白天在外面开戏，回家返老人院，好好笑！"

也不是没有成功过，但是"一次成功，要比survive（幸免于）一次失败来得困难"，也不是不能成功，有时甚至是刻意回避成功，"成功是一个跟我不搭的词"，"太舒服的生活要小心，不能沉迷"。许鞍华说这句话的时候非常酷，我突然明白了她这样的女人，原来就是我们生活中那些老女孩，那些永远是girl的女孩，像我的朋友柏邦妮写的那些话："还喜欢二十岁时喜欢的香水ANNA SUI，还戴着二十岁时的琥珀戒指，还穿二十岁时候的衣服，还喜欢二十岁的时候喜欢的那种男孩。她也许成熟，但绝不世故，她也许复杂，但并不浑浊。永葆好奇之心，永远赞叹，期待奇遇，梦想不是一个目标，是一种气质。"

永远让自己处在失败里，永远让自己行在低处，那么你就永远不会失去仰望星空的力量，那么，你眼里的光芒就永远精光四射。

我疑心，这就是老女孩们的最秘密的终极哲学。

邓萃雯

金刚女邓萃雯

香港的艺人圈里有一类人，可以归之为高龄美女派：她们曾经貌美如花，但又备受感情的伤害，高龄未婚之后，笃信宗教。最有名的当属邓萃雯。

看破红尘，自然是经历无数人生起伏，但要说情路坎坷，谁也比不上邓萃雯，她这四十年，几乎可以拍一部港女传奇。

1966年，双鱼雯女由两个少不更事的十七岁男女制造出世，五岁时父母离婚，由爷爷带大。“只要拿筷子的姿势稍有不对，爷爷就会打过来。”寄人篱下的阴影是：极度厌恶做家务，喜谈恋爱，从十几岁开始就一直不停。十八岁由茶餐厅小妹投考无线训练班，同班的同学包括邵美琪、黎美娴，半年后独她大红。1985年翁美玲过世，所有给翁量身定做的角色由张曼玉顶上，所有张曼玉的角色由她顶上。一部《薛仁贵征东》让她既出名又得人，与男主角万梓良恋得如火如荼，一时风头无限。

美女自然脾气大，人称“邓例迟”，因为最爱迟到。一年半后与万梓良分手，原因不外是男大女小，她甚至公开管他叫“老窦（粤语，爸爸的昵称）”，转而与各色公子哥周旋，参加梅艳芳组织的玩乐团，情运不好，尚可原谅，但没钱，就事大了。

TVB花旦出名是出名，但穷也是真穷，每月两千五百元薪水，“连买化妆品都不够”。

六年长约满后，邓本想进军大银幕，可惜却无戏可开，二十五岁那年，只得飞身赴美读书。

四年后，原本号称要在美国落地生根的雯女黯然回港，原因又是钱。

“要交学费，也要生活费，又要寄钱给阿妈”，另一个难言之隐与当时同居男友有关，据邓说这位男友着实管得太紧，“八点要回家吃饭”，简直要命。

邓命中的事业运着实不弱，转投无线对头亚视拍戏，一部《我和春天有个约会》又火了。这个时候偏偏撞正（粤语，碰巧遇见）一桩孽缘，三十岁的她恋上了有妇之夫，传媒拍到男主角江华六夜出入她的香闺，一时舆论大哗。英俊似刘德华的江华和大多数男人一样，在大是大非面前，选择了退却，选择了老婆。更可怕的是，为了显示痛改前非的决心，报纸上的他忠贞不贰地和老婆一起大爆邓萃雯当初如何勾引他。双重打击让邓颜面尽失。到后来，他得重病转行当了保险经纪，提到这份感情时，答道：“我当时是年少无知，现在看，有什么大不了？”

有些事对男人没什么大不了，对女人就大得不得了，全香港的师奶都讨厌偷人老公的狐狸精，戏是没法演了，但祸不单行，更大的打击来了。为了梦想中的退休生活，邓萃雯把当时拍戏赚到的血汗钱统统放在麦当奴道的千万豪宅上。“好靓，很像*Long Vacation*（《悠长假期》）里面木村拓哉那间屋，有大木窗框，是我的dream house（梦想之家）。”刚买下就碰上金融风暴，失业却每月要还贷八万，她急得快疯了。路只剩下一条：老老实实回无线拍剧还债。

人生真是如戏，她走了一圈，却在1998年又重新回到起点，地位由当年的主角变成配角，年纪从任性少女变成熟谙世事的中年妇人，小富婆变成穷光蛋，到了这个时候，女人才能真正领略人生一切，真是如梦幻如泡影。

谁都以为邓萃雯的故事完了，连她自己也认命了。

命运的大手却并不曾远离这个有一对可爱酒窝的倔强女子，三十八岁高龄的她凭着一部《金枝欲孽》红透半边天。工作如潮而至，是非扑面而来，然后又是纷争、斗气、雪藏，内地香港两地奔波，到处接戏。重新给自己买了套小房子，甚至还有铺头，有时也交个男朋友，分与合，都不在意了，那只不过是生活附赠的点心吧。静心沉意把自己的生活过好，把心交给上帝，做好自己的本分，连一个枕头、一副窗帘都是自己挑，自己的生活自己搞掂。

一切都已经动摇不了她的心了吧！

这二十多年人间的冰火淬炼，那颗心早已是烧不破、剁不烂的一颗金刚不坏之心了。

她的故事没有完，也许还很长。

反面

进退之间

走到自己的人生顶点时，
聪明而敏感的人都会听到内心有一种隐隐的悲伤，

这悲伤无关个人，
只关乎命运。

上帝给你的每一种礼物上都有标签。

王祖贤

对于一个长得不美的女人来说，二十出头，是她奋斗的开始，她最好的时光要到三十多岁才会来到，而对于一个长得美的女人来说，二十来岁，她已经隐隐明白那将是她一生中最美的时光。

章小蕙

“与其说我拜金，不如说我拜衣服拜爱情。”

她亦是严重的亦舒迷，学生时代最惬意的事是第一时间买到亦舒的新作，坐在大沙发上再盖个小小丝绵被，身边堆满零食，直到凌晨时分一口气把它看完。坐在身旁等待约会的小男生们看她，她只管看亦舒小说。

陈玉莲

际遇在俗世人等眼里，
自然有好有坏，
只可当作八卦谈资，
可是在当事人眼里，
终其一生，
如果真的找到内心的平静，
和恋钻石、嫁好老公、生好儿子一样，
都算是最美的结局。

喻可欣

大多数人之所以感情、人生双失败，不外乎因为不够爱对方，同时也不够爱自己。

王 祖 贤

一 个 女 人 最 好 的 时 光

一

如果要问二十世纪九十年代的超级美女，当然不能不提的是王祖贤。

谁能忘得了《倩女幽魂》里的清静优雅，谁又能忘得了《青蛇》里的秋波袅袅，《潘金莲的前世今生》里的百媚横生，可是，当同时代的美女们都还在舞台上起起伏伏时，她却已经伊人香渺。

有时当大美女很不幸，人们仰慕你的风华绝代，也在等着看你的笑话。林青霞嫁富商，写专栏，自在悠游；钟楚红中年失夫，拍广告，延续不老传奇；李嘉欣嫁小开，生单传儿子；关之琳退隐江湖，炒楼炒成大富婆，闲时与富商小帅哥逛逛巴黎……而只有王祖贤音信全无，有人说她在加拿大隐居，有人说她在禅院静修，有人说她暴肥，有人爆她有所谓的聋哑十七岁私生女……公开出现在镜头前的她，有点神神秘秘，因为总是怕不美。最近一次露面是2016年父亲去世，她身穿黑色僧衣，戴着黑色眼镜，淡淡说道："我想我的姻缘没有了，感情这些都了了……一切都是修佛。"

二

二十七岁以前，她的人生过得无比顺。出身世家，祖父是名流，父亲是篮球高手。她资质平常，不爱读书，好在生得美貌，五岁学芭蕾，再大一点跟爸爸学吉他，十四岁加入校篮球队，十五岁被星探发现拍了一个汽水广告，十六岁时已经在

《今年湖畔会很冷》独挑大梁。王祖贤因此片让邵氏公司的老板娘方逸华惊为天人，签约力捧，成为二十世纪八十年代末九十年初最红的女明星之一。倪匡看到二十岁的她，用了八个字来形容她的美："不可逼视，艳光四射。"她自己亦很明白："长成这副样子确实干什么事都很方便。"

全世界都宠着她，拍完《倩女幽魂》她才十九，已经是香港片酬最高的女明星。年轻，纯真，可爱，美丽，情窦初开，最红的女影星，最性感的女名人，当然也成为男人们争相猎逮的对象之一。男人们在她身边展开争夺战，传说许冠杰曾赠她金色小跑车，吴启华情意绵绵，黎明曾暗恋，成龙曾追求，梁朝伟曾怜爱……但她一点绯闻也没有，她谁也不选。"选对象有人喜欢有钱的，有人喜欢英俊的，但我对这两种优点恰巧都没有兴趣，只要有缘分，看上去顺眼，谈得来便可以。"

夺得伊人芳心的，是1987年7月回台湾拍蔡扬名的《芳草碧连天》认识的男主角齐秦，彼时，他是风华正茂的歌坛王子。"初见面时没太多感觉，心里只是想我和他差不多高，相处下来觉得他不但有才华，而且对我很照顾和细心，我们很合得来。"金童玉女众人看好，三年之后感情转淡，无疾而终。

谣言四起，祖贤爱上了一位有五个子女的有妇之夫。"以前他有太太，我不想做第三者，也不愿意破坏别人的家庭，直到他办了分居手续，大家才开始交往。"王祖贤这样描述他们的交往。这位人称林公子的富商叫林建岳，父亲是香港老富豪，自诩风流而不下流，口味私爱台湾女子，妻子是台湾女明星谢玲玲。从某个意义上说，林公子对祖贤可谓真心，足足追了她三年，甚至正式宣布与妻子分居，就算很多年以后，与王分手，林公子仍旧情绵绵，承认："我们仍然是朋友，每次我去加拿大，都会通电话，我觉得永远都是朋友，做不成夫妻，做不成男女朋友，都是好朋友，要不然，不会一起这么多年。"

1993年王祖贤公开与林建岳的恋情，受到强大的压力，林母一句话非常恶毒："我当我儿子去叫鸡。"饱经考验的感情到底没能开花结果，1995年9月，王祖贤卖掉林送给她的半山香闺只身赴温哥华疗伤。直到1997年与齐秦复合之前，她有三年没有公开露面，提及这段感情，她当众泪流满面：“不管对错，我尝试了，不管是不是我应该得到的，我也接受。”

三

有生之年，狭路相逢，终不能幸免，与林公子的一段情，让她损失惨重。因为林公子不喜欢她出头露面，她停顿了电影事业，而与有妇之夫的纠缠，又让她名誉受损，等到她1998年复出时，流年已经暗换，世界已然不同。

1998年她在男友齐秦的帮助下推出第一张唱片《与世隔绝》，反响平平，同年在日本拍的《北京原人》也并没有想象中那么好更让她萌生退意。此后，她开始在台北与齐秦的同居，但其实平淡夫妻的平淡生活亦大为不易。男友事业停顿，沉迷高尔夫，喝大酒闹绯闻，她逛街购物着力于佛学，两人渐行渐远。2000年爆出的齐秦私生子案让他们的关系走至冰点。感情不顺她也力图东山再起，2000年她拍摄杨凡《游园惊梦》后旋即宣布退出，直至2003年，她第三度复出签约汤臣，但运气不好撞正SARS，又无疾而终。这一回她似乎彻底觉悟运势已尽，再度宣布归隐，“很多事由不得你选择，没得选择，很多事发生了就是发生了”。

一个有趣的对比发生在她和黄霑之间，1989年鼎盛时期的王祖贤和2001年低谷时的王祖贤分别接受了黄的采访，一个叫《今夜不设防》，一个叫《三个光头佬》。之所以选黄霑是因为他和王比较熟，到底写了《倩女幽魂》的主题曲，算得上同事，再说黄老霑是如此热爱美女。

1989年和2001年的黄霑是同一个黄霑，但王祖贤却是不同的王祖贤：1989年的王祖贤身穿黑色蕾丝低胸短裙，露出美好身体，雪白长腿，红润丰唇，脸确实有点babyfat（婴儿肥），但有一种明亮的艳光；2001年王祖贤一身灰色套装，长衣长裤，清汤寡水的长发，清瘦清淡的妆容，黄霑热情拥抱时会有意无意地躲开。1989

年，刚刚拍完《倩女幽魂》的王祖贤正如日中天，与齐秦恋情正浓，下一段与电影大亨林建岳的恋情又在铺垫酝酿中，而2001年，王祖贤与齐秦再度分手，“我的前半生三十多年来，心里是空空的”。1989年意气风发的王祖贤信心百倍地说：“我喜欢什么东西我就去争取……我想结婚生小孩，因为女孩子始终想要一个归宿。”而2001年意兴阑珊的王祖贤淡淡说道：“‘结婚’这个词在我人生里是一个不存在的词……我曾和齐秦说，王祖贤只是一个过去的人，活在我的记忆里，现在你面前的王祖贤是另外一个人。你喜欢的，其实是以前的我。”

见识过十二年前那个天真美艳王祖贤的黄霑此时也忍不住顿足叹道：“哎呀，可爱程度真是不同了。”

从艳绝亚西亚的美少女到一线女星再到富商女友，从携旧爱复出受挫，到与旧爱因平淡而分手，再复出再受挫，风头出得太早、起步太高的人难免心高气傲，复出已是百般无奈，还要一再受挫，消沉难免来得比别人更沉重一些。我想大约拥有超高天赋的人一生都走得不太轻松，拥有无限才华的张爱玲在她二十出头时就已经对自己下了定语：“那一类的努力，即使有成就，也是注定了要被打翻的罢？……我应当有数。”从1942年起到1947年，她写完了人生中最重要的作品，完成了人生中最惊心动魄的爱情，余生都在回忆里奔波，就像二十一岁的王祖贤在她人生最风光的时候，坦然而明白地说道：“现在是我一生中最满足的时光，又有事业有爱情，这段时间是我最好的时间……”

对于一个长得不美的女人来说，二十出头，是她奋斗的开始，她最好的时光要到三十多岁才会来到，而对于一个长得美的女人来说，二十来岁，她已经隐隐明白那将是她一生中最美的时光。她长得美，所以男人爱她，观众亦爱她。“王祖贤靓，要不是她美，我们也不会在一起啦！”爱她的男人这样说。但走到自己的人生顶点时，聪明而敏感的人都会听到内心有一种隐隐的悲伤，这悲伤无关个人，只关乎命运。

上帝给你的每一种礼物上都有标签。

蓝洁瑛

阿修罗之殇

一

很多很多年前，香港的亚皆老街上有一位大美女，名叫蓝洁瑛。

父亲是开大排档生意的小生意人，母亲是他的妻子之一，不是大富之家，却也衣食无忧。女孩不喜读书，但她知道自己是美的，二十岁的时候报名参加了第12期无线电视艺员训练班。就算是在艺训班，她的美丽也是公认的，就连吴君如、曾华倩、刘嘉玲这班日后名震江湖的女星在她旁边仍然都只是配角，“艳绝五台山（香港一个地名，因为有五家电视台）”让她芳名远播。

让人意外的是，她是精明的，当别的小明星仍然会傻乎乎地和无线这种剥削公司签十年八年的卖身契时，她就明白这其中的利害，顶了天就只答应签两年。在此期间，她第一次尝到被“雪藏”的滋味，可是她才不怕，刚刚拍了电影《法外情》，和刘德华演男女朋友，正在拍的《奇缘》又是和周润发搭戏，全是天王巨星。一切摆在小明星之前的麻烦问题对她来说都不是问题，只要她愿意，她就可以轻而易举地朝着大明星飞奔而去。

有事业不假，最重要还有爱情，邓姓乡绅的儿子，名主持钟保罗，还有无数公子哥儿。“蓝洁瑛是很漂亮的，在众多新星里也是最娇最好看，她的美迷倒了不少公子哥，这是香港‘名气届’一个特殊的现象呢。”1985年一份明星杂志这样写道，“事实上她身边亦有不少男朋友，例如那传说中为了她放弃到外国读书的男孩子，例如有个答应她如果和无线签约谈不拢，则一定会支持她拍戏，然而蓝洁瑛不想跟他们有太特殊的与其他人不同的感情，‘我还年轻，太早有固定男友是自寻烦恼’。”

自小就长在旺角这种鱼龙混杂之地，蓝洁瑛对男人天然有一种警惕，又有一种天然的老练，二十三岁的她像老江湖一样指点江山，“可以交男朋友无所谓，但固定的暂时就不需要了”。其实杂志所指的公子哥儿正是香港巨富郑裕彤的二公子郑家成。这位郑公子当时正与著名的港姐邝美云谈婚论嫁，密会蓝洁瑛的照片上了周刊封面，从此分手。

除了巨富之子，与美丽无双的蓝妹妹扯上关系的人还真不少，梁朝伟、周星驰、吴启华、曾志伟、吕良伟、尔冬升、赛车手陆淦也都曾传是她的裙下之臣，这其中最有趣的是在做《430穿梭机》时认识的小角色周星驰。当年这位暗恋者在九十年代初期变得如日中天，他屡次邀心中女神拍戏，《唐伯虎点秋香》里惊鸿一撇的唐妻，还有《大话西游》里她是“桃花过处，寸草不生”的春三十娘。也是要很多年以后，人们才知道原来在银川拍戏时引致朱茵与周星驰分手的捉奸案女主角原来嫌疑最大的就是蓝洁瑛，而此时身处精神病院的她也只能语焉不详地回应道：“我当然上过他家……男人妻妾越多就越麻烦。”

1985年的蓝洁瑛像海面蓄势待发的白帆船，只等一阵风吹过就要扬帆万里，此时的她既简单骄纵又希望满怀。记者问她喜不喜欢娱乐圈，她信心满满地答道：“当然喜欢，娱乐圈是很复杂，但多姿多彩，娱乐圈很容易令人迷失自我，要时常保持清醒并不是件容易的事，太多的事情令人迷惘，但那魅力是无穷的。”

二

亦舒写过一本叫《阿修罗》的小说，用阿修罗来形容那些以美貌为武器颠倒众生的女主角——阿修罗为天龙八部中的一部，男身极丑，女身极美，性执拗、刚烈，凡与之接触，倘不蒙他喜悦，就必然遭殃，比如年轻时的蓝洁瑛。

年轻美丽的阿修罗要风得风要雨得雨，攻城略地不在话下，抢人男友，做第三者，这种事不是没有做过，有些是主动，有些是被动，一切庸人自不在她眼底。

她的脸上总挂着一股拒人于千里之外的冷傲，据早年采访过她的记者说，她超窜，窜到令你无话可说，但只要在镜头前她微微一笑，摄影师已经爱死她了——一张上镜的小脸，36F的身材，老天真是厚待她，不骄傲简直对不起这完美的皮囊。所以，她不愿吃苦，也不能吃苦，非但不吃苦，甚至还有点骄纵。她不愿剪头发。不想去太热的地方拍戏，她不服管不听任何高层劝说，所以她的事业起起伏伏，被TVB雪藏三年之后八十年代末到九十年代初狠狠地火过一阵，1992年拍《大时代》演技备受称赞，1994年又冲入电影圈。她本可以大展宏图，但她的情绪越来越差，这大半因为感情生活不如意，她交往过的两位男友，钟保罗和邓公子都先后自杀，前者跳楼，后者开煤气，接下来她又一厢情愿、义无反顾地为郑公子低调息影。郑公子在西贡为她买了一套价值六百多万港币的海边豪宅，只可惜他们感情告急，吵架扔东西。九十年代她为男友嫌她眼肿去抽脂被男友掌掴，传说分手后她曾经冲到男友家用斧头劈他家的门。到了1995年、1996年庇护她的父母又相继去世。

十年间，她的命运来了个大逆转，从一个有事业、有爱情、有家庭的幸福小女生变成了一个没事业、没有爱情、没家庭的三十三岁失意女。阔少依然是阔少，身边女友如轮转，名人依然是名人，甚至当年那些寂寂无名的同事一个一个华丽上位成娱乐名流，这让心高气傲随时准备当大明星的她如何能想得通。

三

她开始渐渐不太正常，时常出现在各种港闻版上。1998年9月的撞车事件揭开了她疯的序幕，她驾车经浅水湾道失控侧翻，在医院昏睡很长时间，清醒后大闹医院。1999年她被送进东区尤德医院精神病房，之后举行记者会澄清，女友们都替她遮掩，说她只是一周没有睡觉，精神正常。但事情越来越离奇，2000年5月她大闹加拿大温哥华机场，被强行拘禁在精神病院，2004年大年初三致电警方她要寻死，从此成功晋级“四大癫王”。

也不是没有自救过，1999年她还开着红色跑车伙同曾华倩去参加活动，一看到记者跟她就央人家介绍复出拍戏。但复出总是被她搞砸，拍减肥广告她天天吃薯片肚腩暴肥，举止轻率多疑。2004年为亚视宣传《爱在有情天》时迟到，她对骂她的监制大叫：“Shut up（闭嘴）！”她总张着一双警觉的眼睛，总怀疑人家要害她。

多年的老友都离她而去，情况越发不好。2003年11月她接拍广告，只收到十分之一的酬劳，合约一改再改，只得靠透用信用卡维生。围在她身边的人和事越来越糟，一个想靠她上报纸而给她钱的咸湿老律师，一个神奇的内地三线女明星，声称她的女友隔三岔五就要约见媒体一次，将其疯状通报一番，其中最耸人听闻的是解答她为何发疯的原因：在新加坡拍戏被香港娱乐圈老大强奸，被郑姓小开的现妻买通喇嘛给她下降头……

鹤唳华亭，急景凋年。2005年她向法院申请破产，同年3月被诊断发现子宫肿瘤。2007年2月，身穿浴袍及拖鞋的她在上水街头徘徊。2008年四十三岁的她被发现出现在湾仔红灯区，“头发斑白面容憔悴”。2009年3月，“便利店外徘徊被爆满街向路人要钱”……2012年头发全白的她在赤柱酒吧抽烟叫骂，声称有人偷了刘德华给她的十万块……

“有谁从小康之家而坠入困顿的么，我以为在这途路中，大概可以看见世人的真面目。”鲁迅先生曾这么说。鲁迅先生有一支如椽大笔，可以将心中的愤怒阴暗全部化成刺刀匕首投向人群，而这位叫蓝洁瑛的失意女没有任何办法宣泄她这么些年来所遇的阴暗。她不看电视不看书，抽烟发呆，抱着她聪明的脑袋想啊想，想这些年那些负她的人，抽一口烟恨恨地说道：“这是一个疯狂的世界，所有的人都疯了。”

这的确是一个疯狂的世界，这么些年狗仔队依然乐此不疲，因为每拍一次她的近况都会有骇然惊心的效果。人们照例又会想起这个当年是如何靓绝五台山的人，文艺一点的甚至要打开《大话西游》复习一下在赵季平音乐出场撑一把纸伞一骑毛驴微露香肩一枝桃花春十三娘的风情万种，但这有什么用呢？如今这个白发如霜的领三千七百元勉强度日的失意女唯一的切切实实的人间温暖来自快餐店的店员，因为拮据，只能买得起一碗例汤，店员说："会给她一碗特别多汤料的例汤。"

四

一个TVB女职员疯了，若无其事地疯了十几年，若无意外，还会继续疯下去。

不要问她为什么疯，撞车还是撞鬼，性格还是时势，爱情还是命运？其实难道你年轻时没有过这样的朋友？他聪明精干、雄心大志、直言快语、目下无尘，慢慢地，他会被社会这架巨无霸的绞肉机绞成了无名的灰烬，而最不忿的那一小类，则被绞成了疯子——人们之所以对这些失败者念念不忘，皆因他们是我们的镜子，照着我们共同的处境，我们都站在壁立千仞长风烈烈的山顶，脚下是深不可测的命运，有人跳下，有人徘徊。

她是真的疯了，抽很多烟，恨这世上的大部分人，他们在她的印象里无非就是那些弃他而去的男人，那些嫉妒她美色的女人，那些涎她身体的娱乐圈大哥，还有那些离奇的会下降头抢她男友的女人……他们或许存在，或许不存在，总之，他们在她的脑子里牢牢地存在着。

世人每次见她必然惊骇莫名，震动无比的是亲见又一位清丽无比的阿修罗变成了白发如霜的女疯子。

所谓的阿修罗之殇，大约就在于每一个美丽的阿修罗都曾以为自己是无所不能，当你沉迷于它的伟大力量时，可能谁也不会相信自己终有一天会被这力量吞噬干净。当你凝视深渊时，深渊也在凝视你。

章 小 蕙

与 其 说 我 拜 金

章小蕙是一个奇女子，她只拍过一两部电影，但级别并不低，有一部就打正旗号，叫《桃色》。

也写文章，也当买手，但她什么工作都做不长，做得最长的可能是名人。

章小蕙是如何成为名人的？说来也搞笑，皆因她曾嫁给一位明星当太太。奇怪的是，她比大多数艺人都出名。每当香港报纸没有新闻时，狗仔队就去跟踪她，心情靓的话，她会告诉你她同法国男友从晚上十点待到第二天下午三点，至于干什么，你猜！心情不好的话，狗仔队至少可以观察一下她身上的新装，改天的报纸大标题是：《章小蕙真空上阵，T-BACK呼之欲出》。就算她移居美国多年，偶尔回港时，狗仔跟拍她时还是会用《50岁章小蕙低胸露半球，脱外套露出白滑手臂》。

这么多年过去，她还是一个带点肉感的美人儿，别有一番韵致。她最出名的话是："饭可以不吃，衫不可以不买。"最出名的事件是因为买衣让两个富有的男人破产。有相士批她面带白虎，可十几年前人人说她清纯美丽，这只赫赫有名的白虎是怎么样一步一步变身的呢？

一、衣影鬓香娇娇女

香港的有钱人，一小半住半山，一小半住加多利山，一小半住九龙塘。

九龙塘私家路纵横，香花遍地，最重要的是这里到处是殖民色彩浓郁的名校，为了能让子女进名校，香港人至今还在打破脑壳往这里钻。

从小一到中四，富商之女章小蕙一直是马利诺番书院的天之骄女。父亲章建国原籍上海，在香港从事广告业，后来移民多伦多，是北美第一个全国有线中文电视台的老板。她从小生得美，更爱美，两三岁开始已懂得打扮，跟在母亲后面去美美、连卡佛买洋装。小学六年级穿橙色热裤跑遍东京，十八岁成人礼时穿的是著名时装设计师专门为她设计的晚装。

二十岁出头，她就是出名的香奈儿迷。“黑色Chanel（香奈儿）长身外套配反领大白衬衫，紧身黑皮裤，衬衫角用Chanel圈圈铁链低腰束着。”甚至工作时用来系放大镜的链子也是Chanel仿古链。

好东西不但要会穿，功力深的还要会讲。小章十五岁开始收集时尚杂志，全部分门别类整理好，这也是她引以为豪的事件之一：等闲时尚杂志的编辑在她面前只能当小学生。积三十年之功力，当真不是盖的，你可以骂她什么都不好，但是你不能骂她妆化得不好、衣穿得不好。后来她凭此还到台湾去做一个时尚电视节目。写专栏的时候，谈起衣服、鞋子、眼影、唇膏、睫毛刷都权威得不得了。“要拥有无瑕白瓷般的肌肤并不是没有可能的，最彻底当然是从饮食睡眠着手，再挑选一套优质适合自己的护肤品，拥有flawless skin（无瑕肌肤）其中秘诀就是当肌肤状态越好时粉底便得越薄。另一秘诀则是遮瑕膏。选择遮瑕膏跟粉底相反，遮盖力一定要足够，甚至‘强劲’，膏状的条装或饼装最有效，因乳液太滑太薄透，用了等于没用……涂上薄薄粉底后，再用遮瑕扫沾些遮瑕膏像画画上色般涂在色素斑印或瑕疵上，再用碎粉固定便成。专给遮瑕用的扫子绝不能轻视，不要以为用手指头便有同样效果，用手指的弊处是覆盖范围太大，斑印点点遮不了，反而涂了整个面部。遮瑕扫的毛头为尖圆形，用来针对极细微局部位置最准确。”

这真是最资深用家的切身感受，可见确实是买过用过试过。女人一般不会讨厌那些过于物质的女人，因为那是她们生命的另一面，大部分人将之压抑，而有人将之发展到极点，确实让人有一种得逞与放纵的快乐。这就是为什么物质到一定境界的女人，可以凭此成为众人的偶像。

章小蕙最出名的一件试用品推荐是上海医师的独门中药："整套护肤品用几个土土的塑料瓶盛载，包括晚上用的一瓶骨胶原、四瓶胎盘素，白天用带少许粉底的面霜和一瓶人参润手霜，只用到第五天已经发觉眼袋不见了，褪掉少许死皮后皮肤许久没有这般细嫩过。经过化妆品柜面时，化妆小姐说：'章小姐，你到底用了什么？有没有涂粉？为什么从上次到现在你脸孔好像收紧了，很贴很贴！'同一时间采用的女朋友客人才厉害，身为日理万机的女强人，长期睡眠不足加上节食，那蜡黄粗糙的皮肤用了十天后，她兴奋无比地跑来给大家看她的脸，只见她黄气退了大半，粗毛孔没有了，连浮肿也消失，整张脸小了一码！价格有点昂贵，8800港币一套，用两个半月……"这个专栏影响深远。有无数女人去寻找这位伟大的上海医师，李碧华更在专栏里隐约提起立竿见影的胎盘素药是由真的人胎制成。这爱美背后森森的鬼气叫人不寒而栗，而那位医师是谁，更成了一个著名的谜。

好在，小章着迷的，除了化妆品，还有包和衣服。

她爱巨贵的爱马仕，爱马仕喔！时尚人士们都知道，闲闲一个，三万起跳，十几万是普通包，三十几万不过是多料碎钻，定制就更不用提了。小章对她的爱马仕生涯是这么说的："二十世纪八十年代末期的Hermes（爱马仕）包包也不大为人广泛熟悉。当橱窗还可以看得到Birkin的时候，最爱以Kelly、Birkin或Plume去陪衬Chanel组合。想到喜欢的Birkin颜色用料组合，打电话到巴黎去订购也只需三数月之定造时间，现成的更只要七天时间便空运到手。"

买包这样豪气，买衣服就更不手软，一条牛仔裤五万港元，巴黎新季的Gucci裙子，看过录像，她一喜欢，传真过去：四个颜色全要。2005年章小蕙在专栏里慨叹："套装三千，普通上衣两千，晚装四千，还是英镑美元，看中D&G豹纹大衣，一万五百欧元，从前六七千已够吓人，真要印钞票才行！”

啊，连小章也说贵，世界真是不同了。也许年纪大了欲望不再那么强烈，经济能力亦不复当年，章小蕙才会说买不下手。要知道，传说中她新房刚贴上的壁纸，她一个不满意，可以全部撕掉换成粉红色，二十世纪九十年代初期一个月花掉三十万甚至六十万港币，亦是常事。

一切到底没有白费，章小蕙花钱的专长最后成为她离婚后赚钱的本事，懂行识货，她先是替朋友置装参考，后来变成替有钱太太买，赚取佣金。她最骄傲的事情是在香港首开售卖Shahpashm披巾，替代阔太们原来使用的不够环保的Shahtoosh（Shahtoosh又称戒指披，由濒临绝境受保护印度高原羊绒毛织成，环保组织因其会杀害动物而抗议使用）。这种用人工饲养的羊绒织成的披巾，基本与Shahtoosh没有差别，也让她一口气赚到四百万。

章小蕙最擅长的当然是开服装店，1999年到2002年，她的服装店据说为她赚进一千三百万。当然，疯狂赚钱当中她亦得罪了不少人，有人投诉她的服装店高价卖的是她穿过的衣服，上面竟然有粉饼印。替人买衣也让她得罪不少圈内朋友，报纸上登过的最著名的一次是她给郑裕玲买名牌，郑后来偶尔在原产地看到，发现这位好姐妹竟然生生地赚了她一倍的钱。

二、美丽幻影爱情迷

“与其说我拜金，不如说我拜衣服拜爱情。”

章小蕙是个言情小说迷，大一已看遍所有Edith Wharton（伊迪斯·华顿，《纯真年代》的作者，文笔晦涩）。她亦是严重的亦舒迷，学生时代最惬意的事是第一时间买到亦舒的新作，坐在大沙发上再盖个小小丝绵被，身边堆满零食，直到凌晨时分一口气把它看完。坐在身旁等待约会的小男生们看她，她只管看亦舒小说。

亦舒小说严重影响了她的做人模式。比如她坚持要做独立女人，这导致她严词拒绝（至少对外宣称）成为富商们的玩物，婚后也一力依靠自己写书撰稿、开店来赚钱，而不是依靠某个男人的包养。当然她的爱情模式也是亦舒式的。

与钟镇涛这次算是黄玫瑰式。钟镇涛当年是无数少女的梦中情人，二十二岁的她当时正在美国读硕士，回港度假时认识了他，二十一天爱情之火熊熊燃烧。最肉麻的事件是章小蕙回美国念书之时偷偷从钟抽屉里拿了双他常穿的米奇老鼠袜子，以慰相思，上演最早一版“想念你白色袜子和你身上的味道”。求之不得辗转反侧，晚上，两人通宵聊国际长途，有时聊着聊着就睡着了，醒时再继续讲下去。几个月后的六月十号是章的生日，像老套的文艺片，白马王子突然出现，扎上蝴蝶结自动成为生日礼物。

此情此景，除了结婚，再也没有什么能为这段轰轰烈烈的爱情画上一个精彩的句号。

结婚看起来也没有任何障碍，钟英俊富有，是港台地区最让人心动的钻石王老五，章年轻美丽纯洁，身家清白。据见过他们婚前生活的前资深娱乐人查小欣回忆：“钟镇涛被问到以后提供怎么样的生活给章小蕙。章小蕙边吃朱古力蛋糕边说：‘杂志费一万、糖果费一万、零用钱一万，共三万元一个月。’何以时装痴没提服装费？钟笑说：‘她有我的附属卡，买几多都可以。’章小蕙闻言，开心得大笑。她又要了一块蛋糕，她说每天下午茶都要吃三块蛋糕，饮品则只饮水。不怕胖吗？章小蕙像个软骨人般，整个身子倚在阿B（钟镇涛）身上，一只手与阿B十指紧扣，一只手用叉子吃蛋糕。阿B溺爱地说：‘她很能吃，但不会发胖，是个小白痴。’阿B抚着章小蕙的长发：‘你看，她年纪比我小，皮肤白雪雪的，又黏人，不是小白痴吗？’章小蕙又是大笑。”

男未婚女未嫁，章妈妈更是扮演着支持者，但不知为了什么，章爸爸好像闻到了危险的味道，死活不同意两人双双飞赴多伦多，小章更下跪恳求。章爸爸说不出反对的理由，只能红着脸说：“你还太小，不准！！”多年后，章小蕙怅然叹道，如果当时听了爸爸的话，她的一生便要改写了。

世上确实没有如果这回事。

况且当年这桩婚事，基本上人人看好，好不容易出现这么一段金童玉女之爱，而且女主角比当时任何女星都更美更有气质，狗仔队激动得快要发疯了，从飞机落地的第一分钟就团团围住她。此后的二十多年，狗仔队一直是章小蕙最忠实的生活伴侣和随行保镖。并非艺人却享受超级艺人待遇，由惊惧到享受，到最后是迷恋。就算是2005年，她誓要离开伤心地香港去美国，依然约谈记者，又做了一次轰轰烈烈的封面女郎，让人看到她无数个LV旅行袋。

媒体的力量是无穷的，无数周刊邀请她上封面，一件衣服只要她穿上身，第二天就有人到服装店指定要买B嫂（即章小蕙）那一款。甚至因为一张她的真空照片，引起香港女人用花式乳贴的风潮。她想要说的话，想做的宣传，只要她愿意，第二天就可以出现在头版。到2002年的时候，章小蕙已经离不开狗仔队了，她深深明白狗仔队的重要，没有他们就没有她，她甚至半真半假地公开呼吁："你们不要离弃我！"

三、情迷白头男

资深媒体人查小欣撰文写过章小蕙多情的阔太生涯。

"一位女高人看到章小蕙脱鞋后的十只脚趾，语重心长地说：'你要抗拒诱惑，从一而终。'……有一次派对上我与她同桌，章小蕙穿着一件极低胸的黑色衣裙，巧笑倩兮，不停拨弄一头长发，双眸如水，斜斜瞟向一位同桌的男模特儿。我看不过眼，大力拍打她的大腿：'喂！你已嫁了人！'她给吓呆了一下，咻咻笑：'都给你看穿了。'

"后来我离座取自助餐时，她与男模同时失踪，我拨通她的手机，她娇嗔地说：'我与他（男模）都怕人多，所以开小差到酒吧去，没什么的，你放心。'我叮嘱：'已是凌晨，快回家去，免得老公操心。'怕她出事，每隔一小时致电她，直至凌晨二时，她关了手机。过了一星期，有周刊拍到她与该男模，黄昏时分在中环的公园喁喁细语。”

这个香艳的小插曲发生在钟镇涛去台湾宣传期间，章小蕙刚生完女儿后不久。

“衣服不合身就即刻要除，恋爱都是一样，去旧迎新。”乏味的婚姻生活中章小蕙终于迎来了她生命中第二段真正重要的恋情，这一次是喜宝型的白头佬陈曜旻来了。

陈曜旻是一个富商，在东莞开了个规模颇大的鞋厂，多年富有的生活让他学会享受、学会细心体贴、学会如何讨女人的欢心，很明显他煞费苦心地经营着与章小蕙的邂逅。

刚开始的时候章小蕙很奇怪，为什么每次吃饭都会碰到他，还老是被安排坐在他身旁，他永远笑眯眯的，整晚替她布菜，嘘寒问暖。而他的妻子永远坐到老远的去处，挤眉弄眼，隔着一桌子的人笑说：“看他多满足，又再得偿所愿！”

而当年的白马王子已成了消沉的过气明星，成天沉醉在音乐房，做一些并不卖钱的音乐，家用降到两三万元一个月，章小蕙王子公主的梦慢慢褪色破灭。结婚三年后她就想到离婚，但孩子来了，生了两个孩子之后，如果正常发展下去，她会慢慢变老，成为过气明星的过气老婆，可是，漂亮如她，实在不甘心。

据说男人追求女性是对她的最高赞美，就算是已婚妇女亦享受这种恭维。别人说陈像日本电影里的黑社会帮主，而在亦舒迷章小蕙的心目中这个高大坚挺，头发银灰白，神情冷冷，知情识趣的老男人却是《石榴图》里的檀中恕，像《假使苏茜堕落》中的朱立生，是最富魅力的中年男人。

香港的上流社会，向来不缺风流韵事，A夫搭上B妻大有人在，只要面子上盖得住，大家都明白游戏规则。陈曜旻的妻子是第二任，又得了癌症，而据章小蕙说，她和陈的交往亦得到钟镇涛的默许，而且两年后钟镇涛亦开始了与后来的女友富婆范姜来往。

老婆交个有钱男友在很多中年男人看来可能并不是什么坏事，甚至是好事，再加上陈确实有钱有经验，对当时热衷搞生意的章小蕙有莫大帮助，二十世纪九十年代中期白头陈成了常出入钟家的老友，此后一系列的变故都和他脱不了干系。

四、她只是不习惯被漠视

客观一点地说，钟、陈两个男人不是被章小蕙买衣买垮的，而是被章小蕙炒卖豪宅的投机生意累垮的。这件事据说得到章妈妈与白头佬的大力协助，钟镇涛基本被摆在局外，他只是因为是章的合法老公才没脱得了干系。钟说章小蕙拿单逼他签，他也就签了，这个理由在法庭上当不得真，但至少他是承认自己当年颇有点惧内。

惧内有性格方面的原因，当然也有经济方面的原因。九十年代，钟的收入有一单没一单，章小蕙却水涨船高，替阔太们买衣轻松有钱入账，小试牛刀做了单二手衣拍卖会，两天赚一百万，她深信自己是个生意天才。钱，谁不想多一点，更多一点呢？她豪气冲天地贷下几幢豪宅，不巧碰上1997年金融风暴，苦撑两年后自己的房子赔得精光，更把做担保的陈曜旻也害得不浅。

大难临头各自飞。1997年她与钟镇涛反目，报纸上的她由清纯美丽高贵的B嫂变成负债累累、不伦之恋、挥霍无度的中年少妇。她利用传媒使自己成为名女人，传媒也在利用她讲一个上流社会窝金藏淫的传奇故事。这一次他们全力把她塑造成为新时代“拜金女”。有一次，章用一千九百元购买CD和化妆品，这种花销对一个香港少妇来说极为正常，结果报道出来又成了疯狂购物的一大罪证。

祸不单行，章小蕙的爱情也在报纸上成为一个大笑话。

1999年的娱乐报纸上，三天两头可以见到章被白头佬打得鼻青脸肿的样子，陈的女儿说父亲与章小蕙拍拖后性情大变。其实陈曜旻的心情可以理解，换作是你，本可以做悠然南山下的富有男人，却为了一个女人，不但身背巨债，还冒天下之大不韪与病重的老婆离婚，花了大钱，坏了名声。贫贱夫妻百事哀，再加上章小蕙十足的小姐脾气，更何况两人全无婚约。

境况越来越不好，债务不能不还，两个男人在不到两个月的时间内相继宣布破产。2002年以后的舞台上，只剩下章小蕙孤独起舞。那一刻，她可能真正被残酷的生活教训醒了，爱情与纯真像水蒸气一样从她丰满的身躯里蒸发了，她只有奋力与这个世界周旋，成了一名不折不扣的旁人眼里的“泼妇”。

穿上最时髦的衣服，穿最少的布料秀她劲爆的身材，为香港市民创造话题；与谢霆锋对骂，与借钱给她的罗姓债主对骂，和前夫对骂；和ABCD各任男士谈着不可能的恋爱；在电视上宣布自己刚同子宫癌斗争胜利；宣传新戏的时候，在河莉秀与松板庆子的夹攻下，她风骚地一弯身看似随意地拿起一杯水，轻车熟路造就一张头版走光照……她从小就是风口浪尖上的人物，怎能习惯被人漠视，就算离开香港。一回到港，也会因为与儿女的关系闹上警局。至于怎么生活，2016年父亲过世，她靠遗产生活，与二十六岁儿子一起。

她从来不是大坏人，也不是大淫妇，她自己甚是明白自己，没有多大野心。

“我就是一个中意吃喝玩乐的人。”说到底她只是一个贪图华衣美食、讲究生活的虚荣少妇。她前半生顺利得不像话，金钱、美貌、爱情、运气一样也不缺。不幸的是，好运气没有在后半生得到延续。她碰上了一个不太懂钱的老公，不太有钱的男朋友，一个先宠她后弃她的世界，在所有人的纵容下，最后，她成了一只现代白虎精。

陈 玉 莲

如 果 没 有 你

“如果没有你，日子怎么过？”三十几年前，邓丽君这么唱。

是啊，日子可怎么过。

当美女们不再年轻，不再活在风口浪尖上，生活像大浪打来，人如小舟，冷暖辛酸。如果没有你，邓丽君选择了法国小靓仔，走上了爱上小白脸的情欲绝路；如果没有你，蓝心湄选择人工授精；如果没有你，白灵选择真空上阵；如果没有你，钟楚红呢，选择拿起相机穿州过省……

陈玉莲呢？选择修行，时不时与人喝个小茶，当个义工，偶尔再复出拍拍剧。

陈玉莲是谁？很多年啦，不记得也没关系，普及一下，她是史上那个最美丽的小龙女，和刘德华演出过红极一时的《神雕侠侣》，曾是刘天王的暗恋对象。事隔多年，刘在一次公开活动上请息影多年的她出来，当众单膝点地向她求爱。

虽然是个玩笑，但也确是一偿当年的相思之苦——越是成功的男人越是对落魄时期的暗恋对象耿耿于怀吧——你看你，后悔了吧，有眼不识金镶玉。

陈玉莲不是不识金镶玉，而是，确实，她已经不能再爱人，因为芳心已有所属——她是大哥的女人。

大哥是谁？大名鼎鼎的周润发是也。两个人曾在TVB做小龙套。“我演他的秘书，通常秘书都会跟上司发展成朋友……我那时年纪小，十七岁……他年长我数年，但可能他生得高大，我觉得他可以保护我，我渴望别人保护，他站在我身旁‘神高神大’，觉得一定可以保护到我。”接受明报周刊采访时她这样说。

但再高大的男人也不代表会将女人保护得很好。周润发是南丫岛厉害妈妈的宝贝儿子，你若说是妈宝男也不为过，从小顽皮捣蛋，无所不为，二十来岁时他还未长大。

陈玉莲生得美若天仙，但出身贫寒，草根美女心直口快，任性泼辣，而且还有诸多美女共同的致病伤——一只鹅公嗓，一张不太喜欢笑的脸。

本来，草根美女配草根英雄自然再好不过，可惜的是草根英雄的妈妈不乐意，她已经料定自己的儿子需要一个知书识礼的名门淑女打点一切。传说莲妹和发哥苦恋五年，被周母棒打鸳鸯。1982年周润发传为情自杀，还是当着陈玉莲的面，在陈家发生，但四个月后，闪电迎娶余安安。而陈玉莲在周润发结婚那一晚出去消遣，周刊拍到她跳舞时的背影，用的标题是《忘情狂舞一夜》。

使君有妇，罗敷有夫，三十年风云变化，使君现在依然是电影界的头把交椅，而罗敷已淡入人间遍寻不见。“很奇怪，之后没有碰过面，在街上乃至任何场合都没见过面。”

美丽的小龙女在1984年下嫁美国商人陈超武，还是沈殿霞做的媒，八年后离婚。关于这段婚姻，她的回答是“结了婚好像没结婚（一样）”。

婚后一年已知道不能一生一世，赶紧复出拍戏，但当然有抱怨：“我以为可以退出娱乐圈，谁知不可以，别人结婚有丈夫养，为什么没人养我？”据港媒报道，陈与丈夫在人前从无互动，甚至出街时均一前一后，而之所以没有忍耐这段婚姻到最后，则是因为陈玉莲的姐姐在美国自杀。“一星期前我才在美国跟她见面，完全不觉得有何不妥，回来香港就收到消息说她死了。”陈玉莲觉得人生无常，去日苦多，何必苦苦纠缠，才断然离婚。

到了1994年，她与外形打扮都很中性的女导演蔡美诗相识，然后同居，相处十一年。在蔡的嘴里她们这段情是“刻骨铭心”，但陈玉莲还是离开，这一次的原因是要“修行”。

有很长一段时间，她移居海外与家里不通消息，父亲以为她死了，在银行的门口大哭。

按一般人的理论：这真是令人唏嘘的人间际遇。

有好事者问陈玉莲：“你衣着简朴，生活清淡，可觉得世事不公？”

陈笃信宗教，到处行善，为精神病人和智障儿童教授陶艺，并开设了社区陶艺培训中心，专门帮助智障人士康复。传说她曾经中过两次彩票，一次在加拿大约一千七百万港币，一次在香港约三千万港币，因此生活无忧，潜心修炼。她莞尔一笑：“我生活平静，比从前开心，好享受这种自由自在的生活。”照片照出来，我相信她是真的开心。

一个女人的一生，是追寻爱的过程，男人的爱、女人的爱、孩子的爱。如果运气的缘故追寻不到，不代表她要枯涸而亡，上帝另有安排，男人的爱、女人的爱、孩子的爱，到最后人间的大爱，总有一种爱能让内心平静。而内心平静，心理大师说，这才是人类生存的终极目标。

际遇在俗世人等眼里，自然有好有坏，只可当作八卦谈资，可是在当事人眼里，终其一生，如果真的找到内心的平静，和恋钻石、嫁好老公、生好儿子一样，都算是不错的结局。

喻可欣

如何成为喻可欣

她是一个文艺女青年。

生得美，身材又好，爸爸是报社总编，妈妈爱戏剧，她从小学芭蕾，熟读金庸、张爱玲，当年号称“林青霞接班人”。

他呢，是个旺角少年。

长得帅，但没读过太多书，懂事早熟，听到对面的文艺女青年滔滔不绝地说张爱玲，会在一边默默倾听，抽空告诉她《倾城之恋》里赤柱那家酒店还在，下次一定带她去看。后来她又说起自己最爱金庸的《神雕侠侣》，他便告诉她他就是《神雕侠侣》里的杨过。男孩的这两个回答一举俘获了文艺女青年的芳心，随即展开一段激情，三年苦恋从此开始。

他比她还爱美，他比她勤力，他跟她在一起的时候，一天洗两次澡，出去吃饭，在任何可以反光的东西面前端详自己的样子；而在她后来的描述中，她为了他，不接邵氏的电话，后来邵氏公司转而和王祖贤签下合约，因为他不高兴，而失去了和张国荣一起演《英雄本色》的机会。“我每天眼巴巴地等他收工，忘了自己的发展机会，也没想到去规划自己的前途。他第一次发给我的零用钱有七百元港币，所以，我每天可以有一百元港币的零用钱。我拿着他给我的钱，觉得很好玩。我没出去乱花钱，只是每天守在房子里等他，饿的时候就弄点油炸手指鱼（香港的一种快餐料理）来吃，要不然就吃着他喜欢吃的花生米，过着简单幸福的日子。快乐是快乐，结果两人都吃得肥嘟嘟的。一个礼拜过完，我没有花完他给我的零用钱，他为了赞赏我很乖，会把剩下的一张张港币，折成很漂亮的衣服，然后说：'奖赏你！'"

他喜欢她做他身后的隐身女人，像后来的朱丽倩，但是她怎么耐得这样的寂寞，她这么美，这么年轻，她有她的世界。她回台湾演戏，聚少离多，他们像普通的影坛小情侣一样吵架，闹翻，最后分手。

后来这个男孩越来越红，这个女孩越来越不红，她本来就无心影视。再后来，这个男孩一有什么风吹草动，记者就要跑去问这个女孩，毕竟她是他唯一公开过的女友。女孩的每一次回答，都被当成是炒作，他们的关系越来越恶劣。再后来，时间加速，越来越快，这个女青年想奋起直追，又拍戏，又写真，又整容，又到处接受访问爆隐私写自传，诉说因为他，她得了十几年抑郁症，不能接受其他男人。2009年8月他公开了藏在他身后二十四年的马来西亚女友，她的母亲马上跳出来说"当年朱丽倩是第三者"——记者们找她，无非替版面制造话题，看她的笑话。

名气太过悬殊的旧情侣，要知道避嫌，不然马上就被势利的人当成是叨光。刘德华对这位过气的前女友包容有加，"对不起""没有人有资格说她"，甚至她出书曝光和他的私密情事，他亦只会念一句佛偈"一念天堂一念地狱"，他可能真的有点可怜她——她至今未婚，还苦苦地奔波在这个圈子，顶着刘德华前女友的名头求生活，她运气不好，他名气太大，已经影响到她的择偶标准。"任何和我交往的男人都被称之为天王，给了男方很大的压力，可能刘德华结婚了，我就解脱了。"

如果一个人的解脱要寄希望在另一个人身上，这解脱恐怕也很难。也许，她一辈子都得有另外一个名字，叫作刘德华的前女友。

在她写过的书里，记载了一段有趣的对话，分手时他对她说："我很爱你。"她答："不，你不爱我，你最爱的是你自己。"十年后再碰面，他终于承认："我最爱的是我自己。”

大多数人之所以感情、人生双失败，不外乎因为不够爱对方，同时也不够爱自己。刘德华最爱自己，所以他成了刘德华；而朱丽倩最爱刘德华，所以她成了朱丽倩。

而她呢？本来有机会成为另一个朱丽倩，但她受不了那个苦，也有机会成为刘德华，可惜她不够搏。于是，到最后她成了喻可欣，一个著名的loser。

别嘲笑她，她唯一比我们运气坏的一点，是二十岁时碰到的男人叫刘德华。

朱 丽 倩

一 个 陌 生 女 人 的 婚 期

盼望着，盼望着，东风来了，春天的脚步近了，而朱丽倩，这个一直诡异地生活在娱乐版背面，经常被人提起，却从来没有一张正面头像的美丽、丰满、神秘的马来西亚女人，终于在2009年8月父亲去世后在返回香港机场的途中被传媒逮个正着。这是二十多年来传媒拍到她与华仔正式公开亮相的第一张照片，俊男美女，白衣胜雪，他们手上各有一串长长的佛珠，最让人不能抗拒的还是她娇弱的表情。她紧紧地拉着身边那个男人的手臂，依偎在他的身边，将自己全心全意交付于他——现在还有多少女人肯这样无条件地相信一个男人，等待一个男人？但朱丽倩肯，而且坚持了二十几年。

之前的数月，狗仔队在跟踪中终于拍到了她和刘德华这对千年隐形情侣的唯一合影。而此前无论精明的狗仔队怎么偷拍，无一例外只有朱丽倩一个人——1999年拍到朱丽倩在华仔加多利山寓所出入；2001年朱丽倩与华仔的两位助理被媒体拍到带着一名小女孩在香港铜锣湾逛街；2003年媒体拍到朱丽倩搭华仔的座驾到铜锣湾吃饭……永远只有她一个，那个男人不见，所以拍下合影的这历史性的一刻，连向来见怪不怪的八卦周刊也激动地给照片打上黄色大标：二十四年首度合影。

二十四年啊，你能想象吗？从认识到恋爱同居乃至生子，全部只能是你一个人——所有情侣能做的最普通的事情，吃饭、看电影、逛街、出去旅游统统不行。这得要多么忠诚、多么委屈、多么富于牺牲精神的人才能做到啊。这使我想起奥地利作家茨威格的小说《一个陌生女人的来信》。在这本小说里，有一个著名的痴情维也纳少女，从十三岁时起就暗恋上了邻居青年作家R，她视他为偶像，哪怕为他生下孩子也不愿去打扰他的生活，直至生命的最后一刻才写了一封信表白对他这么些年火热的感情……小说里对这种爱有一个精确的定义："在这个世界上，没有什么东西比得上一个孩子暗中怀有不为人所察觉的爱情，因为这种爱情不抱希望，低声下气，曲意逢迎，热情奔放。这和成年女人那种欲火炙热，不知不觉中贪求无厌的爱情完全不同……一头栽进我的命运，就像跌进一个深渊。"

就像徐静蕾推崇的爱情："爱你是我一个人的事。"

朱丽倩的爱情，好像也一直是她自己一个人的事，就像一个孤独的孩子。"因为只有孤独的孩子，才会把全部的爱情聚集起来。"从十八岁见到心中偶像的那一年起，她就暗暗跟在那太阳神般光芒四射的男人后面，亦步亦趋，从无变更。二十四年了，任拍到他与女星的多少照片，传过他与女星的多少绯闻，她永远只能保持沉默。1992年传两人在加拿大注册结婚，他否认；1996年传朱丽倩为他生下女儿，他否认。那个男人永远在否认，实在赖不过去了，就玩些口头上的文字游戏——"我是单身"。是的，没正式登记确实只能算单身。连身边的老友都看不过眼，有一次刘德华与相识于微时的苗侨伟一起接受采访，又理直气壮地说起自己是单身时，苗忍不住揶揄他："我倒是好想有你这样的单身。"

二十四年了，不知道是什么支持着她，也许，爱情可以变成一种信仰吧！

也不是没有抱怨的，但还是"终于等到了"（她的阿姨这么说）。朱丽倩似乎比茨威格笔下的维也纳少女幸运，她的结局好像更完美一些，2009年她终获承认，2011年她成功怀孕，2012年5月9日，她在香港养和医院产下一名女婴，刘德华给女儿取名叫刘向蕙，命理师说大旺她妈妈。总算符合守得云开见月明的中国式期盼，但从另外一个角度上来说，也令人感叹。因为那位维也纳少女至少是自己主动选择的，她爱上一个男人，终其一生都在做一场叫"从来没有哪一个女人比我更死心塌地地爱着你"的庞大行为艺术，这场演出由头到尾只有她自己一个观众；而我们的马来西亚少女呢，则是被动选择的，因为她爱的那个男人进行的是一场更为庞大的行为艺术，这场演出的名字叫"从来没有哪一个男人能让女人这样死心塌地爱着"，而观众，则是全世界。

陈 慧 娴

O u t

和香港人处久了，会觉得他们很怕很怕老，怕被人说过气，怕out（过时）。

比较明显的是许鞍华，身为新浪潮电影的重要成员，年近六十，如果在内地，完全可以以年老德勋的姿态到各地当评委，在香港却是过气人员的代表。有一段时间，她没有电影拍，和母亲住在一起，经常会在访问里说害怕自己年老无依。出来见人，仍然会着一套年轻人最爱的川久保玲上身，因为怕记者说她out。

另一个典型是陈慧娴。我们对她有感情，是因为大学时代她曾是最火的天后。1984年出道，出过无数首脍炙人口的金曲，《千千阙歌》《飘雪》《夜机》《红茶馆》，卡拉OK里永远是《人生何处不相逢》。1992年她去美国读书，临别开的演唱会，被无数学生拿来模仿。那时，她在大家眼中是美丽的娇娇公主。

时过三年，1995年她回来的时候，发现一切都变了。

出唱片，唱片不卖，签公司，公司骗人，几年下来，昔日的天后变成今天的新人，好不尴尬。

要不说，不要太相信自己呢！有时候，际遇这回事，还真的很难说。

从面相上说，她越来越漂亮，单眼皮变双眼皮，短发变长发。然而十几年过去，她却离幸福越来越远，经纪人换了几任，仍然不红，2007年报纸上关于她的标题是《陈慧娴情路坎坷，与男友协议分手》。

陈最初的三任男友，一任是她的监制区丁玉，一任是她的造型师，全部都在离开她之后火速结婚生子，而那个拍了五年拖的谢姓医生男友，居然被八卦周刊拍到和诊所里的护士在钟点酒店缠绵。所遇非人。难得她现在还在替男友辩解："他是被冤枉的，他不是那种好色的男人，even（就算）他喝醉，最多是瘫痪，不会更加active（主动的）。"

她与他分手的原因也只是因为性格不合。"他喜欢哲学，哲学家萨特你也不知？沙特阿拉伯我就知！跟他一起朝九晚五干什么呢？没有工作，跑步也跑不了一天……"

她本来是一个平凡可爱的富家女，因缘际会在最年轻的时候成了最红的歌星，命运给了她太过顺利的二十岁，却给了她太不顺利的三十岁，用她自己的话说是"先甜后苦"。从前她是翻唱时代的巨星，但是1995年之后，口水翻唱歌不再流行，乐坛流行原创。可是，没有人好好替她打算，也没有人好好替她经营。

至于她自己，以前是不需要懂，因为一切有监制男友拿主意，现在是确实弄不懂。

为什么没法懂，难道你没有遇到过这样一些女人，有些人的心智会随着年龄成长，而有些人却永远不，比如陈慧娴，她就是永远待在1984年的那个女孩，她永远那么天真任性。

问题是，她原来的粉丝长大了，不听歌了，而新的一批有新的偶像。演唱会门票滞销，专辑卖不动，她不再是唱片公司里最受宠的那一个公主，也不再是众人追逐的偶像——人人避之不及。

社会是如此现实，人情冷暖，心理落差一大，便得了焦虑症。"很难放松，心跳特别快，手抖到自己不能控制。医生开的药又让我食量大增，特别想吃东西，朋友把食物锁起来，我甚至会半夜爬起来撬锁，或者拿锯条锯断密码锁，最胖的时候我有一百二十多磅！”暴肥、大病，无缘无故会哭，有朋友到她家去，发现满屋子都是纸盒子，那是她疯狂网购的结果。事业不顺利，她寄情家庭，想过平凡妇人的生活。可怕的是，连平凡妇人也不是那么容易做的。她缺乏平凡女人的经验，没有八卦损友，没有其他立足于世的本领，除了唱歌，她多次说“我没有嗜好”。

她多想依附在某个男人的羽翼之下，但原来，连依附，也是这么难。

“我很希望有人爱我，最后有人处理我，我很希望终于有一天有人会照顾我……

陈慧娴流着泪说。注意到没有，她用的是“处理”这个词。处理麻烦，处理垃圾。曾经贵为一代天后的陈慧娴，居然希望的是，最后有一个男人来处理自己。

非常难过，她的歌曾是我们青葱岁月的背景，我曾经那么喜欢她。

我想，out的不是慧娴这个人，而是女人渴望依附的性格吧，这种性格从古到今都存在着，但无一例外都是奢求。

特别是在今天这个时代。

选择

别来无恙

她们生得美，亦不以为自己美。
即使在已过半百的年纪，依然轻盈绰约如三十年前。

当然，岁月也给了一点小皱纹，
但更为她们镀上层淡淡的光，

这光，
是自己的造化。

赵雅芝

我们都知道，
这世上从来不缺乏有魅力的女人，
但很少见到十足幸福的女人。
幸福的女人，
哪头拿起，哪头放下，
她们有最合理的选择。

这种选择，
换一种说法，叫智慧，
再换一种叫法，
叫靠拢幸福的直觉。

对退隐女明星的关心，特别是对退隐女明星命运跌宕之后的集体叹息，
是中国社会最重要的一种人生审美，
那后面最大的支撑依然是男性社会对女性一直以来的赏玩态度。
在缺乏对于女性生命真正的同情和理解之前，

“红颜薄命”依然是这种窥视者最乐于奉行的主题，
而唯一值得欣慰的是，
从前最受欢迎的是“怜卿何薄命”式的唏嘘，
现在更流行的是“独立坚强”式的励志。

时代到底不同了。

钟楚红

李美凤

李美凤在别人的眼中，
代表着女明星最幸福的那种类型。
该美的时候美，
该出名的时候出名，
该嫁人的时候嫁人，
该生小孩的时候生小孩，
从前是电眼美女，
现在是董事长夫人，
幸福风光，
几乎没有缺陷。

『你说我有完美人生？
其实得到的越多，
付出的也就越多。』

赵 雅 芝

雅 芝 的 故 事

一

亦舒说最美的美女，是不以为自己美的女人。

得上天眷顾，她生得美，亦不以为自己美。

即使在已过半百的年纪，赵雅芝依然轻盈绰约如三十年前。

当然，岁月也带来了一点小皱纹，但更为她镀上层淡淡的光，这光是自己的造化。

她在杂乱的化妆间里任化妆师在她脸上妆点，冲着镜子里慢慢美艳起来的自己细说："我小时候根本就是一个男孩子，当时我们住的地方有山有田，我记得我经常在田里面跑，经常会爬到树上，最喜欢钓鱼、爬山、摘野果、搬东西，我到处跑，身上脚上到处都是疤。到了十三岁那一年，突然'叮'的一下子，可能是生理钟的原因，我整个人都变了，我变成一个很静很静的那种学生，爱看书、看电影，不再在外面跑跑跳跳了。"

初恋是什么时候？

"在中学吧，十六七岁。不过，我对恋爱好像没有多大兴趣，而且我是很长情的人，你看我结婚这么多年，哈哈。"那时候，对恋爱不感兴趣的赵雅芝同学在作文中写道她将来最大的理想就是周游世界。老天爷听到了赵美女的呼喊，十七岁高中一毕业，她就成了日航公司最美丽的空中小姐。

1973年，她参加了无线举办的第一届香港小姐选举，虽然是大热门，可惜却只得了第四名。原因据说是她穿了条超短裙，可是她对司仪说其实喜欢长一点的裙，被人批是表里不一，然后是人家问她为什么要来参选，她说妈咪叫我来，我就来了，又被人批毫无个性……那个时代，出来选美选的就是前卫与个性，得了殿军，当然不服气的，可是，这点不服气在这么多年以后看来是多么不值得一提。你还记得当年的冠军叫孙泳恩，亚军叫容茱迪，季军叫刘慧德吗？你当然不记得了，但你肯定记得有个美丽的女人，她叫赵雅芝。

得了第四名之后，她又回去当空姐，飞了一年左右，不是很适应，“要飞长途，整天……整天都想家”。1975年，赵雅芝做了人生中两个重大的选择：第一个选择是，这一年，年方二十一的她，嫁给了第一任丈夫黄伟汉；另一个选择是，她落地成为TVB的电视人。

二

天生清丽的大青衣让她事业路顺畅无比。1976年，初出茅庐的赵雅芝获许冠文赏识，出演年度卖座冠军电影《半斤八两》女主角，之后合作的导演是新浪潮里刚刚崭露头角的吴宇森以及许鞍华。1978年和郑少秋拍了《倚天屠龙记》，周芷若一角让她名声大振。紧接着，1980年《上海滩》又使她到达了事业的第一个高峰，冯程程成为她此生最美好的代号，从此无论她到哪里，她都是最美丽的冯程程。可是谁又想到这个美丽的冯程程原来竟然是个怀着孕的冯程程。拍《上海滩》的时候，她正怀着第二个儿子，“我会刻意叫导演不要给我安排一些打斗的戏”。

和万人迷周润发、郑少秋拍过那么多戏，但都没传过绯闻，为什么？难道真的对帅哥免疫？“我跟郑少秋拍过五六部戏，和周润发拍过三部戏，都不是那种感觉，他们不是我喜欢的那种类型，我喜欢成熟稳重、会照顾我的那一类型。而且我对于没有发展的感情，觉得没有必要，无谓浪费大家的时间。”

在某种程度上，她是个冰雪美人，需要狂热的追求。这种追求不是没有过，她婚后最轰动的一段绯闻是七十年代末期与“霍元甲”黄元申。1977年，她在拍摄电视剧《大报复》时，伙伴有三大帅哥，郑少秋、刘松仁以及黄元申。这三个帅哥里她同黄元申配戏最多，绯闻不胫而走。1978年两人又合拍动作爱情喜剧电影《剥错大牙拆错骨》，虽然双方都是已婚，但书香门第出身的黄元申显然爱上了秀美少妇，写下诸多书信，这些信遂成了呈堂证供。传说赵雅芝的丈夫识得某周刊老总，这些信公开后黄元申与赵雅芝颜面无存。黄元申更有很长一段时间足不出户，八十年代他的事业渐入低潮，1990年7月29日，他离开妻儿老小到香港宝林寺削发为僧，法号衍申，后行踪不明，近年传他已经还俗，只身在美国生活。

婚姻经此一役，当然危机重重，1981年年底，赵雅芝终于遇上了她的真命天子，这就是美国归来的小胡子黄锦燊。

“他工作认真、负责，很顾家，很努力，有一点幽默感。比较洋化，比较注重细节，注重家庭气氛，比如说他会在节日来到的时候特别庆祝，圣诞节的时候特别做一些彩灯之类。”很多年以后赵雅芝这样描绘她的老公。事实上，当年，他们的爱情可谓轰动全港。1984年他们俩在美国结婚，之前度过了三年非常艰难的日子。黄锦燊的追求热烈认真，他曾对全香港人发表爱的宣言：“时间会证明一切。”

果然，时间证明了一切，二十年两人恩爱如昔。人人都追问赵雅芝与老公恩爱的秘密，“不要把对方看成你结了婚的老公，把他想成男朋友，你是他的女朋友，这样他为你做的一切，你都会珍惜、感激”。

“我年轻的时候是完美主义者，到现在我发现，世界上没有事情是完美的，关键是你要调节好自己的心态。不怕面对困难，不怕面对压力，用积极的态度去处理事情，这个很重要。”“结婚是宽容和让步，我觉得我们之间有亲情，我希望保持这种亲情。”

这段感情，当然是他付出更多。这么多年过去，所有她在的场合，他都愿意跟从。连她自己也承认：“我们结婚已经二十年了，如果没有他的细心，我们不会像今天这般美满。”但她也做到了一个妻子的本分，为他挤牙膏，为他冲一杯咖啡，准备洗澡水，他累了帮他按摩……更为他不惜放弃香港如日中天的事业，避走台湾。婚外恋事件发生后，这位连续五年最受欢迎女主角的受欢迎度狂跌，1987年她只得转战台湾，出演林语堂的巨著《京华烟云》，演的是第一女主角姚木兰。那时她是台湾片商争相礼聘的对象，三个月赚二百万，当时香港一栋豪宅才五十万。

三

台湾一直是赵雅芝的福地，1991年她和郑少秋合演的《戏说乾隆》，还有1992年和叶童合演的《新白娘子传奇》所创造的收视奇迹，奠定了她华语最美丽电视女主角的地位。而成为新白娘子这一年，赵雅芝已经三十八岁。三十八岁，还可以迷倒众生，而且借着省级电视台的轮番经年的长期播映，赵雅芝永久地成了各个年龄层次里最理想的女性样板，是女人的梦想、男人的至爱，与其说这是美丽的力量，不如说是赵雅芝温柔的力量。

冒这么大的险，开始第二段婚姻，与前夫已有两个孩子。“在外拍戏，会说明拍多久休息多久，一般半个月一定要见他们（儿子）一下。”她生了三个孩子，每生一个孩子，要到孩子一两岁之后她才会接戏。“我觉得这是一个非常复杂的事情，你必须很克制自己，必须非常非常理性，这不是一件单纯的事，所以婚姻必须很谨慎地处理。”

因为是继父，先生对她的儿子很客气，所以教养责任全落在她身上。“我是比较严的那一个。我觉得对于男孩嘛，一定要严一点。我算不算个好妈妈啊？这个要问他们是不是会反对？我想他们一定不会反对。我在他们心中应该是一个开明的妈妈，是朋友又不算朋友。”事过境迁，她这样总结。

有没有后悔过，赵雅芝的回答是不后悔：“和我先生在一起有很多原因，我不会后悔做过的事情，这是命运的安排，命运选择了他。而且我的性格好坚决，决定的事情我一定会做到底。”

于是，他和她一起努力了二十年，而且很成功，你们都看到，她再没有绯闻，再没有假戏成真，再没有感情问题，从此成为不老的偶像。

“我没有特别的保养，可能是遗传吧，我母亲到了七十多岁的时候，人家还说她只有五十几岁。饮食方面，我没有刻意去吃一些清淡的食物，就是不要吃得太饱、太油腻。当然，也有可能是维生素的功劳，老公每天会拿一把维生素片给我。另外，我会在家做一些运动，比如玩玩呼啦圈之类。我不是很喜欢夜生活，早睡早起，有充足的睡眠时间。”

心情乐观、平静，不要为难自己，是她保持身材的秘诀，这听起来有点大路，就好像她的偶像奥黛丽·赫本。“那种气质，我很喜欢。喜欢归喜欢，但我不会把她的大头像贴在床头，我喜欢保持一个比较远的距离去欣赏别人。”

你觉得什么是女人味？

她微微侧头，想了一下：“就是容，优美。”

那事业呢？“积极，但又顺其自然。”

因缘际会，她成为几代人的偶像，在大陆人气这么旺。“我一直觉得很幸运，好感恩。”

生活对你重要还是事业对你重要？“当然是生活，生活最重要。我最小的儿子小时候非常粘身，现在，也十八岁了。我很享受和他们在一起的每份时光，享受他们成长中的每一个转变。比如说我工作完回家，很累，儿子会心疼你：‘妈妈，你累不累啊，如果拍戏太辛苦，不如不拍了。’这个时候心里好甜。”

我们都知道，这世上从来不缺乏有魅力的女人，但很少见到十足幸福的女人。幸福的女人，哪头拿起，哪头放下，她们有最合理的选择。这种选择，换一种说法，叫智慧，再换一种叫法，叫靠拢幸福的直觉。

| 后记

三个小时要拍五套服装，时间太紧，访问只能时断时续，在两次换衣的空隙进行，她抱歉地笑道：“只能这样了，节约点时间。”说普通话时，她说话速度慢一点，迟疑、客气，说广东话，说话速度快一点，肯定、坚决，但是，一旦你用普通话问，她总是体贴地用普通话来答，听到赞美，第一反应是“谢谢，你真客气”。

化了妆，穿上编辑挑来的衣服，低胸处，再仔细贴上双面胶，一层又一层，她笑着说：“哇，已经到我性感的极限了。”化妆师时不时要冲上去给她理理妆，用不标准的普通话告诉我：“我们在TVB的时候就认识了。”……喔，TVB时代，想想看，那真是一二十年的交情呢。

我们的问题很多，年代也很久远，赵雅芝简洁地回答。这些回答，和之前网上的差不多，关于她的过去、她的领悟，赵雅芝给自己规定了一套标准答案，然后在这标准答案之外，赵雅芝又是诚恳的。也许，正如她所说，她就是一个骨子里硬朗干脆的人，她的小宇宙里，原本一切都是这样的合理合法，明晰清洁。

走的时候，已经快八点了，误了她早就定好的晚餐，儿子打了电话撒娇，司机在楼下等她，但最终结束时间还是结结实实地拖了两个小时。赵雅芝说，没关系，

没关系，只要片子拍好，最重要的是片子拍好。

她换回来时的衣物，红衬衫，绣花纽子短打牛仔外套，领子高高竖起，纤细时髦，十足是个三十岁的美妇。

她微笑地、真心实意地和每一个人握手、拥抱、话别，礼数周到。这时，你压根想不起发生在她身上的那些恩怨情仇，你只恍然想起原来雅芝真的是读过天主教学校的，那么老派的一位美女。

所谓老派，就是一种刚刚烧到三十八度的体温，那里有温暖、有妥帖，更有礼貌和距离。

钟 楚 红

寂 寞 让 她 如 此 美 丽

一

两个女人，差不多的相貌，差不多的岁数，差不多的行业，很容易成为朋友，但接下来，她们也很容易反目成仇。冰心写过《我们太太的客厅》，据说是讽刺林徽因网罗太多裙下之臣，另一种说法则是冰心嫉妒林的美貌。

而王人美和周璇也曾经是很好的老友，但在二十世纪五十年代初也演出了一场耳光决裂战。1954年王人美在一个大会上的发言触怒了周，周甩了王人美一个大嘴巴，从此老死不相往来。

莎士比亚说友谊多半是假的，而爱情多半是蠢的，尤其是女人，尤其是在爱情当中的女人，尤其是在爱情当中美丽的女人——基本上，她们的友谊有点难。

最典型的例子是钟楚红和张曼玉。

作为二十世纪八十年代最著名的两位美女，她们决裂的原因是因为恋爱，两姐妹先后恋爱了。先是张曼玉在采访中不慎嘴快，说钟楚红和男友朱家鼎业已同居，让钟楚红大为恼火。后是钟楚红也在访问中“不慎”公开了姐妹淘与尔冬升的秘密恋情，让张极为愤怒。

很多年以后，张曼玉曾在《星空下的倾情》里说过她们决裂的原因：“是有一段时间我俩没见面……不能说是别人陷害，不只是传媒而已，而是身边的事物令我们憎对方。会有人忌妒我们是好朋友。普通人、圈中人都会在我面前说：‘喂！红姑这样说你呢！’这些事之后回想起来，应该是他们故意要说给我听的，要使我生气。而亦可能有人会在她的面前说：‘哇，Maggie 又说你不好哦！’说到底，他们都在挑拨我们的感情。之前还及时向她求证，但是后来，我们没有求证每一件事，因为实在是太多了。因为……难道有人说红姑说你不美，你也要去求证吗？‘她说你穿的衣服没有品味哦。’不可能吧？当你听到越来越多这些事儿，累积起来，而那时我又忙，她又刚出嫁了，好像是各走各路似的，就这样真的少了联络。然后，当事情越多，而又久没联络的话，你就会越来越无法打出第一通电话。”

冰冻三尺非一日之寒，像张国荣猜测的：可能是因为你们两位青春玉女，两个都这么美艳，最top 的两位star（明星）。如果她们俩一直在一起，因为关系太好了，那有很多料就“收”不到了！不如将她们给拆散，让她们互相猜疑、忌妒。两个美女又同签一个经纪人，自然是非较多。钟出道早了张四年，红透半边天，且演技也高过张曼玉许多，最明显的是在1988年的《太阳月亮星星》中，钟楚红演月亮，游刃有余惊艳四座，而张曼玉演的星星，涂着厚厚的眼影，小圆眼睛只知道怒目圆睁。演完此剧后，钟、张就真的彻底决裂。

好处是，张曼玉好像被人打醒了，第二年就凭《旺角卡门》得到了金像奖，一洗她不会演戏的耻名。

两位姑娘除了事业上的竞争，还有性格上的差异。钟楚红出身香港小康家庭，自小家教极严，待人处世成熟世故，生活目标就是嫁人。女明星多半爱慕虚荣，但钟楚红是个例外。1991年，她在自己最红的时候嫁给相交多年的男友朱家鼎；而张曼玉从小在英国长大，年轻气盛，接受访问时常常要经纪人在一边紧盯着，从她当时找男朋友的条件可以看出她是多么天真——“男朋友啊，一定要靓仔啊，不然怎么能对着他那么久。”

张爱玲说，只要是女人都是同行。钟、张二位可算是同行之中的同行，因为知根知底，所以一旦翻起脸来，更加无可挽回。男人们哪怕恨得对方牙痒痒，也会维持着表面的和平，因为山水有相逢嘛。而女人就不一样了，她们听从内心的呼唤，不讲面子，翻脸就是翻脸，恩断义绝。

从此不见面就是十数年，到了2000年，两个人被狗仔队发现开始聊天、喝下午茶，有人说是张国荣撮合，有人说是红姑生活悠闲早就不放在心上，也有人说是张曼玉历经世事人情练达。张曼玉自己则说是叶倩文的撮合：“她约我们出来吃午餐，又约了红姑吃午餐，可是我不记得她是否有告诉我红姑会不会来。所以，当我去到那儿时，见到她，是愕然的，然后第一个反应就是：哼，不理她！但谁知，哈哈哈，讲啊讲，就哈回去了。哈哈哈过后就即刻没事儿了，就这样到现在。”两位名伶似乎恢复到了她们年轻时的样子。

2007年，钟楚红的老公朱家鼎五十三岁因大肠癌过世，张曼玉人虽未到，但送了一个超级大的昂贵白色花篮；而张曼玉每次回香港，总要和钟楚红茶聚。

钟楚红和张曼玉，两个女人，一代绝色。我想她们的友谊大约也和普通女人们无异，年轻时代因为逛街玩乐而结成的轻薄友谊，因为名利或者男人而轻易破碎，但随着时间的推移、人世的颠簸，慢慢开通了智窍，有缘的话，还能历尽劫波姐妹在，相逢一笑泯恩仇。

女人之间真正相知一般都要等到中年之后，因为到那时她们才会发现，无论你曾经多么美，多么有名，多么有钱，男人绝对不是最后的归宿。

大家必须相互扶持，面对共同的命运——孤独。

二

钟楚红一直以性感出名。有一次我看她复出拍摄的一个胶原自生中心的广告，五十多岁的钟楚红，一件烟灰闪银的低V宽松T恤衫配一条深蓝破洞牛仔裤，看上去甚至比二十年前还要年轻，叫人嫉恨交加，也太厉害了吧。

和同时代的女明星相比，钟楚红算是活得最体面、最从容的一位，一帆风顺。拍戏十年是香港最红的女明星；嫁人十八年，曾经是香港最幸福的小女人。而就算是2007年夫婿去世，也依然是万人追捧的美艳熟女，几乎所有人都爱她。刻薄如港媒狗仔队，拍到钟楚红在铜锣湾的街拍照时，虽然还是惯常要攻击手臂有肉，额头有褶，但已经非常手下留情：“以这个年纪，依然星味十足，总算难得。”

失去了老公，但不会复出拍戏，只重返广告圈，以拍广告为乐。微博上一张笑靥如花的近照被人转发上千次，足见她在众人心中不老女神的地位。

因为富足，工作只为开心，所以丝毫不见抢钱的窘态，平常深居简出，但也常常成为狗仔队的追访对象。镜头里五十一岁的她不施脂粉，身材依然修长，打扮依然趋时，接受采访时淡定非常。

人们渴望了解她生活的一点一滴，首先人们关心她寂不寂寞，她的回答是：“为什么有人会觉得一个人就是闷？我觉得是享受，是自由自在，我没闷过。”

人们也关心她的日常生活，她的回答是：“我好像一般人这样，平时七点起床，做一下瑜伽，或者去菜市场买东西，我会买新鲜蔬果。我好喜欢爬山，每个星期都会爬，喜欢树林、太阳和海滩。”

然后人们关心她会不会再找个伴，她说：“我没想过。”

再然后人们关心她会不会复出拍戏，她的回答依然是“不”，因为找不到什么理由改变现在惬意的生活。至于未来的打算，则是自己有个农场，种树种花种草，然后再拍点静物、建筑、风景和花。

我疑心钟楚红很快就要变成奥黛丽·赫本，后者隐居在瑞士小镇，养花种菜。事实上，女明星越淡泊名利越引起我们的好奇。其实整个访问，她什么也没说，但是就算说点鸡零狗碎上街买菜的事，已经满足了大众好奇的心。

大众对退隐女明星有一份格外的关心，二十世纪九十年代红极一时的杨钰莹到剧场看演出，亦有好事者要将她的素颜照拍出来，题目当然就叫《杨钰莹年过四十依然青春美艳》，就算远避到加拿大那么远的地方，依然有好事之徒要拿女明星来做话题。要不然怎么王祖贤人不在江湖却时时被江湖提起，标题又常常是《小倩暴肥遁入空门》。

对退隐女明星的关心，特别是对退隐女明星命运跌宕之后的集体叹息，是中国社会最重要的一种人生审美，那后面最大的支撑依然是男性社会对女性一直以来的赏玩态度。在缺乏对于女性生命真正的同情和理解之前，“红颜薄命”依然是这种窥视者最乐于奉行的主题，而唯一值得欣慰的是，从前最受欢迎的是“怜卿何薄命”式的唏嘘，现在更流行的是“独立坚强”式的励志。时代到底不同了。

三

有人说钟楚红命好，其实与其说她命好，不如说她是懂取舍的女人。一个欲望不太多的女人，一旦寻找到适合自己的东西，就不轻言放弃。比如说穿衣，她知道自己肩膀锁骨漂亮，所以常穿跌膊（粤语，露肩）装，几十年不变；知道自己面容艳丽，绝不穿花衣。“我不穿大花衣服，看见已打冷战。”衣柜里的衣服永远是素黑、米色、白色与卡其色。知道自己左侧脸漂亮，照相永远是左侧脸。她不是自我感觉极其良好的女人：“无论身材样貌，我跟她（林青霞）都没得比。”1986年，她就是这么自谦。她不喜欢出风头，每年香港上流社会热衷评选的“最佳衣着”邀请，她总是婉拒。她就是那种活得特别明白的女人。

她从来没有太大的野心，时机成熟，最大的目标就是赚点钱嫁个好男人。想当年她曾是最多公子哥儿追求的女明星，如果换作别的女孩，一早已经迷失在温柔富贵乡里，哪个涉世未深的女孩能敌得过富商的狂追不舍，敌得过圈中才子的致命诱惑，但钟楚红就是那么清醒。在朱公子之前，她和一个无钱无名的摄影师拍过两年拖；江湖传闻当年有太太的林子祥曾用一套美国别墅希望打动她的芳心，显然失败了。

当张曼玉还在和理发师、韩国小帅哥纠缠的时候，钟楚红已选定了自己后半生的依靠，这是小康女孩的明智选择。老公朱家鼎既非纨绔子弟、花花公子，又有才干。1977年，他从美国返港，开始了其在香港的广告创作生涯。1983年创办灵智广告，业务如火箭般攀升。1986年，朱家鼎又在众多香港4A广告公司面前，首次夺取了“香港4A创意金帆大奖”，创造了那句著名的广告词——“不在乎天长地久，只在乎曾经拥有”。钟楚红在她如日中天的1987年与朱相恋，随即在1991年结婚，慢慢淡出影坛，和老公一起，过起了闲云野鹤的逍遥生活，除了偶尔参加环保活动、玩票广告外，已甚少出现在公众面前。

老公是她的知己与至爱，虽然没有孩子，但婚姻从来没有出现问题，他没有外遇，她亦没有。钟楚红的人生格言是：“我知自己什么年纪，知道什么年纪做什么事情。”就算是老公去世后，制片商捧着大把银子等着她复出拍戏，她亦不为所动：“我不是水银灯下才能找到开心及满足感，虽然电影有好多回忆，令我成长，但是都要有代价。”

当年一出道便拍了五六十部戏，“要自己梳头、化妆，拍戏没有九小时工作制，如果不拍，便说你没有演员道德。有时半夜收工，驾车回家的路上，累得把车子驶到路边养神，结果一合眼便沉沉睡去，直到第二天早上”。她为拍戏断过脚，碎过骨头，吊威亚吊得浑身是伤。有一次拍戏被人丢到地上，还要被掷玻璃，满头是血，从此靠近脖子的地方便少了一片头发，回家哭了两个钟头，哭的时间比流血的时间还长——她吃过苦。

这个世界从来没有免费的午餐，所有的享受都有代价，而有智慧的女人只是懂得取舍，明白自己要什么。上帝给你一个小盒子，里面有酸甜苦辣，每个人都差不多，你不可能什么都得到，所以孀居的红姑宁愿选择一个人独来独往的生活。最普通的那一种，偶尔出埠散心，夏天晒太阳，闲时和男女知己谈心，至于爱情，那是很遥远的事情，“已活了半世人，我这个年纪已不在乎”。

据说有人问失去张国荣的唐唐，一个人生活闷不闷，唐唐告诉他：“不是闷，是寂寞。”曾经沧海的钟楚红大约也如此吧，她生活丰富，一点也不闷，只是有点寂寞。

寂寞这东西有点像沉沉荒原上的暮色，宁静而神秘，所有的欲望都从喧嚣走向沉默，虽然有点凄清，但依然无损一个女人的笃定。

还记得多年前陈明唱的那首歌吗？那首歌的名字我很喜欢——《寂寞让我如此美丽》。

李 美 凤

风景都是对面的好

李美凤，是公认的美人。

1987年港姐亚军，准决赛上击败大美女邱淑贞，成为当年的“最上镜小姐”。老牌艺人罗文大赞她靓，她是他一生中唯一公开追求过的女人，也曾是二十世纪八十年代末九十年代初电影潮中最受欢迎的女主角。至今仍有资深粉丝说起《新碧血剑》里她演的温仪时依然深情款款：“电影是有够烂，但温仪是有够美，我记得她手中武器是个紫红色的带子，一端插在头上，打起来都好美。”

李美凤美得毋庸置疑，二十年后依然可以入选著名造型师心目中最美的二十个女人。就算什么也不戴，头发简简单单梳于脑后，穿一件斜裁黑色小礼服，与王菲、刘嘉玲、舒淇、叶倩文、何超琼、张天爱站在一起时，依然电光四射，艳冠群芳。

美，已经很不容易，但李美凤难得的是，一直美。

一直美，可不是件容易的事。

一

“其实我从来没觉得自己漂亮，我小时候是个丑小孩，姐姐把我的头发剪短，妈妈从来没有评价过我的长相，家里的朋友都赞我妹妹漂亮，我妹妹的干爸干妈一大堆，我一个也没有……小时候只有个姐姐说美凤长大以后会漂亮，因为只有一个，所以牢牢记得。”

什么时候发现自己是美的呢？

“十七八岁时到加拿大，有时去华人餐厅，感觉别人会盯着我看，发现学校里好多男生想追我。我当时在数学班，有一次自习，有一个人敲我的脖子，一回头，一个男生很严肃地说：‘我可不可以当你朋友，多跟你在一起，多一点见到你？’我愣住了，然后我就说：‘好啊，我都有在这里啊！’他以为我是婉转地拒绝，很生气，从此以后就再也没有见过他。我想他一定花了很大的勇气才敢对我讲这些话，但‘多一点见’是什么意思，他不可以明确地说‘明天可以约你见面吗？’现在回想，那时的男男女女真是很纯洁。”

二十四岁回香港参加选美，年龄不算优势，但相貌和身材都无可挑剔，再加上加拿大多伦多大学经济系的学士学位，正符合港姐智慧与美貌并重的条件，她一露面即被追捧，从发型到眉形。

“我也不知道为什么记者们会说我眼睛电人，那时候我戴隐形眼镜，有六百多度，可能近视看人时会有一点呆呆的。回港前头发到腰那么长，我舅舅是发型师，他帮我剪成短短的，他说我的脸型适合那种长度，那种发型当时很流行，甚至被命名为李美凤头。至于那两道粗眉，是文的，那时候流行嘛。我的眉毛本来是比较粗，但没有那么粗，有一次我要和梁家辉配一个戏，和邓光荣吃饭，他盯着我看了很久，然后说眉毛太粗，后来我把文的部分都洗掉了……你发现没有，今年又开始流行粗眉了，哈哈哈哈，于是我又用眉笔加粗。女人不能太落伍，一落伍就会显得老气。”

二

李美凤在别人的眼中，代表着女明星最幸福的那种类型。该美的时候美，该出名的时候出名，该嫁人的时候嫁人，该生小孩的时候生小孩。从前是电眼美女，现在是董事长夫人，幸福风光，几乎没有缺陷。

“你说我有完美人生？其实得到的越多，付出的也就越多。我从来没有跟记者说过小时候的事。七岁爸妈离婚，我完全不能接受，很痛苦；十四五岁去了国外；十七八岁就要工作，自己养自己，连买厕纸都要计算好。后来参加选美，面临很多诱惑：很多人会约你出去吃饭，我一个也不敢吃，连ball（社交场）都不敢去，因为怕被人写。恋爱不敢谈，那时的我很孤独，常常躲在房子里哭。没有朋友，男生容易传绯闻，女生又容易竞争，娱乐圈很难交到真心的朋友。觉得自己是金鱼缸里的鱼，随时会被人发现，不能做错任何事，现在想想好可惜。

“拍戏是什么苦都要扛下来。那时我同刘德华拍一个戏，要去到很高很高的地方，下来的时候我吓得快吐出来。可惜我没有才华，演戏这十年我基本没有时间玩，看录影带，很用心地拍，但每次电影看到最后十分钟，我都不忍心看下去。其实我很在乎自己没有代表作，因为这个我哭了很多次。”

李美凤曾是二十世纪九十年代初期最红的女演员，因为觉得自己年纪大，她曾经在半年里接了六部电影，还有无数的电视剧，但大都是《精装追女仔》之类的商业片。为了突破自己“花瓶”的形象，她大胆在1993年接演了钟少雄导演的三级片《虐之恋》，被黄秋生变态凌辱，可惜影片上映后票房不佳。破釜沉舟之后没有回报当然心灰意冷，1996年她下嫁台湾富商郑翔中，退出了娱乐圈，1998年更生下一对龙凤胎。消息传来，众人一片喝彩，人家这收梢，可谓十分之完美。

十年之后的2008年，八卦杂志爆出一则有关她的新闻，原来她与前男友林敏聪于1990年在多伦多秘密结过婚。原来李美凤真的当过林太太。

据说这桩美女爱上野兽的故事始于电影《笑星撞地球》，当年事业处于高峰期的李美凤大胆公开了恋情，谁知这不仅仅是一段恋情，更是一段婚姻。关于林敏聪，有必要多说一句，除了有龅牙丑一点之外，倒还真是才子，作词作曲，会N种乐器，谭咏麟的名曲《幻影》《雾之恋》《爱在深秋》《爱的根源》都是他写的词。这个男友在1994年协助过李美凤勇闯乐坛，推出专辑《深爱您》。这段感情于1995年结束。据说不擅理财的林敏聪在婚后将所有资产交由太太管理以致离婚后一无所有，所以提到李美凤，林敏聪有好长一段时间意难平。1996年李美凤出嫁，尚在单身的林便酸溜溜地发表感言："别的女明星钓到水鱼（即有钱佬）就不错了，她好啊！钓到一条龙趸（一种非常昂贵的海产）！小心点别被人抢了！还不带回家慢慢地宰？！"但说到底林这个前夫也不算下流人，他一直保守着跟李美凤结婚的秘密，从来没有承认过。"过去的事过去了"是两个人对这件事的共同的态度。尤其值得一提的是，很多年以后，以阔太太身份出现的李美凤和失婚失意的林敏聪碰上时，李美凤轻搭前夫肩膀，交换电话，可谓一笑泯恩仇，据说当时林敏聪显得相当快乐。你看，至少他曾真爱她。

"其实所有男生都是一样，追你的时候，他们都会逗得你很开心。像我老公，追我的时候打电话到香港，两个小时，都会说笑话给你听，听得你脸上笑得僵起来；但是结了婚，就像老板，公事公办。这种落差，你得接受。婚姻也不是那么容易，其实当年嫁过来蛮难过的。第一年，好闲，好不习惯，打打网球，扮得一身漂亮，去接老公下班。人家上了一天班，当然是一张臭脸，心里就难过：我打扮到最美，从里到外，你为什么还要摆臭脸？后来开始学煮饭，花四个钟头买菜煮饭，他五分钟吃完，心里也是很难过的。开始会跟先生吵，面对面会有火花，我先生很会辩，我又辩不过他。后来我决定要自己做点事，不然真会发疯。帮我一个朋友开店，谁知店还没开多久，我就怀孕了。生孩子前我有六个半月卧床，生完之后又住了一个月院，二十四小时打点滴，一个人要带两个小孩，身体又有病，是好辛苦的过程。当职业主妇一下子十二年，忙得连自己吃饭的时间都没有，睡觉的时间都没有。

"从小到大，我有过好和不好，现在回想，有些眼泪是白流了，要不要那么难过啊！人生总是要挣扎很多阶段。我是一个很努力的人，知道自己要什么，有时候我觉得我的心说不要，我的头脑说要，我就会要。我虽然没有拿到金马奖，但是每一个大阶段没有走错，选美，当明星，十年主妇生涯，但过去了就是过去了，现在讲出来有点遗憾，人总是要活在当下，享受你现在的生活。"

三

在台北过家庭主妇生活其实也很忙，照顾孩子还要勤运动，得闲出来拍拍广告，重新见到浮华的娱乐世界，看到更年轻更貌美的女孩子，是什么感觉？

“有时翻杂志看到美丽的模特，会大叫一声，哇，好漂亮。如果要比美，其实1987年已经比过一次，那是太遥远的事，你想我怎么会在double（两倍）年龄的时候再去和人比，那是很好笑的事。十八岁到二十二岁，是女孩子最美的时候，自己以前也有过嘛，皮肤也是那么细，没有一个毛孔；现阶段的我，只是尽我所能，照顾好自己的身体，注意化妆，注意保持身材，能得到一些赞美，已经很高兴了。”

她是出了名的会穿衣服，爱穿衣服，除了每日健身保持身材之外，她的穿衣风格亦成一统。“我喜欢香奈儿，穿S码，喜欢上身一件香奈儿，下面配条牛仔，不喜欢太过华丽的东西。不知道为什么，穿花就是不适合我。一穿花的东西，我会显得特别俗。我适合素的色。我有好多衬衣，满柜子黑色衣服，可能穿上比较显瘦。”

朋友化妆师阿Zing选了二十位他心目中香港最美的女人，拍照，制成画册，李美凤名列其中。

“照片可以公开展览，很荣幸，自己可以到二十名之内，已经觉得很开心。比我小的人里面，舒淇、Angelababy都很美，比我老的有陈宝珠、朱玲玲。我不会同人比较，每个女人都有自己独特的美，比如舒淇的美在气质，她有一种幼稚的天真的美，她的五官分得很开，每一样不见得很美，但是整体一起看，有一种天真得让你无法拒绝的漂亮。世界上太多美的东西，如果你样样要比，你就是一个待在井底的无知的蛙。人是比不过来的。

“对我而言，开刀都是很可怕的事。不用开刀，完全没有风险的美容方法才会考虑。如果完全没有风险，why not（为什么不）？如果年纪大了又想更美，

why not? 不可能在六十岁时还像二十五岁，但女人要有信心才能在每个年龄段焕发不同的美丽。

“看到老人会有点恐慌，有点害怕，好惨，那么多病痛，生活品质会变得很差，但好在老是慢慢来的，自己也要慢慢习惯，慢慢变老。人老是正常的。我老公有一次看着镜子说，看这个老人……老了！我说你的心不要老就行了，心是年轻的，就永远老不掉。我蛮接受自己的年龄，将来脸上多了五条皱纹，也会觉得皱纹也是美的。

“你说我复出，其实不是。我没有觉得现在的生活和以前不一样。去年推了一部戏，我现在已经进入人生的另一个阶段，要学的东西太多了。我想要当一名钢琴家，刚刚开了演奏会；我还想要学画画、插花、烧菜、写毛笔字。每天睡醒睁开眼睛时，我都在感恩。你要我舍弃这些快乐去拍戏，我真是不肯。将来有机会，如果小孩也不用我管，而且又有一部戏能完全发挥到我的演技，淋漓尽致，我可以一毛钱也不收。

“你看罗文那么优秀有才华，可是那么早走了。梅艳芳也是。她的成就不用说。她那么用心想找个男朋友结婚，可是缘分就是没到。你看见我得到了家庭，可是我付出了几乎全部的时间。我也有很优秀的单身朋友。我常说风景都是对面的好，单身的时候就享受单身的好，缘分来时就享受结婚生小孩的快乐。其实人就是这样。当你变成孩子妈时，你又会想念单身不错，觉得不如不结婚。其实结婚让你失去了很多，single（单身）时你想哭就哭想笑就笑，不用伺候人，可以做自己喜欢的事情。”

“女人要年轻，有两个方法：第一，是要保持一个学习的状态。如果你一直在学东西，你就是快乐的，走路、吃饭都是快乐。学钢琴让我快乐，和朋友聊天让我快乐，看到海天一色时很快乐，看到云朵的天空很快乐，听到鸟叫很快乐，听到叶子在摇很快乐。第二，不但要有智商，而且要有情商，并且情商还要独立，用理智来调教情绪。真的不要把自己的快乐建筑在任何一个别的人身上，任何人都不能带给我们永远的快乐，我们的快乐只来源于我们的内心。”

什么是完美的女人生活呢？

“经济独立，不用太被动地接受别人左右地生活。寻找自己的快乐，自强独立，让你的心灵充满快乐，让你的心一直芬芳，这样，你的爱人自然会闻香而来。”

后记

李美凤这个采访是在台北一家酒店里做的电话采访，李美凤打过来的。当时我刚好在台北旅行，杂志社说要采访李美凤，我提出要面采，李美凤拒绝了：“因为要见面我就要化妆要穿衣服，好累的。”你看，无论哪一级别的美女见人都是要化妆、梳头，花时间鼓起战斗的勇气的。

李美凤四十几岁突然复出的原因是她接拍了一个大牌子的广告，可能因为是晚上，我不觉得那个曾经晒过的“已经被幸福塞得满满的，没有一点空隙”的阔太太的生活真有她当时说的那样幸福。相反，我觉得她挺不快乐的。这不快乐，可能来源于她那要求完美的性格。她希望自己是super（优秀）、style（时尚）、seduction（魅力）、sexy（性感）、subtle（灵巧）、smart（聪慧）的，可这些要做到真不容易。也许，她的不快乐更来源于人生。所有经历过长期婚姻的人都有一点不快乐，那是因为乏味而起的不快乐。那点不快乐谈不上痛苦，只是无聊而已。

所以，就算是台湾所有国际服饰名牌的钻石VIP大客户又怎么样，就算是钓到所谓的大龙趸又怎么样，就算美貌永远、儿女双全又怎么样，和大部分的平凡人一样，我们总是觉得，风景，总是对面的好。

要真正欣赏到对面的好，也可以享受自己的好，还真需要一点智慧和一点时间。

亦 舒

到底喜欢过谁？

师太是神秘的，极少说到自己的感情故事，但好在旧杂志都在，旧人也在，所以如果有心，还是可以研究一下我们的师太，亦舒到底喜欢过谁？

第一当然是岳华，有照片为证，有故事为证，亦舒曾经写过一段素描男朋友的文章。

“岳华给人的感觉就是他是好人。岳华有一张好人的脸，好人的性格。幸亏实际上他也是个好人，他是那种会使别人自然去占他便宜的好人。因为谁都知道，占了岳华的便宜，不会有后顾之忧。好的男孩子还需要很多条件。岳华不抽烟不赌钱，不去舞厅，不乱花钱。他是一个孝顺的儿子，是一个很努力的演员，是个不错的男朋友，似乎样样都过得去。但是他的脾气不太好，很出乎意料，他生起气来的样子很凶……”

事实上，似乎是亦舒脾气不太好。据说，有一回她跟岳华吵架，竟把岳华的西装全剪烂了。把新买的莲花车撞烂也是有的事。女记者爱上了男明星，时间在1970年前后，居然，也拍了一段时间的拖。1972年，亦舒去了台湾，这段情也就结束了。岳华以前长得帅，现在也帅，不过，头发已经掉光了，移居加拿大，人真的很好，对现在的老婆不错，可见亦舒选人选得不错，但是，没有碰对好的时候。

后来，一个采访里提到亦舒的老公，是个大学教授，姓梁。访问从素净的客厅移师阳台。如果，现在放下笔，她可以保持如此优质生活终老吗？

她微笑，缓缓答道："可以的。"又补充："我的生活怎算优质？我们过得很普通。"且慢，她洁净的指头下，套着相当大的一只结婚钻石指环。

老编辑们记得她有过奔驰跑车、肩披轻裘的华丽日子。

"当然，梁家此时的座驾还是以M字和L字为首，那是为了下雪的日子，上山下山比较安全。"

看，是姓梁吧！

昨天看港台的《数风流人物》，看到甘国亮采访的蔡炎培，身份是诗人。细看一下原来此人才是香港文坛八卦总掌门，人称"蔡爷"，负责《明报》的副刊，金庸在《书剑恩仇录》的附记里曾经感谢过他。穿一身白戴着白色鸭舌帽的大个儿蔡炎培骄傲地说曾追求过亦舒，为她写过诗："用紫色的袋子装着，送到她家里……亦舒好高兴，但是后来我发现，她喜欢的不是我，是蔡浩泉。所以我就对蔡浩泉说，派你做勇士。"

哇，原来亦舒曾经喜欢过蔡姓画家。蔡是何等人物，Google、百度里都无出现，只看到了素叶文集里一张小小照片，颇为俊秀。在他的朋友许迪锵笔下是这么一个人物："人称阿蔡、蔡头、大头蔡，或pie蔡。广东话的这个pie字，不容易翻译作普通话，其中有玩世不恭、不为已甚、吊儿郎当、与俗相遗等种种含义。到了极端，就是连性命也不管了。"

想象一下，就是那种典型的文艺青年。哪个女人年轻时，爱的不是文艺青年？桀骜不驯浪荡不羁，不会赚钱到处流浪，脾气还很大。当然，亦舒也不例外。"在《中国学生周报》写过稿，是模范的文艺青年，出于志同道合吧！她爱上了青年画家蔡浩泉，两人结了婚，在小房子里孵豆芽，那时她夫妇俩常常来往的有蔡炎培、冯兆荣、张翼飞、周石。后来亦舒跟蔡浩泉闹翻了，一班人便很少往来。"

亦舒跟蔡浩泉离婚后，倪匡很可惜："我不怪蔡浩泉，这个人顶有艺术气质，直至现在还不停大哥前大哥后地叫着我。亦舒的脾气不好，男人受不了，乃人之常情。"亦舒与蔡反目，孩子放在蔡家，她恩断义绝，没有去看过这个儿子，后来儿子在德国成为艺术家，把寻母的视频拍成了纪录片，亦舒坚决不认这个儿子，还酿成了一段新闻。

而蔡艺术家的身世就平稳得多。"从台湾师范大学学成回来，做过的工作繁多，教过一阵子书，给报章杂志画插图，在报社供免费美术，还写文章。"也做书封设计，且纵情烟酒。这样的人，想想看，的确是蛮难顶的。蔡一辈子并无大名，但"喝了别人三辈子才可能喝得完的酒"。蔡后来娶了新妻，再生了儿子，而好友蔡炎培给他写过一首诗，叫《给浩泉》：

一个单位五个人
唯一气韵今古一体相同
你是没有画框的画
我是没有诗的人

蔡死于2000年，那一年有关他，百度上的消息，只有三十六条。

纵观这么多，只能说，亦舒喜欢的，无论哪一个，都是帅哥。

而无论喜欢过多少帅哥，失败过多少次，只要她再提往事时，可以"舒适地挨在靠椅上，院外参天松柏，参天松柏外还是参天松柏，再远是海和天"。

对一个女人来说，这样的收梢，怎么也不能说是差。

三版后记

一

这是《最好的女子》的第三版，我自己也想不到，竟然还有人愿意读这些港台女明星的故事，从我开始写第一篇开始，时间已经过去十来年。

为什么要写港台的女明星，很简单，因为我是港剧迷，也是港片迷。

我成长的那个时代，什么东西都是粤语的最好，后来我来到广东，更迷上了香港的八卦周刊。

从1999年起，我从事了近二十年的人物采访，我可能对她们比亲人还要更熟悉——林青霞、陈慧娴、李嘉欣、刘嘉玲、邓丽君、亦舒、蔡琴、张艾嘉、胡茵梦、梅艳芳、王祖贤、张曼玉、林忆莲……我知道她们的三围，知道她们的过往，更有兴趣知道她们的现在，我想这也许就是我写这本书的动力所在。

书里收集的是我这些年来写的女明星的采访还有随笔。2007年，韩松落老师把我介绍给《上海新闻晨报》睿智才女右耳，算是正式开始写娱乐随笔，我的随笔其实与时事无关，更多的是对人的兴趣，写专栏是一个有趣的过程，它不但能锻炼了你的思维角度，更检验了你的人生阅历，一边满足八卦欲望一边还能赚钱，几乎已经是世界上最完美的工作了。

2008年，潘西老师约我去香港采访李嘉欣。那时，时尚大刊刚刚在北京兴起，而大牌明星还都住在香港，所以尤其需要懂得粤语的记者去做采访，我恰好符合，又不讲价钱，交稿还算准时，我成了各大刊编辑喜欢找的人。ELLE，VOGUE，COSMO，GQ，MARICAER……我替几乎所有的北京时尚大刊工作过，做过人物采访。这份兼职，对我来说是一件幸事：是啊，可以去住五星酒店，可以免费去香港，可以去采访我仰慕已久的明星，我怎么可能讲二话。所以那些年里，我可能是内地专访港台明星最多的记者。

二

说起写明星的机缘，还要感谢另一个人。

那个人叫苗侨伟。

小学的时候，港剧大流行，从《上海滩》到《霍元甲》到《射雕英雄传》，我疯狂地迷恋过很多明星，其中最疯狂的一个就是杨康。喔，不，他不叫杨康，他实际上叫作苗侨伟！每天晚上，一钻进被窝，我就对天发誓：苗侨伟啊苗侨伟，你千万别结婚啊，你等着我，我长大了，一定一定一定一定……要去香港找你！至于找到他干什么呢？是合个影还是签个名还是猛扑上去，并没有明确的打算，只觉得要是见到他就好了，见到他就一天光明就极乐世界了。

我想，我后来选择当娱乐记者，大约也有这方面的原因，可以假工作之便行追星之实。2000年前后，我终于见到了少年时代的偶像，是一个乱哄哄的发布会，一大帮后来被香港八卦杂志称之为“大炮团”的男演员在上面插科打诨，我的偶像不声不响腼腆地站在后排。我激动地想，不枉我喜欢你这么多年。要走的时候碰上他们，我激动得要命，抖搂着从大袋子里摸出一张破纸，从当时还在当女记者的木子美妹妹手中夺过一支圆珠笔，我说我可以请你签个名吗，我是你的影迷。苗侨伟用他很杨康的眼光惊讶地打量我—— 他可能已经很久没有见过影迷了，开眼镜厂都十年了，早就不演戏了，现在的他不过是一个有家有口做生意混日子的普通老男人。我知道，可是我还是忍不住要表白，我说我小时候真的很喜欢你。他讪讪地笑，飞快地在纸上签了一个名，后面的曾志伟们呵呵大笑—— 等下饭局可以用来调侃了。

事后，木妹妹笑话了我很久，因为这一举动实在丢脸，我也没法跟她说，杨康之于我的重要意义……但是最终，我还是小心地把苗侨伟的签名撕成一个小方块，放在我的钱包里，保存至今。

三

闲时我常常问自己，兴致勃勃地写女明星的生活意义何在？辛辛苦苦码出一些字，出现在报纸上杂志中，转眼就被人垫了桌子，它们不就像小时候爱打的水漂吗？寻到一块扁扁圆圆的石头，站稳，运气，一侧身，一翻手腕，用自己掌握的全部技巧、全部智商、全部力气一掷，石头在水面轻轻飞过，经过几次与水面的接触，再跳跃，最后沉入水里。那些涟漪的出现只有几秒钟，很像这些文章的命运，在某天的某个版面出现，然后沉入生活的潭底，从此无声无息，无痕无迹——可我们居然也乐此不疲。

仅仅是为了稿费吗？好像也不是，是真的有兴趣。

我有兴趣知道别人是怎么活的，而明星，是最佳最合理最可能的窥视，当你看的东西越多，看的时间越久，你的感慨也就越多。同为女子，当你看着这世界上最美丽最温婉最聪慧的一群女人，看她们的人生起伏，看她们的生死离别，她们的幸福与忧愁，她们的爱与哀伤……最后，你终于相信，有命运这一回事——最后，你也终于接受了一个事实，纵然她是这么优秀的女人，纵然她这样完美无缺，她也一样要在这爱恨嗔痴里苦苦挣扎，寻找出路。

而读者爱读明星故事也只是因为八卦吗？

也许不仅仅如此，我们为什么关注别人的命运，我想更多的是因为我们脆弱。

那是人类本能地对命运的一种恐惧，在这个毫无保障瞬息万变的蓝色星球上，人像风中芦苇一样无助，所以他们总爱在别人的命运里映照自己，那些明星，起伏跌宕，他们如天上的月亮，照耀着我们的生活，供我们叹息，供我们参考，供我们警醒，供我们励志，供我们感同身受。

原来世上的女子，我们都曾这样走过。

原来孤独的并不止你一个。

原来，只有真正找到自己，我们才能找到真正的快乐。

佟佟

于2017年5月14日